KB098793

너무
잘하려고
하지 마세요

너무 잘하려고 하지 마세요 : 정화스님의 마음 멘토링

발행일 초판8쇄 2022년 10월 25일 | **지은이** 정화

펴낸곳 북드라망 | **펴낸이** 김현경 | **주소** 서울시 종로구 사직로8길 24 1221호(내수동, 경희궁의아침 2단지) |
전화 02-739-9918 | **이메일** bookdramang@gmail.com

ISBN 979-11-86851-48-7 03810 | 이 도서의 국립중앙도서관 출판시도서목록(CIP)은 서지정보유통지원시스템 홈
페이지(http://seoji.nl.go.kr)와 국가자료공동목록시스템(http://www.nl.go.kr/kolisnet)에서 이용하실 수 있습
니다.(CIP제어번호: CIP2017000445) | 이 책은 지은이와 북드라망의 독점계약에 의해 출간되었으므로 무단전
재와 무단복제를 금합니다. 잘못 만들어진 책은 서점에서 바꿔 드립니다.

책으로 여는 지혜의 인드라망, 북드라망 **www.bookdramang.com**

정화스님의
마음 멘토링

너무
잘하려고
하지 마세요

정화 지음

BookDramang
북드라망

머 리 말

먼저 몇 분의 문답을 소개합니다.

제자 : 무엇이 참된 나입니까?
부처님 : 탐욕에 의한 번뇌, 성냄에 의한 번뇌, 어리석음에 의한
번뇌가 없이 사는 사람입니다.

관료 : 불교란 무엇입니까?
선사 1 : 착한 일을 하고 나쁜 일을 하지 않는 것입니다.
관료 : 그것은 세 살 먹은 어린아이도 아는 이야기가 아닙니까!
선사 1 : 팔십 된 분도 실천하기 어렵지요.

선사 2 : (깨달았다고 주장하는 처사님을 만나) 도란 무엇입니
까?
처사 : (불쑥 주먹을 내민다.)
선사 2 : (두 손으로 공손히 처사님의 주먹을 잡아 내리면서 다시)
도란 무엇입니까?

처사 : ……

선사 3 : (법상에 올라가 졸기 시작함.)

신도들 : ……

선사 3 : (한참 있다 깨어난 후) 오늘은 법문을 여기서 마치겠습니다.

신도들 : ……

수좌 : 빈 마음이란 무엇입니까?

선사 4 : 옴 시리소로 사바하.

시인 : (부처님을 찬탄한 시를 써서 아는 스님께 보냄. 시 내용 중에 "칭찬 등의 바람에 흔들리지 않는 부처님"이라는 글귀가 있음.)

선사 5 : (시를 받아 보고 끝자리에 "헛소리"라고 써서 다시 보냄.)

시인 : (화가 나서 직접 찾아가 따져 물음.)

선사 5 : 바람에 흔들리지 않는다면서.

시인 : ……

장군 : 천당과 지옥이 있습니까?

선사 6 : 뭐 이런 바보 같은 놈이 있어….

장군 : (화가 잔뜩 나서 칼을 빼 듦.)

선사 6 : 지옥이 어떻습니까?

장군 : ……

이 책은 '남산강학원'과 '감이당'의 학인 분들 그리고 이곳 공동체의 인문학 강의에 관심이 있는 분들과 만나서 이런저런 고민을 듣고 제 나름대로 답한 이야기입니다. 저의 이야기는 제 경험과 책 읽기를 통해서 알게 된 사실을 바탕으로 답한 것이니, 각각의 물음에 대하여 '저렇게도 생각할 수 있구나'라는 정도로 받아들이신다면 충분하겠습니다.

나이 든 저의 이야기를 진중하게 들어주었을 뿐만 아니라 그 이야기를 녹취해서 이 책을 쓸 수 있도록 해준 학인 분들께 감사드립니다. 그리고 북드라망 식구들과 먼 데서나마 늘 응원을 보내 주시는 인연 있는 분들께도 고마운 마음을 전합니다.

모두들 건강하시고 평안하며 행복하십시오.

정화 합장

차례

5부 지금의 자기를 존중하십시오
— 삶 관련 고민들 267

1부

너무 잘하려고
하지 마세요

— 마음/감정 관련 고민들

결정한 일을 하는데도 왜 불안할까요

― 항암치료를 받지 않고 자연치료를 시작한 지 1년이란 시간이 흘렀습니다. 그동안 스스로 병이 있는지도 별로 못 느끼고 살았던 것 같아요. 그런데 어제 막상 검사를 한다고 하니, 두려움이 엄습했어요. 더 악화되었으면 어떻게 하나, 내 선택은 올바른 것이었을까 등등 오만 가지 생각이 다 나더라고요. 결정한 것을 그냥 담담하게 따라가면 되는데, 왜 불안감이 생기는 걸까요? 오늘까지도 감정이 싱숭생숭합니다.

감정은 옳은 것도, 틀린 것도 아닙니다. 하지만 감정이 요동치는 것, 즉 불안과 혼란은 심리적으로 불편함을 주지요. 일전에 제가 암에 관한 책을 읽은 적이 있는데, 그 책에 유방암에 걸린 여성의 세포를 채취·절단해서 유전정보의 변이가 얼마나 일어났나를 연구한 결과가 있었어요. 제일 적은 게 천 번, 많은 건 십만 번 정도 되더군요. 우리의 몸은 발암물질 등에 노출되면 변이가 일어날 수도 있다는 것이지요. 음식물, 환경 등 다양한 것들이 몸에 영향을 주는데, 가장 큰 영향은 스트레스라고 합니다.

불교에서는 마음 내려놓기 연습, 예를 들어 호흡 들여다보기 등을 통해 심리적인 문제를 다스립니다. 가만히 앉아서 배가 들어가고 나오는 상태를 그대로 느끼다 보면 몸과 마음이 평온해지면서 평형상태가 됩니다. 마음을 내려놓는 훈련은 마음뿐 아니라 몸을 편안하게 만드는 역할도 하기 때문에, 지속적으로 훈련하다 보면 어려운 일이 닥쳤을 때 충격을 덜 받게 됩니다.

사람은 다른 동물에 비해 시간축, 곧 과거·현재·미래를 이어서 생각할 수 있는 능력이 커져서 과거를 토대로 미래를 예측하면서 현재를 살아갈 수 있게 됐다고 합니다. 그런데 과거의 기억을 꺼내올 때 그때의 감정상태도 함께 따라오게 되는데, 감정해석의 80퍼센트 이상이 부정적 이미지를 갖고 있기 때문에 미래 예측 또한 불안해지기 쉽다고 합니다. 그러므로 호흡관찰을 하다 불안한 감정이 올라오면 그 또한 만들어진 불안이라고 알아차린 연후에 다시 호흡관찰을 하면 됩니다.

'호흡관찰' 방법은, 숨을 한 번 들이쉬었다가 내쉬는 것을 한호흡으로 여기면서 1부터 10까지 세고, 그 다음 다시 10부터 9, 8, 7, 6… 1로 거꾸로 세 나가는 것입니다. 만약 도중에 어디까지 셌는지 잊어버리면 처음부터 다시 세면 됩니다.

불안한 마음을 어떻게 해야 할까요

— 저는 기억도 잘 못하면서 해야 할 일을 꼼꼼하게 적어 놓지도 않아 실수가 많았습니다. 특히 연구실에서는 많은 사람들과 다양한 활동을 하다 보니 그런 점이 더 두드러져서 매번 수첩에 적으면서 확인했습니다. 그런데 계속 불안한 마음이 드는 겁니다. 뭔가를 하고 있으면서도 '또 뭔가 놓치고 있는 게 없나' 이러면서 몸이 경직되고 긴장이 됩니다. 공부를 하기 전보다 훨씬 긴장이 되는 겁니다. 그리고 다른 사람들이 제가 놓친 것에 대해 뭐라고 하면 "나는 도대체 왜 이럴까" 자책하는 일이 반복됩니다.

불안은 마음의 상태만이 아닙니다. 그것은 몸의 부조화 상태 때문에 나타나는 현상입니다. 하지만 병은 아닙니다. 태어날 때 사람은 누구나 치우쳐진 몸의 기운이 있는데, 불안을 잘 느끼는 사람들은 비위가 약한 것입니다. 예컨대 비위가 약한 사람들은 문을 잠그고 나와도 서너 번씩 확인을 합니다.

비위가 약한 사람들은 배가 자주 아프기도 하는데, 이럴 때는 단맛 나는 음식을 섭취하면 효과가 있습니다. 설탕 등을 섭취할 때는 하루 권장량을 넘지 않아야 하고, 신 음식 섭취도 줄여야 합니다. 팥이 들어간 음식도 좋지 않습니다. 대신 천연음식 중에 단맛이 나는 음식을 섭취하십시오. 노랑색이나 주황색 음식을 섭취하면 더욱 좋습니다. 생각은 마음이 만들어 내는 것 같지만, 몸이 어떤 상태에 있느냐에 따라서 생각이 달라지기 때문입니다. 몸을 살피고 먹는 것을 조심하라는 뜻입니다.

무의식적으로 생각을 조절하는 신경세포의 80퍼센트가 위장을 중심으로 퍼져 있다고 하는데, 불안해하거나 자주 긴장을 하게 되면 위가 기능을 제대로 하지 못하게 됩니다. 타고난 비위도 약한데 너무 잘하려는 욕심을 부리다 보면 비위가 더 안 좋아지는 악순환이 반복될 수 있습니다.

이럴 때는 다른 사람들이 뭐라고 하든 '내 책임으로 모든 것을 끌어안지 않는 훈련'을 해야 합니다. 스스로 '내 실수 때문에 상대방이 화를 낼 수도 있다. 하지만 화를 내는 것은 내 책임만은 아니다'라는 말을 해보십시오. 단! 속으로만 생각해야지 화내고 있는 상대에게 가서 말하면 안 됩니다. 상대방의 비위를 상하게 할 수도 있으니까요.^^

칭찬과 비난에 매우 흔들립니다

– 학원에서 중국어를 배우고 있는데요, 강사님의 칭찬을 받으면 기분이 너무 좋다가도 못한다는 말을 들으면 그날 저녁까지 기운이 없습니다. 그런 날은 심지어 세상이 어둡게 보이고 나는 왜 이런 것도 못할까 하는 마음까지 듭니다. 저는 못하는데 남이 잘하는 것을 보면 증상이 더 심해집니다.

사람은 여러 유형이 있습니다. 예를 들어 칭찬을 받으면 "저 사람이 또 뭘 부려 먹으려고 그러지?"라는 생각이 먼저 떠오르는 사람도 있다는 것입니다. 이런 사람들은 자기 멋에 사는 사람들입니다. 반대로 칭찬에 약한 사람들도 있습니다. 이런 사람들은 칭찬을 받으면 120퍼센트의 능률을 발휘하지만, 그렇지 않으면 70~80퍼센트로 떨어집니다. 유형의 차이는 자라 온 과정에서 세상과 관계 맺는 방법에 따라 달라집니다.

　칭찬받는 것을 좋아하는 사람들은 그렇게 해주는 친구를 사귀면 됩니다. 계속 칭찬해 주고 뜻에 따라 주는 친구가 옆에 있으면 나는 항상 기분이 좋은 상태가 될 수 있습니다. 하지만 그런 친구를 만나기가 쉽겠습니까? 쉽지 않겠지요.

그래서 이런 사람들은 자기가 자기를 칭찬하는 연습을 해야 합니다. 칭찬받고 싶은 내용을 핸드폰에 녹음을 하십시오. 그리고 심심할 때마다 틀어 놓으십시오. 물론 자기를 칭찬한다는 것이 어색하겠지요. 하지만 소리는 달팽이관을 지나면 전기신호로 바뀝니다. 전기신호로 바뀌고 나면 뇌는 타인이 해준 말인지 녹음기로 들은 말인지 구분하지 못합니다. 약간 겸연쩍다는 생각만 내려놓으면 다른 사람이 해준 말과 똑같이 받아들일 수 있습니다.

칭찬에 약한 사람들은 칭찬받고 싶어서 열심히 일하지만 몸이 지치면 사람들을 만나기 싫어하기도 합니다. 외톨이 중에 이런 사람들이 많습니다. 어제까지는 친구들이랑 아주 잘 지내다가 갑자기 왜 저러나 싶지만 실은 몸이 지친 것입니다. 그러니까 본인 성격이 그런 줄을 잘 알고 '나는 칭찬을 받으면 120퍼센트 성과를 내려는 쪽으로 조건이 형성되어 있구나. 하지만 너무 그럴 필요는 없다'라고 생각을 바꿔 보십시오. 조건이 그렇게 되어 있어서 쉽게 생각이 바뀌지 않겠지만, 자신이 듣고 싶은 칭찬을 녹음해 놓고 자주 듣다 보면 칭찬과 비난에 덜 흔들릴 것입니다.

사소한 일에도 잘 삐칩니다

– 감정이 한 번 훅 일어나면 잘 흘러가지 않고 계속 뭉쳐 있는 것 같습니다. 그러니까 자꾸 다른 사람에게 삐치고, 그게 분노로 표출 됩니다. 이 감정을 어떻게 하면 흘려 보낼 수 있을까요?"

보통 자기 존중감이 없으면 타인의 평범한 말조차 나를 다치게 하는 말로 듣게 되는 경향이 큽니다. 그러니까 화가 나지요. 그러니 우선 자신에게 '축언'하는 연습을 해보세요. 평소 누군가에게 듣고 싶었던 말이나 지금 잘하고 있는 것을 스물다섯 가지 정도 써서 아침·저녁으로 10분 이상 낭송해 보십시오. 이렇게 매일 자신에게 축언을 하면 마음속 긴장이 풀어집니다. 그러면 마음이 부드러워지면서 타인에게도 관대하게 되어 화가 잘 나지 않게 됩니다.

두번째, 일상 속에서 호흡을 관찰해 보십시오. 호흡을 관찰하면 평정심을 가지게 됩니다. 우리 몸에는 다양한 신경전달물질이 있는데, 그중에 행복감을 느끼게 하는 도파민과 세로토닌, 그리고 우울하게 하고 화를 내게 하는 노르아드레날린이 있습니다. 이들은 모두 마음을 들썩거리게 하는 호르몬입니다. 그 가운데 세로토닌은 마음을 고요하게 하는 역할도 하기 때문에, 호흡관찰을 통해 집중력이 강해지면 세로토닌이 증가하게 되면서 평온하고 행복한 마음상태를 경험하게 될 것입니다.

감정을 주체하지 못하고 심한 말로 상처를 주게 돼요

— 저는 지금 여러 명이 같이 한 집에서 공동생활을 하며 살고 있는데요, 어떤 때는 '조용히 혼자 있고 싶을 때'가 있어요. 그런데 그럴 수 없는 상황에서 불만이 쌓이다 보니 같이 사는 친구와 트러블이 생길 때 감정이 확 올라오고 말아요. 그러면 감정을 주체하지 못해 심한 말을 내뱉어서 서로 상처를 주게 되는데, 어떻게 감정을 다스려야 할까요?

시험의 모범답안 같은 말이지만, 혼자 조용히 있을 수 없는 상황을 지켜보면서 참을 수 있는 힘을 길러야 합니다. 힘을 기르기 위해서는 감정이 일어나고 사라지는 과정을 그대로 지켜보는 연습이 필요합니다. '생각의 습관을 바꾸는 것'이기 때문에 쉽지는 않겠지만, 이미 만들어진 습관을 나쁘다고 규정하지 말고 일어난 생각의 흐름을 제 길대로 가도록 놓아 두는 연습입니다. 그러면서 그렇게 일어나는 감정의 이면에 있는 판단근거에 대해서 질문해 보십시오. 왜 그렇게 판단하고 있는지.

　질문을 하지 않는다고 하면, 곧 습관대로만 한다면, 살아가는 과정에서 일어나는 다양한 사건들을 그대로 보는 것이 쉽지 않을 것입니다. 그렇지만 질문하고 또 질문한다면 각자 사건을 해석하는 내부의 인지구조가 다르다는 것을 알게 될 것입니다. 그때가 되면 상대에게 요구할 수 있는 것이 많지 않다는 것도 알게 되겠지요. 상대는 나처럼 보지 않을 수도 있다는 것입니다. 생각의 습관이 다르기 때문이지요. "네가 어떻게 그럴 수 있냐?"고 하는 것은 내가 보는 것이 옳다는 생각에서 나오는 경우가 많습니다. 나한테 옳다고 보여도 상대방에게는 그렇게 보이지 않을 수 있다는 것이지요. '옳다'라는 것도 사람마다 순위가 다르다는 것입니다. 질문하고 지켜보면서 생각을 바꾸는 것이 행을 닦는 것(수행修行)이며, 수행이 익어진 것이 습관이 됩니다.

따라서 자기와 타인의 습관을 어떻게 볼 것인가가 중요합니다. 시비가 분명한 것이 아니면 생각의 습관이 '다르다'라고 보아야 된다는 것입니다. 이것을 전제로 생각의 차이에서 접점을 찾아갈 뿐입니다. 서로 다른 생각의 차이를 인정하지 않고 같은 생각을 하자고 상대에게 요구하는 것은 스스로 번뇌를 일으키려고 하는 것에 지나지 않습니다. 그러므로 나의 습관과 생각이 '나'라는 조건에서 만들어진 것인 줄 알고, 이를 토대로 다른 사람을 보는 생각의 길을 만들어 가야 합니다.

슬픔이나 기쁨을 잘 표현하지 못해요

— 저는 슬픔이나 기쁨을 온전히 느끼지 못하고 그런 감정을 절제하려고 합니다. 실제로는 슬픈데도 '내가 왜 슬퍼해야 하지?'를 의식하게 되면서 감정을 표현하는 게 잘 되지가 않습니다.

만약 기쁜 감정이 일어나면 조용히 아무도 없는 곳으로 가서 미친 사람처럼 웃는 연습을 하십시오. 또, 슬픔이 올라오면 기쁜 감정을 훈련했던 것처럼 조용한 곳에 가서 그 슬픔을 온전히 끌어내 통곡하는 연습을 하십시오. 특히 남성들은 감정을 드러내면 남자답지 못하다고 해서 감정을 억압하는 데 더 익숙할 것입니다. 그러다 더 이상 억압할 수 없을 때가 되면 억압된 감정들을 막 풀어내기도 하는데, 그와 같은 경우는 거칠고 폭발적으로 드러내기 쉽습니다. 결과가 좋지 않은 경우가 많지요.

반면 억압되지 않은 감정은 그 상황에 대해 공감을 하며 자연스럽게 표현됩니다. 특히 울고 싶을 때 온전히 우십시오. 울 때 나오는 눈물에는 감정의 찌꺼기들도 함께 나오기 때문에 감정을 정화시키는 작용을 한다고 합니다. 울고 싶을 때 온전히 우는 것이 감정을 어긋나지 않게 잘 다스릴 수 있는 방법 가운데 하나라는 것이지요. 다만 그렇게 우는 것도 훈련해야 쉽게 울게 됩니다. 남자도 슬플 때 온전히 울고, 기쁠 때 온전히 웃을 수 있는 감정 표현을 해야 된다는 뜻입니다.

눈물 조절이 안 돼요

– 무슨 말을 하거나 들으면 계속 울게 되고, 왜 우는지 모르게 슬픔이 올라오거나 눈물이 나는 경우가 있는데, 이건 왜 그럴까요?

시도 때도 없이 나오는 눈물은 감정이 지나친 것입니다. 자기도 모르게 억압된 감정들을 풀어내는 방식으로 우는 것이 습관이 된 것이지요. 슬픔을 울음으로 풀어내는 것이면서 동시에 자기 감정을 슬픔으로 키워 가는 것입니다. 그것은 자기 존재에 대한 무조건적인 존중을 많이 받지 못해서 형성된 습관일 경우가 많습니다. 예를 들면 옛날 대가족이 함께 모여 살 때 할아버지·할머니께서 손자·손녀에게 보내주던 절대적 지지와 같은 위안과 인정, 그리고 따뜻함으로 감싸안는 위로가 부족했을 확률이 크다는 것입니다. 무조건적으로 자기를 감싸안고 존중해 주는 품이 어른이 됐을 때의 감정에도 좋은 영향을 많이 준다는 것이지요.

어떤 경우이건 지나친 슬픔은 자기를 상하게 합니다. 오장육부 중에서 슬픔을 관장하는 장부의 기운을 약화시키고, 그 장기의 기운이 약해지게 되면 작은 충격에도 쉽게 아파하는 악순환이 계속되기도 할 것입니다. 그러므로 자기 자신을 존중하는 글을 써서 자신에게 매일 읽어 주는 연습을 하는 것이 좋습니다. 실상에서 보면 모든 생명체들은 진화의 과정을 통해서 종적으로 40억 년을 살아왔으며, 횡적인 연대로 생명계 전체의 넓이만큼 넓은 삶을 함께 살아왔습니다. 이 일만으로도 충분히 경이롭고 존중받을 만한 일입니다. 우리 모두의 삶이 그만큼 신비롭다는 것이지요. 그러니 그 삶을 살아가고 있는 자신을 온전히 감싸안고 존중하는 내용의 글을 써서 자신에게 읽어 주십시오.

억울한 감정은 어디에서 오는 걸까요

– 저는 어떤 일이 생기면 갑자기 눈물이 나는데, 왜 눈물이 나는지는 잘 모르겠습니다. 우는 이유를 찾아보려 했지만 찾을 수 없었고, 문득 우는 행동이 습관일 수도 있겠다는 생각이 들었습니다. 지난번에 스님께서 모든 판단을 내려놓고 감정을 그대로 보라고 하셨던 말씀이 생각나서, 그렇게 해보니 제가 억울해서 우는 것 같다는 생각이 듭니다. 이 억울한 감정은 어디에서 오는 걸까요?

누구나 억울한 감정들이 떠오르는 때가 있을 것입니다. 다만 그 감정을 어느 정도 평안하게 흘려 보내지 못하면 억울한 감정이 쌓이면서 억울한 감정을 불러일으키는 호르몬을 방출하는 통로가 강화되고, 작은 상처에도 억울하다는 마음이 쉽게 들게 됩니다. 이때는 울어야 합니다. 울 때의 눈물 성분을 조사해 보면 처음 울기 시작했을 때의 눈물, 10분 후의 눈물, 20분 후의 눈물 성분이 다르다고 합니다. 처음의 눈물에는 억울하다는 감정을 만들어 내는 물질들이 많이 들어 있다는 것입니다. 그러므로 눈물을 쏟고 나면 억울함과 슬픔을 만들어 내는 물질들이 배출되면서 마음이 편안해지게 된다는 것입니다.

자아가 형성되어 가는 어린이 때에 어른들이 어린이를 있는 그대로 보아야 하는데, 어른이라고 해도 있는 그대로 보는 것이 굉장히 어렵지요. 그래서 남과 비교당하거나 사회적 기준에 의해서 뒤떨어졌다고 대접받기 쉽고, 그렇게 되면 자기는 자기 삶을 온전히 살았는데도 불구하고 뭔가 잘못 살았다는 식으로 자기 자신을 내면화하기 쉽습니다. 그렇게 형성된 내면화의 강도 차이에 의해 조그만 일에도 억울한 감정을 일으키기 쉽다는 것이지요.

우리는 이런 식으로 알게 모르게 억울함이 쌓여 있습니다. 잘못된 전제가 삶들을 억울하게 만든 경우가 많다는 것입니다. 의도하지는 않았지만 서로가 서로를 억울하게 만드는 것이지요. 그렇게 쌓인 억울한 감정들이 울도록 요구하는 것입니다. 그러므로 울고 싶으면 울어야 합니다. 이때 중요한 것은 우는 이유를 붙이면 안 된다는 것입니다. 울고 싶은 것은 자연스러운 것이기 때문입니다.

원한과 자책을 오가는 내가 싫습니다

— 혈연관계에 있는 사람들에게 억울하다는 감정을 심하게 가집니다. 그리고 별일이 일어난 것도 아닌데 상대를 죽이고 싶다는 생각이 들 만큼 감정이 확 올라오기도 합니다. 그러다가 그런 감정이 내려가면 내가 왜 이럴까 싶어지면서 그런 자신이 너무 싫습니다.

어릴 때 얌전하다는 소리를 들었습니까, 까불까불하다는 소리를 들었습니까?

(질문자 : 어렸을 때는 자신을 드러내는 것을 원천적으로 봉쇄하며 살았습니다. 어떤 감정도 느끼지 않는 걸 생존전략으로 삼은 것 같습니다.)

어렸을 때는 누구나 자신의 감정을 억압하며 사는 경우가 많습니다. 특히 애어른처럼 산 사람들은 감정 억압이 심합니다. 그런 사람은 어느 순간에 감정이 확 올라올 수가 있습니다. 그럴 때는 그걸 억압하지 말고 실컷 운다든가 하는 식으로 감정을 풀어내는 훈련을 해야 합니다. 그렇다고 해서 자신의 감정을 특정 상대를 대상으로 풀어내는 것은 별로 바람직하지 않습니다. 감정의 강도 또한 내면화된 자기이해를 중심으로 형성되어 있기 때문입니다. 가족들에게 감정을 숨기지 말고 충분히 이야기하십시오. 이것은 나쁜 게 아닙니다. 감정의 의미를 조작하지 말고 솔직하게 드러내는 것입니다. 누구의 탓이라고 하지 말고 자신의 현재 상태를 있는 그대로 이야기하는 것입니다.

잠을 방해받으면 분노를 참을 수가 없습니다

— 저는 잠에 집착하는 편입니다. 잠을 잘 수 없는 환경이 되면 막 짜증이 나고 그런 환경을 만든 이에게 복수심이 불타오르기까지 하고 결국 만만한 상대에게는 횡포까지 부리곤 합니다. 그런데 피로가 풀리고 나면 그럴 일도 아니었는데 다시는 그러지 말아야지 하면서 그런 상황이 되면 또 그런 행동을 반복하는데 이런 짓을 무려 40년간 해왔습니다.

학인 분께는 잠을 자는 일이 단순히 잠자는 일만이 아니라 자신의 뜻을 존중하는 일이었는지도 모르겠습니다. 일상의 일반적인 상황에서는 자신의 뜻이 온전히 존중되는 경험이 적었을지도 모른다는 것입니다. 그러므로 잠을 방해받게 되면 자신의 존재가 부정되는 것처럼 느껴졌을 수 있으리라는 것이지요.

　그러나 이 상황을 되짚어 본다면 반드시 그렇지만도 않았을 것입니다. 내부를 들여다보면 존중받았던 기억도 많았을 것이라는 뜻입니다. 그러므로 자신이 존중받았던 기억을 의식하는 일이 중요하다고 하겠습니다. 하루에 10분 정도라도 존중받는 자기와 그 느낌을 명상주제로 삼고 명상하는 것이 좋을 것 같습니다. 다만 지금으로서는 이 상태를 다스리기 어려우니 가능하다면 잠에서 깼을 때 얼른 옷을 입고 바깥으로 나가는 것이 좋을 듯합니다. 다시는 안 그래야지라고 아무리 다짐해도 지금 상태로는 분노를 다스리기 어렵습니다. 몇십 년간 이런 상황이 오면 분노하도록 몸이 조건화되어 있었기 때문입니다.

　　바깥에 나가 허리를 쭉 펴고 빠른 걸음으로 걸으면서 신체의 무기력 상태를 깨워 주십시오. 그런 다음 불교의 수행방법 가운데 하나인 '몸에 힘을 빼고 물결처럼 걷는 수행'을 해보십시오. 그렇게 한 30분 정도 걷고 나면 몸이 평안해지면서 마음도 가라앉을 것입니다.

나와 다른 의견을 대하면 기분이 확 나빠져요

— 요즘따라 제 생각하고 다른 의견을 대할 때면 훅 하고 감정이 치밀어 오릅니다. 그래서 감정을 쏟아 내고 나면 너무 민망해서 잠이 잘 오질 않고요. 어떻게 하면 좋을까요?

감정이 올라오는 것은 지금 당장 고칠 수가 없습니다. 그러니 우선은 감정이 올라오는 것이 잘못됐다고 하면 안 됩니다. 그럴 때는 '이런 상태에서 나는 이런 감정이 올라오는구나'라고 자기 보기를 해야 합니다. 왜냐하면 나와 다른 의견을 가진 상대를 대하면 감정이 상할 수밖에 없는 조건을 이미 형성해 놓고 있는 것과 같기 때문이며, 그 조건이 하루아침에 사라지지 않기 때문입니다. 그러므로 그와 같은 감정이 일어날 징후가 보이거든 심호흡을 서너 번 하신 다음에 그 감정이 흘러가도록 지켜보는 연습을 해야 합니다. 연습이 안 됐다고 해서 자신의 감정을 상대에게 표출하는 것은 기분 나쁜 감정을 키워 가는 것밖에 되지 않습니다. 이는 자기가 자기한테 번뇌의 화살을 쏘는 것과 같지요.

하니, 그와 같은 감정이 일어나거든 '내가 이런 일에 부딪히면 기분이 나쁜 쪽으로 반응하게 되어 있구나'라고 알아차리면서 그 상태의 자신을 부정적으로 보는 해석을 이어 가지 않도록 해야 합니다. 이 일은 다른 사람이 대신해 줄 수 없습니다. 부모님도 안 됩니다. 왜냐하면 자식을 낳을 때 유전자 자체를 자기하고 다르게 물려주었기 때문입니다. 형제하고도 다르고 자매하고도 다릅니다. 여성의 난자도 난자끼리 다 다르고 남성의 정자 또한 정자끼리 모두 다 다릅니다. 생명체들이 40억 년의 진화과정을 통해서 유전정보의 다양성을 확보하는 것이 생존에 유리하다는 것을 안 까닭에 보고 듣고 이해하는 것을 조금씩 차이가 나도록 조절했기 때문입니다. 그러니 스스로 지켜보면서 부정적인 해석으로 가지 않도록 알아차리는 수밖에 없습니다.

(질문자 : 그것이 감정을 삭이는 것하고는 어떻게 다른가요?)

감정을 삭이는 것은 '전제를 바꾸지 않은 것'입니다. 내가 절대적으로 옳은데 다른 이유 때문에 억누르고 있는 것이지요. 이것이 병을 만들기도 합니다. 그렇지만 억제하는 것이 전적으로 틀린 것도 아닙니다. 신체 내부의 공생과 신체 외부의 공동체 생활에서 중요한 요소 가운데 하나가 억제하는 시스템이기 때문입니다. 그렇기 때문에 자기감정이 틀렸다고만 보지 말고 긍정해 줘야 합니다. 틀렸다고 말하는 것은 다른 기준을 상대로 틀렸다고 말하는 것입니다. 그런 식으로 감정을 누르려고만 하면 이것이 촉매효소가 되어 발효되다가 어느 날 폭발하게 됩니다. 그러므로 감정을 누르고 삭이려고만 해서는 안 됩니다. 감정이 나오는 것은 틀린 것이 아닙니다. 진화과정에서 그렇게 나오도록 되어 있기 때문입니다. 그렇기는 해도 진화과정에서 사람에게는 감정의 흥분상태를 적당히 조절하는 능력도 생겨 일어나는 감정을 흘러가도록 할 수도 있으므로, 감정의 흥분상태에 따라 습관적으로 불편한 마음상태를 만드는 것은 바람직한 것이라고 할 수 없습니다. 그러니 감정의 흐름을 자연스럽게 흐르도록 놓아 두는 훈련을 하되, 바람직하지 않은 감정상태를 온전히 자신의 잘못이라고 하지도 마시고 다른 사람의 탓으로 돌리지도 마십시오.

남들에게 어떻게 보일지 신경이 쓰여요

― 제가 생각해도 남들의 시선을 크게 신경 쓰는 것 같은데 이것을 극복하려면 어떻게 해야 하나요?

현재로서는 그걸 극복하려고 하기보다는, 경중의 차이는 있지만 '누구나 다 그렇다는 것'을 아시고, '남들의 눈치를 보지 않아도 돼' 라고 자기 자신에게 얘기해 주십시오. 왜냐하면 외부의 평판도 중요하기는 하지만, 그것에 맞추어 사는 것이 가능하지도 않을 뿐만 아니라 맞추어 산다고만 하면 자신을 온전히 산다고도 할 수 없기 때문입니다. 그러니까 "아, 내가 좀 과도하게 기울어져 있구나! 지나치게 외부를 안 봐도 돼"라고 자기에게 이야기해 주십시오.

아마 어려서부터 너무 착하게 살다 보니 자신의 행동거지를 지나치게 외부에 맞추려고 했던 것이 아닌가 합니다. 이제부터는 시간을 내서 온전히 자신으로 있는 시간을 내보십시오. 방법으로 는 호흡관찰이 있습니다.

호흡을 관찰한다는 것은 온전히 자기로 사는 시간을 갖는 것 일 뿐만 아니라 몸과 마음을 안정되게 하는 운동도 됩니다. 허리를 쭉 펴고 앉아서 숨 쉬는 것을 들여다보기만 해도 말입니다. 그게 균형을 맞추는 훈련도 되고요. 호흡에 집중하다 보면 외부에서 오는 정보가 차단되는 때가 있습니다. 집중이 됐다는 얘기이며, 온전히 자기로만 존재하는 상태이지요. 그걸 삼매(三昧)라고 합니다. 그 상태는 대부분이 즐거움이 수반됩니다. 그러니 매일 아침저녁으로 일상의 다른 일에 방해받지 않을 정도의 시간을 들여 허리를 세우고 똑바로 앉아 호흡을 들여다보는 연습을 해보십시오.

마음이 좀 울적하거나 들뜨거나 할 때엔 걷는 것도 도움이 됩니다. 마음이 울적할 때는 뒷짐을 턱 지면서 (약간 건방진 태도로) 걸으면 울적하지 않게 되기가 쉽고, 마음이 들떴을 때는 팔을 앞으로 해서 꼭 껴안고 걸으면 들뜬 상태가 가라앉기도 합니다. 뒷짐 지고 걷거나 팔을 앞으로 껴안고 걷는 것만으로도 너무 울적하지도 너무 들뜨지도 않은 상태, 즉 균형 잡힌 마음상태가 될 수 있다는 것입니다. 척추를 똑바로 세우면 균형을 잘 잡을 수 있으니까 이런 상태로 5분만 걸어도 효과가 있습니다.

가장 중요한 건 마음상태가 들떠 있는지 울적한 상태인지, 자기 마음을 알아차리는 것입니다. 그러면서 온전히 자기로 사는 시간을 늘려 가다 보면 하는 일마다 자신의 삶이 될 것입니다.

나쁜 일이 생기면 모두 내 잘못인 것 같아요

— 안 좋은 일이 일어나면 모두 내 탓인 것만 같고, 내가 잘못해서 그런 것만 같고, 자기부정을 하게 됩니다.

어렸을 때는 집이나 사회 등 자기가 살아온 곳에서 감당하지 못할 일이 일어나면 기본적으로 80퍼센트 이상이 저 일은 나 때문에 일어났다고 생각하는 경향이 있다고 합니다. 부모가 싸우거나, 이혼하거나, 사회에서 무슨 일이 일어났을 때 그렇게 받아들인다는 것입니다. 이런 일들을 자주 접하면 자기가 잘못해서 일어난 것이 아님에도 불구하고 안으로 그것을 내면화시켜서 자기 탓을 지나치게 한다는 것이지요. 이것은 자기 탓이라는 이미지를 강화시켜 왔기 때문이며, 그 결과 자기를 존중하기도 어렵고 자기억압의 강도도 셀 수밖에 없게 됐다는 것입니다.

어렸을 때는 어쩔 수 없었다고 해도 성인이 된 지금은 내재된 감정을 풀어내는 훈련을 스스로 하면 됩니다. 가만히 앉아서 가장 평온한 느낌 속에 자기를 놓아 두는 명상을 하는 것도 하나의 방법입니다. 자신이 가장 존중받았을 때를 떠올리면서 15분에서 30분

동안 가만히 앉아 있으십시오. 이것을 매일 하면 생각의 방향을 바꿀 수 있습니다.

이런 느낌이 잘 안 떠오르면 이미지를 가상으로 만드십시오. 존중받는 이미지를 만들어서 그 속으로 들어가는 것입니다. 온전히 자기가 자기를 긍정하는 것이지요. 매일 15분에서 30분 정도씩 실천해 보십시오.

문제에서 도망가려는 마음을 어떻게 해야 할까요

― 풀집(감이당의 청년학사)에 오기 전에는 문제가 발생하면 그 문제를 해결하기보다 회피하려고 했어요. 풀집에서 공동생활을 하면서도 문제가 발생하니까 전처럼 도망가려는 마음이 올라와요. 그런데 이번에도 또 도망가 버리면 습관화되어 고칠 수가 없을 것 같아요. 문제를 맞닥뜨렸을 때 뚫고 나가는 마음을 기르고 싶은데 어떻게 해야 할까요?

도망가고자 하는 생각이 올라오는 것은 본인 자신이 도망가고자 하는 마음을 만들었기 때문입니다. 그렇게 만든 이유는 아마도 자신의 행동을 타인의 시선에 맞추는 강도가 다른 사람보다 더 크기 때문이 아닐까 합니다. 한마디로 너무 착하고자 하는 것이 내재돼 있는 상태라고 할 수 있지요. 그렇다 보니 어떤 일의 결과에 대해 불안해하면서 새로운 일을 회피하는 게 낫다고 무의식적으로 생각하게 되었기가 쉽다는 것입니다. 문제가 일어나면 도망가고 싶다는 마음을 먼저 일으키는 경향성을 크게 만들었다는 것이지요. 그렇다 보니 타인의 시선에 맞추어 행동하는 경향성과 자신의 삶을 살고자 하는 욕망이 겹치면서 불안하기도 하고, 그렇게 하고 있는 자기를 싫어하는 감정과도 겹치면서 문제 자체를 아예 회피해 버리는 것입니다. 그렇기 때문에 크게 불만이 생길 조건이 아닌데도 불구하고 크게 부각되어 불편하게 느끼게 된 것이지요.

우리는 완벽하게 자신도 타인도 이해하기 어렵습니다. 자기 자신도 1분 전과 동일하지 않은데 타인을 완벽하게 이해하기는 어렵다는 것입니다. 그러니 살아오면서 형성된 자신의 행동양상에 대해서 자신이 먼저 이해해 주는 일이 중요합니다. 온전히 이해됐기 때문에 이해하는 것이 아니라 그렇게 형성될 수밖에 없는 자신의 경향성을 부정하지 마시고, 잘했으면 잘했다고 알아주고 고생했으면 고생했다라고 알아주는 것이지요. 그러다 보면 자신뿐만 아니라 타인에 대해서도 어느 정도 이해되는 부분이 커져 가게 될 것입니다. 그러므로 이해 가능한 부분은 이해하고 이해되지 않는 부분이라고 할지라도 그렇게 반응해야 할 이유가 있었을 것이라고 알아주면서, 자신과 함께하는 이웃들을 축원해 주고 자신과 상대를 감사히 여기며 사는 마음을 길러 가면 됩니다.

일을 꾸준히 못해요

– 일을 할 때마다 꾸준하게 하지 못하고 작심삼일 할 때가 많습니다. 어떻게 해야 할까요?

지금 작심삼일을 꾸준하게 하고 있지 않습니까? 작심삼일을 계속하는 게 나쁜 것이 아닙니다. 일생을 크게 보면 3일씩 행하고 그만두는 것들 중에 비슷비슷한 행동들이 많습니다. 그렇게 작심삼일을 여러 번 반복하다 보면 자연스럽게 3일을 넘기게 되는 것이 생깁니다. 그것이 나에게 맞는 것들입니다. 기본적으로 3일을 넘기지 못하는 것은 나와 맞지 않는 것들입니다. 돈 버는 직장이 아닌 이상 3일간 하다가 그만두어도 괜찮습니다. 대부분의 사람들도 선택의 폭이 넓지 않기 때문에 그중에서 선택할 뿐이지, 지금 하고 있는 일이 자신과 맞아서 하는 것이 아닌 경우도 많을 것입니다. 그래서 이것저것 많이 시도해 보라고 합니다. 그러다 보면 3일 하려고 했던 것이 한 달이 되고, 석 달이 되고, 일생의 일이 되기도 하는 것입니다. 그것이 나에게 맞는 일입니다. 작심삼일을 열심히 해보는 것도 괜찮습니다.

무슨 일을 할 수 있을지 모르겠어요

– 10년 정도 이것저것 공부도 하고 일도 하다가, 2년 전에는 제가 직접 학원을 차리기도 했습니다. 그런데 직접 학원을 운영하면서 슬럼프에 빠졌고, 결국 올 초에 모두 정리했습니다. 그러다가 아무 생각 없이 사는 것 같아 '감이당'에서 공부를 시작하게 되었고요. 주변에서는 기존에 했던 일을 계속 하라고 권유하는데 저는 이 일을 계속 해야 될지 말아야 될지 잘 모르겠습니다. 그렇다고 무작정 예전부터 해왔던 공부나 일을 놓아 버리기도 힘들고요. 지금까지 쌓아온 경력이나 다른 것들을 버리고 새로운 무언가를 시작할 수 있을지 두렵습니다. 저 자신도 다른 일을 할 수 있을지에 대한 확신이 없습니다.

세 끼 밥 먹고 살아가는 데 크게 문제가 없으면 '내가 무엇을 할 수 있을까'를 생각하지 말고 '내가 하는 것이 내 일이다'라고 생각하십시오. 꼭 돈을 벌지 않아도 되고 돈 쓸 일이 많이 없으면 자주 일을 바꾸어도 상관없습니다. 그러면 주변 사람들은 "왜 한 가지 일을 꾸준하게 못하느냐"라고 할 것입니다. 하지만 원래 우리의 행동은 우리가 생각하는 대로 되지 않습니다. 꾸준하게 일을 하고 싶다고 해서 일을 꾸준하게 할 수 있는 것도 아니고, 일을 자주 바꿔 가면서 하고 싶다고 해도 자주 바꿀 수 있는 것도 아니지요. 우리가 하는 행동은 수십억 년 동안 행해 온 행동 중 하나일 뿐입니다. 지금까지 해왔던 일도 '내 일'처럼 해온 것 같은데 그 일도 수많은 행동 중 하나에 불과하다는 것입니다.

그러니 이제부터는 '어떤 일을 해야 의미 있게 사는 것일까'라고 고민하기보다는 (도덕적으로 비난받지 않는 범위에서) '내가 원하는 일을 하는 것이 내 일이다'라고 생각하는 훈련을 해야 합니다. 계속해서 그렇게 생각하고 그 일을 하게 되면 평생 하고 싶은 일을 하다가 죽게 됩니다. 사회적으로 성공한 사람들 중 대부분은 본인이 원하는 일을 하다 죽는 경우가 거의 없다고 합니다. 그 사람들도 자신이 왜 그렇게 살았는지 잘 모른다는 것입니다. 분명 사회적으로는 성공했지만 정작 내 몸이, 내 의지가 원하는 것을 한 적이 없다는 것이지요. 지금부터는 주변 사람들의 의견을 듣고 싶으면 듣고, 듣기 싫으면 듣지 않아도 됩니다. 만약 상대방의 의견을 듣지 않아 그 사람과 멀어지게 되면 그것도 괜찮습니다. 왜냐하면 지금 이 사람과는 멀어졌지만 그것은 또 다른 인연과의 시작을 의미하기 때문입니다.

남이 가진 것이 더 좋아 보입니다

— 저는 어떤 일을 잘 시작하긴 하는데, 끝까지 해내지를 못합니다. 또 평소 욕심이 많은 편인데, 정작 원하는 걸 갖게 되면 그것이 별로 귀하게 느껴지지 않고 다른 걸 하고 싶거나 갖고 싶어져요. 제가 가진 것은 별로고 남이 가진 것만 보다 보니 마음이 공허합니다.

현재의 행동은 어릴 적부터 익혀 온 것들이 발현된 것입니다. 즉, 그렇게 행동하도록 조건화되어 있다는 것이지요. 지금 아무리 그 행동이 나쁘고, 안 그랬으면 좋겠다고 말해도 신체에 그렇게 하도록 하는 정보통로가 강화되어 있기에 바꾸기가 쉽지 않다는 것입니다.

　사람은 주변 환경과 접속하면서 무의식적으로 정보통로를 만들어 갑니다. 어머니 뱃속에서부터 그런 일들이 진행되기 때문에 그 과정을 두고 잘잘못을 따질 수 없습니다. 과거에 세상과 접속하는 과정에서 생긴 공명채널은 그 당시엔 꼭 필요한 통로였을 겁니다. 문제는 지금 현재와 맞지 않을 수 있다는 것이지요.

　하여 "내가 잘못했다, 그러면 안 된다"고 말하기 전에 그 행위가 나오게 된 과정이 잘못된 게 아님을 알아야 합니다. "넌 그럴 만했어"라고 자기한테 말해 줘야 합니다. 그렇게 한 다음, 생각을 하는 것입니다. 생각을 한다는 건 뭘까요? 우리는 평소 생각을 많이 하는 것 같지만 그것은 익숙한 대로 사는 것입니다. 생각은 내 신체의 습관이 현재의 조건과 부딪칠 때 생기는 질문을 자기 자신한테 던지기 시작할 때 발생합니다. 익숙한 것은 이미 익혔던 사유통로가 현재를 해석하여 다음을 예측하는 것이라고 한다면, 생각해야 될 일은 새로운 사유통로를 구축하는 것이라고 할 수 있습니다. 그러므로 생각하는 일이 쉽지 않지만 전체적으로 보면 새로운 삶의 길을 하나 만드는 것과 같다고 하겠습니다.

보살님은 욕심이 많다고 했는데, 그 욕망의 실체가 무엇일까요? 욕망은 원래 그것이 이루어지는 순간 더 이상 그것에 대한 욕망이 생겨나지 않습니다. 심리 메커니즘이 그렇게 되어 있습니다. 욕망했던 게 갖춰지면 다른 것이 보이고, 그것이 갖춰지면 또 다른 것을 욕망하고… 그러니 욕망에 끌려 다니지 않아야 합니다. 삶에서 욕망하는 것이 필요하기는 하지만 거기에 속지 않는 훈련도 필요합니다. 내적인 반응을 잘 살펴 불필요한 욕망에 끄달리지 않도록 신체를 조절해 나가는 게 필요하다는 것입니다.

마음이 평안하려면 어떻게 해야 하나요

— 마음이 평안해지려면 어떻게 마음을 다스려야 할까요?

마음이 평안하려면 우선 식사를 균형 있게 해야 합니다. 오행설에 따르면 신맛 나는 것과 푸른색을 띤 음식물은 간과 쓸개의 기운을 북돋우며, 쓴맛 나는 것과 붉은색을 띤 음식물은 심장과 소장의 기운을 북돋고, 단맛 나는 것과 노란색을 띤 음식물은 비장과 위장의 기운을 북돋우며, 매운맛 나는 것과 흰색을 띤 음식물은 폐와 대장의 기운을 북돋고, 짠맛 나는 것과 검은색을 띤 음식물은 신장과 방광의 기운을 북돋운다고 합니다. 그렇기 때문에 이들 음식물들을 균형 있게 드셔야 합니다. 건강하다는 것은 이들 장부가 상생과 상극을 적절히 이루어 균형을 갖춘 상태라는 것이며, 이들 장부 가운데 어느 한곳이 상대적으로 허하다고 하면 특정한 맛과 색깔을 가진 음식물이 다른 음식물보다 더 맛있게 느껴진다는 것입니다. 이때의 맛은 조리하기 전 그 음식물이 갖고 있는 고유한 맛을 이야기합니다.

균형 있는 식사는 우리 몸의 세포만을 이롭게 하는 것이 아니라 우리 몸과 공생관계를 이루고 있는 몸속 미생물까지도 이롭게 하여 건강하고 평안한 몸과 마음의 상태를 유지하게 하는 기본이 된다는 것이지요. 아울러 맛있는 음식은 기쁘고 즐거운 마음상태를 유도하는 호르몬을 많이 생산한다고 하니 균형 있는 식사를 맛있게 하는 것은 마음이 평안해지는 첫걸음이라고 하겠습니다.

다음은 적당한 운동을 해야 합니다. 운동을 한다는 것은 신체를 건강하게 하는 것만이 아니라 마음까지도 평안하게 합니다. 마음을 운동이 내면화한 것, 곧 내면화된 운동을 마음이라고 정의하고 있는 뇌과학자가 있다는 데서도 이를 잘 알 수 있다고 하겠습니다. 절이나 걷기 등 전신운동을 통해서 근육을 기르고 몸을 따뜻하게 하면 물을 포함한 음식물을 잘 소화시킬 뿐만 아니라 미생물의 삶도 건강하게 하여 면역력을 증진시킨다고 하니, 균형 잡힌 식사와 마찬가지로 운동 또한 몸과 마음을 평안하게 하는 기본이 된다고 하겠습니다.

다음은 마음을 집중하는 연습을 하는 것입니다. 내면화된 운동인 마음을 고요하게 하는 연습이지요. 방법으로는 온몸에 힘을 뺀 상태에서 허리를 곧게 세우고 앉아 몸과 마음에서 일어나고 사라지는 지각대상들을 있는 그대로 지켜보는 것입니다. 지각대상으로는 들고 나는 호흡, 몸에서 일어나는 감각, 감정과 생각, 언어 일반상을 통해서 해석되는 내부이미지 등('나'란 무엇인가, 왜 마음이 평안하지 않은가 등)이 있습니다. 이들 대상을 아무런 판단 없이 그냥 지켜보면서 흐르도록 하는 것입니다. 시간이 지나 앉아 있기가 불편하면 조용히 일어나 천천히 걸으면서 몸과 마음에서 일어나는 지각대상을 지켜보면 됩니다.

몸에 특별한 이상이 없는 상태에서 평안하지 않은 마음이 일어나는 것은 원하는 바가 이루어지지 않기 때문인 경우가 많습니다. 이 경우는 원(願)의 내용을 잘 살펴 그 원이 번뇌를 발생시키는 원인지 아닌지를 알아야 하고, 번뇌를 발생시키는 원이라면 되도록 빨리 그 원을 내려놓는 연습을 해야 합니다.

불안이 조울증처럼 심하게 찾아옵니다

― 일을 하는데도 번다하고, 붕 떠 있는 것 같은 느낌이 듭니다. 그래서 그런지 몰라도 불안이 조울증처럼 심하게 찾아오기도 합니다.

약 40억 년 전에 지구상에 생명체가 나타나 진화를 해오다 약 6~7억 년 전에 식물·동물·균류로 분류되는 생명체가 나타났으며, 다시 진화가 계속되어 약 20만 년 전에는 현생 인류가 지구상에 나타나게 됐다고 합니다. 사람뿐만 아니라 많은 생명체들은 그 기간 동안 살아오면서 상을 받는 것과 벌을 받는 느낌을 아는 보상체계를 만들었습니다. 이렇게 하는 것은 자기 생존에 좋은 것과 나쁜 것을 구분하지 못하면 죽기 때문입니다. 우울한 느낌이 드는 일은 하지 말라는 것이고, 상을 받는 느낌이 드는 일은 추진하도록 하는 것입니다. 생명체들이 적당한 상과 벌을 선택해서 생존에 유리한 해석과 행동을 할 수 있게 하는 내부의 습관을 만든 것이지요.

　다만 이와 같은 감정상태가 평균을 넘어서게 되면 사람의 경우는 전전두엽 쪽에서 억제신호를 보내 감정의 흥분상태를 조절하게 되는데, 감정중추와 전전두엽 간에 신호를 주고받는 도로가 원활하게 작용할 때는 조절이 쉽지만 도로가 좁혀진 경우에는 쉽지 않다고 합니다. 그럴 경우는 감정상태가 조증과 울증으로 가기 쉽다는 것이지요. 그러므로 경계를 넘어섰다고 생각될 경우는 약물 등의 도움을 받아 심리적 안정상태를 만든 다음, 마음집중 훈련을 하는 것이 좋습니다. 마음집중 훈련을 하게 되면 신호를 주고 받는 도로가 확장되거나 소통이 원활해지면서 감정 과잉상태를 조율할 수 있다는 것이 실험결과로 증명되고 있다고 하는군요. 그리고 이런 일을 하기에 앞서 삶이 좋은 때도 있고 좋지 않은 때도 있는 것은 이상한 게 아니고 자연스러운 현상이라는 것을 인정하는 것이 중요합니다.

번다하다는 생각도 그럴 수밖에 없습니다. 어렸을 때는 아직 생각루트가 어른처럼 잘 정비된 것이 아니기 때문에 내외부의 영향이 훨씬 강하다고 하겠습니다. 그러다가 세 살쯤 되었을 때 자아의식이 형성되고 그때 언어와 만나는 개념통로가 잘 정비된다고 합니다. 사건·사물들의 일반상을 만들어 잘 기억하면서 시간을 이어 동일상을 예측하게 된다는 것이지요. 작은 차이지만 차이 나는 것들을 하나의 일반상으로 만들어 기억하고, 그 기억을 통해 현재를 재구성하는 과정에서 우리가 의식하는 것보다 훨씬 많은 정보들이 내외부에서 생성되고 이를 무의식적으로 처리하면서 의식을 발생시킨다는 것입니다. 그렇기에 신체가 생성하고 있는 정보 전체 가운데 의식되는 정보는 빙산의 일각 위에 있는 얼음 한 덩어리에 불과하다고 합니다. 반면 무의식은 끊임없이 정보를 생성하면서 무언가를 생각나게 합니다. 그러니 어떤 생각이 '문제라는 인식'부터 내려놓아야 합니다. 무의식을 연결하는 통로는 내가 선택하는 것이 아니고 수십억 년 생명의 역사가 담긴 유전자가 선택한 것이며, 환경과의 관계가 선택한 것이고, 무작위로 선택되는 것이기 때문입니다.

이를 통해 시간을 이어 가는 언어의 일반상이 형성되고, 자아의 동일상이 만들어집니다. 이 일을 하는 것은 뇌의 신경세포인데 청소년기는 이 세포가 어른보다 한 배 반 이상 많다고 합니다. 이 말은 굉장히 많은 신경세포가 사라진다는 것이지요. 그 이유는 다른 세포와 연결망을 형성하지 못했기 때문이라고 합니다. 신경세포들의 연결은 세포들끼리 이야기를 주고 받는 통로를 만들어 최종적으로 내외부에서 발생한 정보를 해석하는 것인데, 이 일이 원활하게 이루어지지 않은 세포는 자기 역할이 없어 남아 있을 이유가 없었다는 것입니다. 청소년기는 이 배선이 아직 완결되지 않았을 뿐만 아니라 아침저녁으로 연결이 달라지는 부분도 있기 때문에 사춘기의 마음씀과 행동은 자기 자신도 왜 그런지 모르면서 일어나는 일이 많다는 것입니다. 어떤 의미에선 이런 과정을 통해서 다양한 경험을 일반상으로 정리하는 것이 생존에 유리했기 때문이었을지도 모르겠습니다. 따라서 사춘기의 청소년은 배선의 혼란으로 자기도 어떻게 할 수 없는 과정을 거칠 수밖에 없습니다.

하지만 대략 25세가 되면 신체의 성장이 멈춰지고 신경세포의 배선도 상당히 안정된다고 합니다. 그때부터는 자기 내부에 만들어진 억제시스템을 가지고 상과 벌을 받는 행동을 조절해야 합니다. 왜냐하면 내가 왜 상을 받고 왜 벌을 받는지에 대한 나름대로의 이해통로가 완성됐으며 억제시스템도 갖추어졌기 때문입니다. 그렇기는 해도 이 배선은 현재의 마음씀과 행동에 의해서 새롭게 배선될 수 있는 유연성이 있기 때문에 생각을 어떻게 하느냐에 따라 새로운 생각길이 만들어지기도 합니다. 따라서 자신을 존중하는 생각을 틈나는 대로 한다면 지금과는 다른 심리상태를 만들 수 있다고 하겠습니다.

2부
상대에게 바라는 바를 적게 하십시오

— 관계 관련 고민들

사람을 있는 그대로 받아들인다는 게 어떤 건가요

— 사람들과 좋든 싫든 계속 관계를 맺으면서 살아갈 수밖에 없는데요, 회사에서든 가정에서든 관계에서 부딪침이 생깁니다. 상대를 있는 그대로 받아들인다는 마음이 어떤 것인지 궁금합니다. 그 사람은 원래 그러려니 한다든가 포기하거나 무시하는 것과는 다를 것 같습니다.

사람들이 모두 있는 그대로를 받아들이는 훈련이 되어 있다면 사는 데 큰 문제가 없겠죠.^^ 하지만 우리는 그렇지 않은 조건 속에 있기 때문에 있는 그대로를 받아들인다는 것이 쉽지 않습니다. 불교에서는 판단을 할 때 네 쌍의 바람에 의해 흔들리지 않는 마음을 가지라고 이야기합니다. 그중 한 쌍이 이익과 손해입니다.

어떤 커피전문점에서 사람들에게 이런 실험을 한 적이 있었습니다. 두 잔의 커피를 내놓고, 한 잔에는 2천 원 다른 한 잔에는 4천 원이라는 가격표를 붙인 다음 손님들께 맛을 보라고 했습니다. 물론 이 커피는 표시된 가격만 다를 뿐, 같은 커피입니다. 사람들에게는 같은 커피라고 설명해 주지 않고, 어떤 커피가 더 좋은지 물었습니다. 그런데 대체로 4천 원짜리 커피가 더 맛있다고, 좋다고 말했습니다. 왜 그랬을까요?

이 경우 혀와 눈으로 들어온 두 가지 정보를 가지고 판단을 해야 하는데, 혀를 통해 수용된 정보는 같다고 하지만 눈을 통해 수용된 정보는 다르다고 하니, 이 사건을 일목요연하게 통합시키지 않으면 '정신'의 입장에서는 곤란하게 됩니다. 그래서 2천 원짜리 커피와 4천 원짜리 커피가 다른 이유를 마음(뇌) 속에서 만들어 낸다고 합니다. 가격이 비싼 것이 대체적으로 좋았었다는 경험을 여기에 대입시킨 것이지요. 이처럼 이익과 손해도 많은 경우에는 자기가 판단해서 그 이유를 붙인 것일 뿐입니다. 그래서 이익과 손해가 어떤 것인지 궁극적으로 살펴보지 않으면, 나는 이익을 위해 활동한다고 하지만, 만들어진 이유를 가지고 계속해서 자기를 이롭게 하지 못하는 경우도 많다는 것입니다.

칭찬과 비난도 마찬가지입니다. 칭찬과 비난을 상과 벌로 해석하고 그에 따라 기분을 좋게 하는 호르몬과 나쁘게 하는 호르몬을 방출하여 감정상태를 만들어 내는 뇌의 기관이 있기 때문입니다. 뇌의 해석에 따라 칭찬을 들으면 좋아하고, 비난을 들으면 싫어한다는 것이지요. 나이가 어릴 때는 자기 스스로가 그런 것을 잘 볼 수 있는 지적인 힘도 약하고 경험도 일천하기 때문에 마음의 해석에 전적으로 따를 수밖에 없다고 할 수 있지만, 어른이 됐을 때는 그와 같은 마음을 돌이켜보면서 새로운 해석통로를 만들 수 있기 때문에 외부의 바람에 의해서 흔들리지 않을 수도 있지요. 이 일이 가능한 것은 이미 만들어진 뇌의 해석통로라고 하더라도 의식활동에 의해서 새롭게 조정될 수 있는 유연성이 있기 때문이라고 합니다. 외부의 바람에 흔들리지 않을 수 있는 내부이미지를 만들 수 있다는 것이지요. 물론 한두 번 생각한다고 해서 이 일이 이루어지는 것은 아니겠지요. 이렇게 무의식 또는 의식적으로 내부이미지를 조절하고 행동의 방향을 설정하는 것이 생물이 살아오는 과정에서 세상과 만나는 방법이었습니다. 때문에 만들어진 내부이미지를 따른다는 것 자체는 틀린 게 아닙니다. 패턴을 만들고 사건을 분리해서 이해하는 것은 생존에 중요했었으니까요.

사람과 만난다는 것은 서로가 만든 내부이미지가 만난다는 것과 같습니다. 같은 세상보기가 있을 수 없다는 것입니다. 부딪칠 수밖에 없는 상황이 언제 어디서나 연출되는 것과 같지요. 사람과 만났을 때만이 아니라 자기가 자기의 내부이미지와 만날 때도 부딪칠 때가 많지요. 원하는 것과 드러나는 것이 다르기 때문입니다. 그러므로 한 번 드러난 내부이미지를 가지고 부딪칠 것이 아니라 흘러가도록 둘 수밖에 없습니다. 흘러가도록 두는 연습이 있는 그대로를 보는 연습입니다. 자기감정에 시비판단을 하지 않고 흘러가는 과정을 보는 것, 그리고 일어난 내부이미지를 어떻게 받아들이고 어떻게 반응하는지 관찰하는 것이 나에 대해서 또 이웃에 대해서 '있는 그대로를 보는 훈련'입니다. 이렇게 흐르는 과정을 보는 훈련을 하면 '나를 보는 힘'이 생깁니다. 이 힘이 생긴 다음에야 다른 사람도 그렇게 볼 수 있게 됩니다. 다른 사람을 볼 수 있게 되면

'저 사람이 저렇게 한 이유가 있구나'라고 생각할 수 있게 되면서 내가 편해집니다. 그래서 '있는 그대로를 받아들인다'는 것은 외부적 사건이 나에게 왔을 때 내 안에서 흘러가는 생리적·신체적 과정들을 그대로 가게 하는 것입니다. 그러다 보면 드러난 이미지에 현혹되지 않으면서 어떤 색깔도 갖지 않는 마음도 드러나지요.

사람들에게 화가 났던 일들이 자꾸 떠오릅니다

— 사람들과 관계 맺으면서 화가 났거나 섭섭했던 일들이 마음에 자꾸 쌓이는 것 같습니다. 그 사람과 더 이상 만나지 않아도 그때 감정들이 자꾸 떠오르는데, 이럴 때는 어떻게 하면 좋을까요?

내가 생각한 대로 사건이 발생하지 않기 때문에 화가 납니다. 상대방이 내가 생각한 대로 다가오면 화가 날 일이 전혀 없잖아요. 그런데 사건은 내가 생각한 대로 발생하지 않는 경우가 너무나 많습니다. 그러므로 어떤 사람이 나한테 욕을 하면 욕하는 일이 없기를 바라지 말고 '이건 욕하는 사람이 나쁘다'라고 생각해야 됩니다. 그 사람에게 대접받기를 바라면 안 돼요. 그런 일은 좀처럼 안 생기니까요. 어떤 사람과 관계를 맺을 때 한 번 '기분이 나쁘다'라는 자기 해석통로가 개설되면, 계속 그런 사건이 일어나는 것입니다. 곧 스스로 잘못이 없는 경우에도 기분 나쁜 감정을 빨리 일으키는 통로를 만들고 말았기 때문입니다.

　화는 적당한 정도로는 필요합니다. 그래야 자기 영역을 보존하는 데 유리해요. 다만 현재로는 화를 안 내는 사람이 되는 것을 목표로 삼지 마십시오. 그렇게 되면 화를 내는 자신이 그 목표에 미치지 못하니까, 스스로 '좀 못한 존재'라는 이미지만 키울 뿐이기 때문입니다. 그러므로 화가 나면 우선 심호흡을 서너 번 한 다음 화가 지나가는 것을 그냥 지켜보는 연습을 하십시오.

내 생각대로 사건이 일어나기를 바라는 것은 화가 난 인생을 살기 위해 준비하는 것과 같은 줄 아시고, 화를 나게 하는 사람을 만났을 때는 화를 내기보다는 상대방이 문제라고 생각하는 연습을 하면 됩니다.

좋은 인간관계를 맺으려면 어떤 사람이 돼야 하나요

— 인간관계를 잘 맺고 싶은데 좋은 인간관계를 맺는다는 게 어떤 것인지, 어떤 사람이 되어야 좋은 인간관계를 맺을 수 있는 건지, 궁금합니다.

그건 굉장히 어렵습니다. 두 사람을 예로 들어보겠습니다. 한 사람은 사람들을 많이 만나는 건 아닌데 만나는 사람과는 아주 친하게 지냅니다. 일도 열심히 잘해요. 다른 한 사람은 대인관계는 넓은데 일을 잘 안 합니다. 그래도 일은 잘 따옵니다. 그런데 따온 일을 실제적으로 누가 하느냐? 일을 열심히 하는 사람이 하게 됩니다. 그렇게 해서 열린 열매를 일 잘하는 사람보다 인간관계가 넓은 사람이 더 따 가는 경우가 많죠. 일 잘하는 사람 입장에서는 기분이 안 좋습니다. 일은 열심히는 했는데 성과의 분배가 공정하지 못한 것 같기 때문입니다. 그렇다고 대인관계가 넓은 사람을 나쁘다고만 할 수는 없습니다. 그렇지 못한 사람은 밖에 나가서 사람들하고 어울리고 일을 따오는 것이 쉽지 않으니까요.

그러니 모든 관계에서 다 좋은 사람이 되려고 하지 마십시오.

물론 일부러 나쁜 사람이 되려고 할 필요도 없지요. '내가 하기 싫은 일은 다른 사람에게도 시키지 말라'(己所不欲勿施於人기소불욕물시어인)는 공자님 말씀을 머리에 새겨 놓고, 그렇게 하려고 노력하면 됩니다. 이 이야기는 동서남북 여기저기에 있더군요. 중국에도 있고 페르시아에도 있고 유럽에도 비슷한 말이 있어요. 어디에서든 어느 시기에든 이런 일이 많았나 봅니다. 자기가 하고 싶지 않은 일들을 다른 사람한테 시키는 경우 말입니다.

그러니 공자님의 말씀을 참조하여 다른 사람이 나를 어떻게 볼 것인가에 대한 관심을 줄이고, 내가 다른 사람을 대할 때 그 사람 입장이 되어 보는 연습을 가끔씩 해보십시오. 이 연습을 하다 보면 나중에 다른 사람과 좋은 인간관계를 맺기가 수월해질 것입니다. 다만 시기가 여물지 않았을 때는 억지로 인간관계를 맺으려고 할 필요는 없습니다.

상대를 제 기준에 맞추려고 합니다

— 자꾸 상대를 제 기준에서 분별하고 좌지우지하려고 합니다. 어떻게 하면 제가 옳다고 생각하는 게 상대한테는 좋지 않을 수도 있다는 것을 받아들일 수 있을까요? 제 전제를 깰 수 있는 훈련법 같은 것은 없을까요?

시간 나는 대로 자기 몸과 마음에서 일어나는 현상을 관찰하십시오. 하루에 10분이라도 몸과 마음의 현상들을 흘러가는 그림 보듯 보는 것입니다. 이것이 어느 정도 익어지면 일어나는 심리상태를 곧바로 따라가지 않게 되고, 그 결과 생각도 차분하게 할 수 있고 행동도 거칠지 않게 하기 쉽지요.

왜냐하면 몸과 마음이 다른 상태가 됐다는 것은 다른 생각의 길이 열렸다는 것과 같기 때문입니다. 지금까지와는 다른 생각을 할 수 있게 됐다는 것이며, 이전 생각도 세계를 이해하는 하나의 색깔일 뿐이라는 것을 보게 됐다는 것입니다. 몸과 마음의 조건이 바뀌어 세계 이해의 내부지도가 변하게 되면서 자신의 앞생각도 하나의 조건에 의해 생긴 것이라는 것을 실제적으로 알게 됐을 뿐만 아니라 뒷생각 또한 그와 같아 다른 인연에까지 그것을 고집할 이유가 없다는 것을 진실로 알게 됐다는 것입니다. 때문에 몸과 마음을 관찰한다는 것은 내부에 형성된 세계에 대한 이해지도를 바꾸는 것과 같아 자신뿐만 아니라 다른 사람과의 인연도 편안하게 한다고 하겠습니다. 직접적인 자기 관찰뿐만 아니라 우리의 몸과 마음, 곧 생명체에 대한 과학적 이해는 간접적으로 자신의 몸과 마음을 관찰하는 것과 같으니 몸과 마음에 대한 학습도 중요하다고 하겠습니다.

인정욕망이 큰 것 같습니다

– 평소에 다른 사람을 잘 배려하고 있다고 생각했습니다. 하지만 급한 문제가 생기자 다른 사람의 상황은 전혀 배려하지 않고 내 문제만 해결하려 했습니다. 한마디로 역지사지가 되지 않았습니다. 그러면서 든 생각이 내 안에 인정욕망이 큰 것 같다는 것입니다.

태어나서 성장이 멈추는 스물다섯 살까지는 인정욕구가 필요합니다. 물론 어른이 되어서도 마찬가지이긴 하지만 강도의 차이가 좀 있다고 봐야겠지요. 다만 어렸을 때의 인정은 어린이의 존재가치를 증거하는 일이 되기 때문에 어린이한테 주는 강도는 훨씬 세다고 할 수 있습니다. 그러다 보니 커서도 행동의 이유가 외부의 눈에 있는 경우가 많아지게 됩니다. 자신의 행동 그 자체가 온전히 자기가 되지 못한 것이지요. 곧, 스스로의 행동 그 자체를 그대로 받아들이고 인정받은 경험이 적기 때문에 자신의 일에 대해서도 만족할 수 없는 경우가 많을 수밖에 없었다는 것입니다. 실상에서 보면 하고 있는 그 일만이 온전히 자기가 되는 것임에도 불구하고 외부의 눈을 통해 판단을 하다 보니 상통되지 않는 부분만큼 불만족이 생기는 것입니다.

그러므로 만족하려면 마음을 비워야 합니다. 마음을 비우는 것이 어려운 이유는 목표만을 보고 있기 때문입니다. 목표는 방향등은 될 수가 있지만, 삶은 한 발 한 발 내딛는 바로 그곳에 있기에, 그 한 발을 온전히 자신으로 걷지 못하면 삶이 겉돌게 되면서, 불만족한 걸음을 만들고 맙니다. 따라서 누구와의 만남에서든 만남 그 자체를 충만하게 사느냐가 마음을 비웠다는 증거가 됩니다.

그러나 그렇게 되지 않는다고 해서 자신을 탓해서도 안 됩니다. 지금 그렇게 되기를 바라는 것과 같기 때문이지요. 목표로 눈이 가 있는 경우입니다. 내 문제만 해결하려 하고 역지사지하지 않고 있는 그 나도 온전히 껴안아야 할 나입니다. 그 나를 온전히 껴안을 수 있을 때 차츰차츰 다른 사람도 껴안을 수 있게 됩니다. 그러니 이미 되어 있는 나를 인정하고 다시 방향등을 켜서 한 걸음 한 걸음 걷는 연습을 하시면 됩니다.

뜻대로 이루어지지 않았다고 해서 부족하다고 여기는 마음을 키우지 마시고 그 상태의 마음 흐름을 알아차리면서 걷는 것입니다. 사실상 뜻대로 되는 것도 별로 없습니다. 내가 할 수 있는 일을 지치지 않을 만큼만 할 뿐입니다. 그 결과는 여러 인연이 중첩되어 만들어지므로 뜻밖으로 흘러가는 것이 많을 수밖에 없다는 것입니다. 그러니 상대의 반응에 대해서도 그러려니 하고 지켜보는 연습을 하면 됩니다.

마음에 안 들면 표정이 굳어져 버립니다

─ 저는 맘에 안 드는 사람이 있으면 얼굴 표정이 굳어져 버려서 보기 싫습니다.

잘못된 게 아닙니다. 일단 그렇게 형성된 것은 잘못된 게 아니에요. "마음에 안 드는 사람을 볼 때 얼굴 표정을 잘 짓고 싶다"라고 생각하면서 자신을 보기 싫어할 이유가 없다는 것입니다. 우선 싫은 마음과 굳은 얼굴 표정이 형성된 것을 알아차리기만 하면 됩니다. 그것에 대해서 '싫다'라고 마음을 내는 것은 자신에게 부정적인 힘을 보태는 것일 뿐입니다. 만남에서 이루어지는 세계 이해는 자기의 내부이미지를 통해서 이뤄지는데, 이 과정이 어제오늘 만들어진 게 아니기 때문입니다. 그러므로 있는 모습을 지켜보면서 그 모습을 수용하고 자신을 감싸주는 마음을 쓰도록 노력해야 합니다.

하나의 내부이미지나 감정은 생명체들이 살아오면서 경험했던 것들을 토대로 현재의 만남을 해석하는 것인데, 감성통로의 초입인 편도체의 신경세포들의 기능이 80퍼센트 이상 부정적인 쪽으로 해석하도록 하는 신경망으로 되어 있다고 하더군요. 그 이유는 외부감각을 수용하고 해석할 때 부정적인 해석이 살아남을 확률이 높아서 그랬다고 합니다. 그렇다고 해도 현생 인류는 그와 같은 감정 해석을 억제하면서 부정적인 감정소모를 필요 이상으로 하지 않게 하는 신피질의 기능이 형성되어 있으므로, 생겨난 감정에 대해 흘러가도록 지켜볼 수 있는 힘도 어느 정도 있고, 지켜보는 힘이 커지게 되면 감정선의 흥분을 무의식적으로 다스리는 역할도 커지게 된다고 하니, 우선은 감정상태의 흐름에 대해서 가치판단을 먼저 내리지 말고 그냥 지켜보는 것이 중요하다고 하겠습니다.

그렇게 하면 내부이미지와 감정 해석에 조금씩 변화가 생기게 되는데 그 이유는 뇌의 신경망의 연결이 유연하기 때문이라고 합니다. 쉽지는 않겠지만 가치판단 없이 날마다 짧은 시간이라도 그냥 지켜보는 집중훈련을 하게 되면 현재의 자기를 온전히 받아들이는 무의식적 역량도 커지게 되면서 의식되는 자아에 대한 긍정도 커지게 된다는 것이지요. 그러니 지금의 자기를 싫어하지 마시고, 무의식적으로 아파했을 자기를 대견하게 여기면서 감싸안아 주십시오.

다른 사람들 말이 신경 쓰여요

― 텔레비전을 보면 요즘 큰 사건들이 많이 나옵니다. 저 같은 경우 그런 사건을 보면 생각이 거기에 집중되어서 다른 일을 못합니다. 그래서 텔레비전을 거의 안 보게 됩니다. 그랬더니 주변 사람들에게 종종 "그 일도 모르냐, 그런 것에도 관심이 없냐"는 이야기를 듣게 되고, 그런 소리를 들으면 또 신경이 쓰입니다. 어떻게 하면 이런 이야기들에 신경 쓰지 않고 중심을 잡을 수 있을까요?

누구나 부정적인 소리는 세 배나 크게 들립니다. 반면 칭찬하는 소리는 1/3정도로 작게 들립니다. 그 말은 상대에게 긍정적인 반응과 부정적인 반응을 각각 한 번씩 받더라도 신체는 기분 나쁜 것으로 인식하는 강도가 크다는 뜻입니다. 그래서 외부의 반응에 흔들리지 않는 훈련을 해야 합니다. 상대의 반응이 자신을 인식하는 기준이 되지 않도록 해야 된다는 것이지요. 태어나서부터 상대의 반응을 따르면서 세계 이해에 대한 내부이미지를 만들어 왔고, 그것에 따라 현재를 해석하므로 외부에 대해 무심할 수만은 없습니다. 그렇지만 많은 경험을 통해 외부에 의해 불필요하게 감정 등이 흥분할 필요가 없다는 것도 배웠기에 자신의 감정상태를 어느 정도는 조절할 수 있는 내부 시스템도 갖추어지게 됐다고 합니다. 이 시스템을 잘 이용하면 필요 이상으로 외부에 의해 흔들리지 않게 할 수도 있다는 것입니다.

그러니 가능하면 나의 행동에 대해 외부가 하는 말은 상대방의 이해일 뿐이라고 보는 연습을 하면 됩니다. 만일 자신이 원하는 말을 듣고 싶다거나 (이 일은 잘 이루어지지 않으므로) "너는 왜 그런 식으로 말을 하는 거야?"라고 말하는 것은 강도가 큰 부정적인 통로의 운행을 강화시킬 뿐이라는 것을 재빨리 생각하는 것입니다. 생각의 색깔들이 내부에 자신의 통로를 만들기 때문입니다. 머리에 있는 천억 개나 되는 신경세포 하나하나는 이웃세포와 손 잡는 팔이 적어도 천 개 내지 만 개까지 있고 어떤 것은 10만 개까지 있다고 합니다. 이 팔들이 어떻게 연결됐느냐에 따라서 생각과 감정의 색깔이 결정된다는 것이지요.

이 배선을 결정하는 데에 의식도 개입할 여지가 있기 때문에, 현재 의식에 의해서 새로운 연결통로를 만들 수도 있습니다. 따라서 "저 사람이 나를 알아주지 않는다"는 생각보다는, TV를 보지 않으면서 자신이 하고 싶은 일을 하고 있는 자신을 대견해하는 생각을 강도 있게 하는 것이 중요하다고 하겠습니다. 그렇게 하다 보면 새로운 시냅스의 연결을 만들 수 있고, 자주 하다 보면 연결이 강화되면서(특정 단백질이 경화되면서), 기억도 강화되므로 보다 쉽게 그런 생각을 할 수 있게 될 것입니다.

그러므로 외부의 감각자료를 해석하는 내부의 배선을 조정하는 노력이 필요합니다. 곧 '관심이 없느냐'는 이야기를 들으면 자신의 생각을 분명하게 말씀드려야 하며, TV를 보지 않는 자신의 행동이 칭찬받을 만한 일이라는 것을 새기면서 자신을 칭찬해 주면 됩니다.

남들이 보는 나와 내가 생각하는 나가 너무 달라요

– 남들의 시선에 맞추기만 하거나 내 고집만 피우는 것도 아닌데 남들이 보는 나와 내가 보는 나의 간극이 큰 것 같습니다. 남들에게 공감을 얻을 수 있는 방법이 무엇일까요?

뇌과학 책을 보면 '유전적 다형'(遺傳的多型, genetic polymorphism)이라는 말이 나옵니다. 예를 들면 여러 사람이 빨간색을 보고서 빨간색이라고 이해하지만 실제로는 약간씩 다른 빨간색을 본다는 것입니다. 단지 빨간색이라는 단어를 같이 쓰고 있으므로 같은 빨강을 본다고 여길 뿐이라는 것이지요.

　하나의 색깔을 보는데도 그럴진대 수많은 지각과 감정과 경험들을 총합하여 나의 것으로 여기면서 그것을 지켜보는 것 같은 자아를 같다고 여기는 것이 더 이상하겠지요. 자기 스스로 자기를 판단할 때조차 여럿인 자아가 있다고까지 할 수 있는데, 다른 사람이 보는 나는 더 말할 필요도 없다는 것입니다. 그러므로 공감되는 것조차 온전한 공감이라고 말하기 어렵다고 해야 합니다. 따라서 온전히 공감하는 것을 지향하려고 할 것이 아니라, 그 사람의 생각을 그대로 인정해 주는 연습을 하면 됩니다.

　또 눈치를 보는 것 같다고 하는데 사람은 누구나 다른 사람의 눈치를 봅니다. 어려서부터 내부이미지를 형성할 때 외부의 반응을 살펴 지각과 감정선들을 만들어 왔기 때문입니다. 그러나 지나치게 외부를 의식하는 것은 자신에 대한 존중감을 떨어뜨릴 수 있어 조심해야 합니다. 그러므로 타인에 대한 공감도 할 수 있는 선까지 하면 되는 것이고, 다른 사람이 나를 공감해 주는 것에 대해서도 너무 크게 기대할 필요가 없습니다. 공감이 서로간에 중요한 요소이긴 하지만 그 출발은 다른 것을 인정하는 것이며, 어쩌면 언제나 출발점에 서 있는 공감이라고 해야 할 것입니다. 그러므로 공감하는 것도 중요하지만 자기 고유한 색깔도 중요합니다. 자기 색깔을 잘 이해하지 못하는 사람을 만나면, 그러려니 해야지 이해를 바란다면 불편한 마음만을 키울 확률이 높아지겠지요. 타인을 보는 나의 시선 또한 그러해야 할 것입니다.

　보통 사랑하는 사람은 같은 곳을 보는 사람이라고 말하는데 이런 생각을 가지고 연애도 하고 결혼도 했지만 성공한 사랑이라고 말하는 사람이 많지 않은 것이 좋은 예라고 하겠습니다. 언제나 같은 곳을 볼 수 있는 사람은 그리 많지 않습니다. 그런데 같은 곳을 보는 게 사랑이라고 이야기하고 상대방에게 그렇게 해주기를 요구한다면 싸움밖에 일어나지 않겠지요. '사랑하는 사람은 같은 곳을 봐야 한다'는 문구나 '사랑은 영원히'라는 다이아몬드의 광고가 그럴듯해 보이지만, 그 또한 이미지 조작일 뿐이지요.

스스로가 다른 사람을 이해하는 부분이 적은 만큼 다른 사람
으로부터 내가 이해받지 못하는 부분에 대해서도 그냥 지나가도록
하는 연습을 하면 됩니다.

다른 사람에게 기대하는 게 잘못된 건가요

― 다른 사람에 대해서 기대하거나, 내가 원하는 대로 되길 바라는 것도 문제가 있나요?

기대할 게 아니라 그냥 좋게 보는 훈련을 해야 합니다. 지금 있는 그 자체를 좋게 보는 것이죠. 기대하고 보면 상대를 보는 특정한 색 깔이 생기면서 다른 것은 잘 보이지 않게 됩니다. 예컨대 자식이 좋은 대학을 가길 바라면서 열심히 공부하는 걸 기대한다고 합시다. 그런데 자식이 그 기대에 미치지 못하면 자식이 갖고 있는 다른 좋은 점은 잘 보이지 않게 됩니다. 기대에 미치지 못하는 것만 뚜렷하게 보이는 것이죠. 그렇게 보는 시각이 강화될수록 우리는 죽을 때까지 기대를 이루지 못한 상대를 볼 뿐만 아니라 기대를 이루지 못할 것이라는 불안을 쌓아 가게 됩니다. 기대가 불안을 만든 것이지요. 그러니 기대를 내려놓고 있는 그대로를 좋아하는 훈련을 해야 됩니다.

이것은 상대뿐만 아니라, 자기한테도 마찬가지입니다. 무슨 일을 할 경우 그 결과와 무관하게 자기 할 일을 하면 된다는 것입니다. 일을 하고 있는 그것밖에 다른 자기는 없기 때문입니다. 성공한 자기도 실패한 자기도 없다는 것입니다. 진인사대천명(盡人事待天命)이란 말이 있습니다만, 대천명(待天命)에는 의미를 두지 마십시오. 그것은 아무 의미 없는 말입니다. 그렇다고 진인사(盡人事)를 죽을 만큼 하면 안 됩니다. 자신이 할 수 있는 만큼만 하면 됩니다. 우리가 진짜 해야 할 것은 인연 따라 할 일을 정하고 그 일을 묵묵히 하는 것입니다. 그리고 그 일이 성취된다면 바람직한 일이긴 해도 성취되지 않는다고 해도 크게 실망할 일이 아닙니다. 중요한 것은 우리의 삶은 한 걸음 걷는 그곳에만 있다는 것을 잊지 않는 것입니다. 그러므로 '성취한 것으로 자신의 가치를 결정하는' 마음을 갖지 말아야 합니다.

저 스스로를 못살게 굽니다

— 저는 사람들과의 관계에서 문제를 일으키거나 그러지는 않는데 저 스스로를 힘들게 해요. 그래서인지 주변 사람들한테 "너무 완벽하게 하려고 한다", "자존심이 강하다"는 말을 많이 듣고요. 어떤 일을 생각할 때나 결정할 때도, 다른 사람의 이야기를 듣기보다 제 생각대로 일을 처리하지만, 막상 일을 하고 난 후 객관적으로 봤을 때 그렇게 완벽하게 잘하지도 못했고, 또 사람들과의 관계에서도 잘하지 못하면서 '왜 자꾸 나는 내 감정만 추구할까?'라는 생각이 들기도 합니다. 이런 마음이 몸에 병으로 나타난 건지 뭘 먹으면 소화도 잘 안 되고요. 다른 사람과의 관계에서 상대는 이해 못하는 상황에서 저 혼자 나가 떨어지고, 이렇게 된 나를 이해하지 못하는 상대가 원망스럽고…. 이런 식으로 아이들, 남편 그리고 가족들, 친구들과의 불편한 관계가 만들어집니다. 소화시킬 수 없을 만큼 먹어서 위장에 문제가 되듯이 모든 사람들과의 관계에서도 잘하려고 하지만 결국 소화를 시키지 못해 꽉 막혀 버린 상황이 된 것 같습니다. 어떻게 해야 될까요?

우선 자기 자신한테 "너는 착한 딸이 아니어도 괜찮아. 너는 착한 엄마가 아니어도 괜찮아. 너는 착한 아내가 아니어도 괜찮아"라고 말해 주십시오. 자신의 삶을 외부가 원하는 착한 나에 맞추어 살다 보니 자신의 삶이 사라지게 되면서 형성된 부조화가 자신을 못살게 하는 양상으로 나타나게 됐다는 것입니다. 보통사람들은 적당히 착하고, 적당히 착하지 않기도 하면서 살지만, 어떤 사람은 너무 나쁘고, 또 어떤 사람은 너무 착한 경우도 있습니다. 너무 나쁜 것도 병이요, 너무 착한 것도 병입니다. 한쪽으로 치우친 결과가 병으로 나타난다는 것이지요. 아울러 외부의 관점마다에 자신을 맞추다 보니 생각이 많아지게 됐을 뿐만 아니라, 생각이 왔다 갔다 했을 것입니다.

위장을 옛날 사람들은 '생각[思]이 일어나는 곳'이라고 했습니다. 생각이 많아 머릿속이 복잡해지면 속도 불편해지기 쉽다는 것입니다. 젊었을 때는 회복 속도가 빠르지만 나이가 들수록 예전 같지 않다는 것을 실감하게 되지요. 따라서 지나치게 좋은 딸, 좋은 엄마, 좋은 아내가 되려고 하지 마십시오. 지금도 충분히 좋은 딸이고, 좋은 엄마이며, 좋은 아내입니다. 그러니 맘에 들지 않는 자기가 보이거든 '맘에 들지 않아도 돼'라고 자신에게 말을 해주십시오. 그렇게 하다 보면 문제가 풀려 갈 것입니다.

어느 생물학자는 살아 있는 유기체는 끊임없이 '불안정성과의 화해'를 하면서 살아간다고 했습니다. 안정되어 있으면 좋기는 하지만, 생물들이 살아가는 삶터가 언제나 안정적일 수는 없기 때문에 자기변이를 통해서 그와 같은 환경과 적절한 연대를 만들어 간다는 것이지요.

마찬가지로 끊임없이 일어나는 사건들과 화해해 가는 것이 우리의 삶입니다. 여기서 화해란 자기를 바꿔 가는 것입니다. 시공 자체가 불안정성으로 계속 흔들리니까 거기에 맞춰 계속 화해적 연대를 해야 한다는 것이지요. 마치 달리다가 갑자기 멈추게 되면 넘어지지 않으려고 몸이 균형을 맞추듯이 말입니다. 지구상의 생물체 중에 제대로 변이하지 못해 사라진 종과 환경의 변이를 따라가지 못해 사라진 종, 그리고 따라갈 수 없을 만큼 급변한 환경에 의해서 사라진 종들이 지구상에 생겨났던 생물 종 가운데 99.9퍼센트가 된다고 하는 것만 봐도 지금 살아 있는 모든 생물종들은 얼마나 화해(변이)를 잘하면서 살아왔는가를 알 수 있습니다.

사람들과 사귈 때 잘 삐쳐요

— 저는 사람들과의 관계에서 잘 삐쳐요. 너무 친밀하게 찰싹 붙어 지내다가도 어떤 일로 감정이 한 번 상하면 관계를 딱 끊어 버려요. 이런 식으로 여기서 관계가 깨지면 저곳으로 옮겨 다니기를 반복해 왔습니다. 지금은 암 치료 때문에 몸이 힘든데도 여전히 사람들과의 관계에서 마음이 삐치고 마네요.

여기 있는 분들도 다 그런 기질을 가지고 있습니다. 다만 진폭이 크지 않기 때문에 크게 보이지 않을 뿐입니다. 학인 분께서는 아마 어렸을 때 과도하게 칭찬을 받았거나, 아니면 칭찬보다는 벌이 지나쳤을 확률이 높은 것 같습니다. 어느 쪽이든 감정선의 흔들림이 컸기 때문에 커서도 감정 처리가 치우치기 쉽다는 것입니다. 이럴 때는 자기에게 편지를 써 보십시오. 내용은 '내가 이래저래 사느라 고생했구나, 이렇게 저렇게 해줘서 너무 고맙다'와 같이 아주 구체적으로 자기 스스로를 대견하게 여기는 것이어야 합니다.

그러면서 고요하고 평안했을 때의 감정을 온전히 느껴 보는 것이 중요합니다. 지나치게 흔들리지 않는 마음상태를 만드는 연습이기 때문입니다. 다만 감정을 다스린다는 것은 논리적인 이해를 바꾸는 것보다 훨씬 어렵다는 것을 아시고, 몇 번의 연습으로 그렇게 되지 않는다고 자신을 나무라지 마십시오. 그것은 감정을 만들어 내는 곳이 이성적으로 고차원적인 판단과 억제를 하는 곳보다 진화과정에서 먼저 형성됐기 때문입니다. 그렇기는 해도 감정을 해석하는 곳이 균형 잡힌 판단 및 억제를 담당하는 곳과 강한 연결망을 갖고 있기 때문에 스스로 자신을 칭찬한 글을 쓰고 외우면서 자신의 감정 흐름을 편하게 흐르도록 하면 치우치지 않는 감정선을 만들 수 있습니다.

(질문자 : 외부의 자극이 없을 때는 마음공부가 어느 정도 됐다 싶은데, 어떤 감정으로 자극을 조금만 받으면 확 제자리로 돌아가 버리는 느낌입니다.)

그때는 그와 같이 변하는 감정상태를 알아차리면서 자신의 감정에 휩쓸리지 않도록 물러설 수 있는 힘만 있으면 됩니다. 지금 상태에서는 감정을 컨트롤 하는 것이 쉽지 않기 때문입니다. 그러니 감정이 욱하고 올라오거든 심호흡을 서너 번 하신 다음에 그 감정을 흘러가도록 하는 것이 중요합니다.

감정이 폭발하고 나니까 상대방이 더 싫어져요

— 연구실에서 함께 공부하던 학인과 갈등이 생겼는데요, 화가 나기도 하고 고민이 되어서 며칠씩 잠도 못 자고 눈물도 나고 그랬습니다. 그러다가 폭발해서 그 학인에게 화를 퍼부었습니다. 그런데 폭발하고 나니까 제가 한 말이 더 맞는 것 같고, 그렇게 생각하니까 상대가 더 보기 싫어졌습니다. 저의 이런 감정이 스스로 잘 이해가 안 되기도 하고, 관계를 어떻게 풀어야 할지도 모르겠습니다.

우선 내가 좋아하는 상대한테 너무 잘해 주려고 하지 마십시오. 혹시 잘해 주었다면 그 사람이 어떻게 하든 신경 쓰지 않는 훈련을 해야 합니다.

생태계 전체로 보면 생명과 환경은 하나 된 생명계처럼 서로 영향을 주고받으면서 생태계를 지속시키고 있습니다. 생명체들이 없다면 지금의 생명환경도 있을 수 없으며, 생명환경이 있기에 생명체도 살아갈 수 있다는 것입니다. 인간계 또한 그와 마찬가지입니다. 그렇기는 해도 언어의 추상을 중심으로 사유하고 있는 사람은 (무의식적으로 이루어지고 있는 생명계의 주고받음과는 달리) 자신이 만든 고유한 세계 해석지도를 바탕으로 일어난 일들을 해석하면서 주고받다 보니까 서로 어긋날 일도 많이 생기게 됩니다. 어떤 경우는 해석채널의 공명이 잘 이루어져 문제가 없다가도 다른 경우에는 전혀 공명이 이루어지지 않아 상호이해와 감정의 충돌이 있게 된다는 것이지요. 그렇기 때문에 주고 싶은 만큼만 주고, 불편하지 않을 정도로만 받는 훈련을 해야 합니다.

문제가 발생한 상대를 보기 싫은 것은 상대 그 자체가 아니라 내가 해석한 상대이므로, 실상에서 보면 상대를 보는 것이 아니라 해석된 자신의 색깔을 보고 있는 것입니다. 그러므로 지금 일어난 상황을 다시 정리해서 자신의 욕망을 보는 것이 중요합니다. 구체적으로 이렇게 해보십시오.

첫번째, 바둑을 복기하듯이 그 사람과의 일을 복기해 보십시오. 이 말은 내 느낌과 행동에 대해서 내가 왜 그렇게 했는지를 쭉 돌아보는 과정을 가지라는 뜻입니다. 이때 중요한 것은 상대의 탓을 전혀 하지 않는 것입니다(그렇다고 자기 탓을 하라는 것도 아닙니다). 내가 상대를 어떻게 대하고 어떻게 말했건 순전히 내가 소화한 내용이기 때문입니다.

두번째, 그 사람을 찾아가서 나의 마음과 상태를 솔직히 이야기하십시오. 단, 편안하게 할 수 있을 때 해야 합니다.

세번째, 원망을 하지 마십시오. 상대가 그 문제에 대해서 내가 원하는 대로 반응하지 않더라도 신경 쓰지 말고, 내가 할 말만 하되, "내가 이렇게까지 했는데 네가 이럴 수 있느냐"는 원망은 하면 안 됩니다.

　네번째, 상대방의 이야기를 들으십시오. 상대방도 이쪽이 화를 내니까 당황했을 수 있겠지요. 서로가 상대방의 상태에 대해서 잘 모르기 때문입니다. 혹 알았다고 해도 감정이 상하면 내가 아무리 옳은 말을 해도 귀를 기울이지 않을 것입니다. 그러니 어느 정도 평온한 상태가 됐을 때 들어야 하겠지요. 이런 과정을 거쳐 이미 일어났던 일에 자신의 욕망이 어떻게 스며 있는지를 보시고, 욕망에 의해 감정을 상하지 않게 하는 연습을 하면 됩니다.

조건 없이 주고받는 관계가 안 돼요

— 주고받는 관계에만 익숙해서 그런지 조건 없이 주고받는 관계가 안 됩니다. 자본 축적의 역사가 내 몸에 각인된 것인지 자꾸 챙기는 것에만 마음이 가요. 어떻게 해야 조건 없이 주고받는 관계를 만들 수 있을까요?

기본전제가 잘못되어 있습니다. 이 세상의 모든 것은 주고받는 조건의 관계입니다. 그러므로 조건의 관계를 어떻게 형성할 것인가를 잘 헤아려야지, 너무 조건 없이 주고받는 관계를 만들려고 하지 마십시오.

　자연은 그냥 주는 것 같아도 실제로는 하나도 그냥 주는 것이 없습니다. 인류에 이르러 자연에서 받기만 하고 자연이 필요한 것을 되돌려 주지 않았기 때문에 지금 여기저기서 옛날과 다른 자연재해가 발생하며, 오존층의 파괴가 일어나 생명계에 심각한 문제가 발생하고 있는 것만 봐도 상호간에 균형 잡힌 주고받음이 얼마나 필요한지 알 것입니다. 주고받는 관계는 균형을 유지하기 위해서입니다.

예를 들어 남미나 아프리카에는 줄기 가운데가 대나무처럼 텅 텅 비어 있는 나무가 있는데, 나무 스스로가 줄기에 개미가 들락날 락하기 좋게 구멍을 뚫어 놓습니다. 그럼 개미가 그 구멍을 통해 들 어와 줄기 속에서 살게 되는데, 나무는 개미에게 살 집만을 제공하 는 데 그치지 않고 개미가 좋아하는 꿀 같은 것을 만들어서 개미한 테 줍니다. 그러므로 개미가 그곳을 삶의 터전으로 삼는 것입니다. 그렇다고 개미가 받기만 하는 것이 아닙니다. 그 나무를 해치는 곤 충이 오면 개미들이 다 달라붙어 그 곤충을 몰아내 나무를 건강하 게 자라도록 하기 때문입니다.

이런 관계는 생명계 전체가 공생과 개체생이라는 양면의 조화 를 유지하는 것이야말로 생명을 유지하는 관건이라는 것이 무의식 적으로 몸에 배어 있기 때문이겠지요. 다만 인류에 이르러서는 언 어 추상을 통한 사고가 언어의 분별력만큼이나 개체성을 강조하다 보니 몸에 밴 공생채널이 잘 움직이지 않는 경우가 많아 생명질서 에 어긋나는 일도 많이 일어나고 있는 것 같습니다. 균형 잡히지 않 은 차별과 불평등이 여전히 기세를 떨치고 있는 것이 생태계의 질 서와 어긋나는 모습을 보여 주는 예라고 하겠습니다. 그러니 조건 없이 주고받는 관계란 상상 속에서만 있는 것이니까 너무 그것에 천착하지 마십시오.

문제가 생기면 주변 상황을 못 봐요

— 어떤 문제가 발생하면 그 문제를 빨리 해결하려는 마음에 다른 주변 상황을 보지 못해요. 전체적인 상황과 관계를 보고 판단해야 하는데 당장 해결하려는 문제만 보여요. 전체를 어떻게 하면 볼 수 있을까요?

우선 그 문제를 잘 해결했다고 하면 그 문제만 해결한 것이 아니라 그 문제가 형성된 전체의 장에 무의식적 영향을 주었다고 할 수 있습니다. 잘 풀리지 않은 것도 마찬가지이고요. 보이는 것만 보면 단순히 하나의 문제에 지나지 않지만 그 사건을 이루기 위해 전체의 장이 흔들렸으니, 그 문제만 보고 해결했어도 역시 전체의 장이 흔들렸다는 것입니다. 그러니 주변 상황을 보지 못했다고 너무 자책할 필요가 없습니다. 지금부터 하나의 사건이 형성되는 인연의 장을 사유하는 습관을 조금씩 길러가면 됩니다. 그러기 위해서는 다양한 경험을 직간접적으로 하면 됩니다. 사실 직접적으로 할 수 있는 경험은 그렇게 많지 않습니다. 그러니 독서나 다른 사람의 경험을 통해 간접적 경험을 늘려 가면 됩니다. 예를 들어 지금 『장자』를 읽는다는 것은 수천 년 전에 장자가 세상을 어떻게 살았는지를 간접적으로 경험하는 것과 같습니다. 어디『장자』뿐이겠습니까. 그밖의 많은 고전들도 세상을 다른 식으로 볼 수 있도록 영감을 주거나 취할 만한 지혜가 담긴 책이라고 해야겠지요. 그렇기는 해도 현재 밝혀진 과학적 사실을 토대로 고전이 전하는 세상 보기를 해야 합니다. 고전이 쓰여진 시대에는 세상에 대한 사실적 이해의 토대가 지금처럼 튼튼하지 못한 경우가 많기 때문입니다. 곧 하나의 문제에 들어 있는 인과적 관계성을 이해하는 것이 그 사건에 담겨 있는 전체의 장을 보는 것인데, 이와 같은 인과관계를 많은 과학자들의 노력에 의해서 분명하게 이해할 수 있게 된 것이 많다는 것입니다. 따라서 과학적 사실을 기반으로 인문학적 이해를 넓혀 가는 것이 직간접으로 전체를 볼 수 있는 힘을 길러 가는 길이라고 할 수 있겠지요.

거절을 못해요

– 결단력이 없어서 그런지 꾸준하게 밀고 나가는 걸 잘 못하는데요, 그래서 그런지 인간관계에서도 거절을 잘 못하고 끌려 가는 경우가 많습니다. 어떻게 해야 거절을 잘할 수 있을까요?

제 생각에는 학인께서 어렸을 때 지나치게 착한 어린이였을 것 같습니다. 착하다는 것은 스스로가 그렇게 느끼기보다는 주변의 판단에 의한 것이므로, 착하다는 말이 자신이 하는 일의 추진력이 되기도 하지만, 한편으로 자신이 하는 일이 착한 일인지 아닌지에 대해 주변의 눈치를 심하게 볼 수밖에 없도록 만들기도 하지요. 그러므로 결단력이 없다기보다는 자신이 하는 일이 잘한 일이라는 확신을 스스로 갖지 못해 밀고 나가지 못한 경우가 많을 것입니다. 그러니 이제는 자신이 하는 그 일이 잘 선택한 것이라고 스스로에게 말해 주세요. 염려되는 마음이 일어나거든 그 마음까지도 보듬어 안아 주며, 일의 성패로만 자신을 판단하지 마시고 일하는 그것만이 온전한 자신임을 알아주십시오.

그리고 왜 거절을 못하겠나요?

（질문자: 제가 거절을 하면 상대방은 제 의사를 받아들이지 않고 절 설득하려 들어요. 그리고 거절했을 때 '상대방이 기분이 나쁘거나 실망하면 어떡하지?'라는 마음이 들어요.）

부탁하는 사람의 처지에서는 당연히 설득하려고 들겠지만, 당사자는 설득된 것이 아니라 부탁을 들어주어야 착한 사람이라는 무의식의 움직임에 의해 설득당한 것이라는 점을 잘 알아야 합니다. 또한 거절했을 때 상대방이 실망하거나 기분 나빠하는 것은 그의 문제입니다. 그것은 내가 고민할 문제가 아니에요. 상대방의 감정까지 고민하면 너무 힘들어요. 내가 싫으면 그에 대해 분명히 싫다고 이야기하고 그 이유까지 설명해 주면 됩니다. 그 다음 문제는 상대의 문제지 내가 고려할 문제가 아닙니다. 내가 거절한 이유를 말해 주고 정확하게 내 의사를 표현해야 합니다. 거절했기 때문에 상대방이 기분 나빠서 나랑 안 만나겠다고 하면 그대로 관계를 끊어도 괜찮아요. 그런 사람은 나를 이해하려 하지 않는 사람이기 때문입니다.

（질문자: 만약 가족이 그러면 어떻게 해야 할까요?）

가족이면 적당한 관계에서 끊으면 돼요. 가족은 안 볼 수가 없으니까요. 하지만 가족이라 할지라도 기본적으로 타인입니다. 가족에게도 거절할 때는 정확하게 말을 해야 합니다. 요구를 내가 거절하면 상대는 "가족인데 그것도 못 해주느냐?"고 할 거예요. 그러나 반대로 생각하면 못하겠다는 내 의견을 가족이 들어주지 않는

것이에요. 일방적으로 들어주라는 것과 같은 관계는 건강한 관계
라고 말하기 어렵지요. 그러니 거절했다고 너무 마음 아파하지 마
십시오.

왜 저는 타인의 반응에 무심할까요

— 5년 전 직장생활을 그만두었고, 요즘 일상은 108배와 참선, 그리고 공부가 전부입니다. 그 덕분인지 쉽게 감정이 동요되지 않습니다. 예컨대 곧 돌아올 유학 간 아들이 별로 기다려지지 않는다든지 옆 사람에 대해서도 그렇게 관심이 안 간다든지 하는데요. 이런 제가 너무 타인에게 무관심한 게 아닌가 걱정이 됩니다. 혹시 무력증에 빠진 건 아닐까요?

24시간 중에 사는 게 재미없어지는 느낌이 더 많이 들면 무력증으로 가는 것이라고 할 수 있고, 그렇지 않으면 무력증으로 가는 게 아닙니다.

(질문자: 그렇진 않아요. 그래도 다른 사람한테 관심 없는 것은 문제 아닌가요?)

꼭 관심을 가질 이유는 없습니다.

(질문자: 그래도 너무 관심이 없으면…)

공부하고 수행하는 데 재미를 붙이며 잘 살고 있음에도 불구하고 무관심을 척도로 자신이 잘 살고 있는가 하고 불안해하는 건 남들에게 관심을 가져야 된다는 생각이 정답이라고 여기기 때문이 아닐까요. '잘 사는 삶'이란 무엇일까요? 어쩌면 사람 수만큼 많은 답이 있지 않을까 싶습니다. 이렇게 말씀드리는 것은 '인도에는 인도 사람의 수만큼 많은 신이 있다'라는 이야기도 있기 때문입니다. 잘 사는 삶에 대한 답 가운데 하나는 '타인에게 관심을 가지고 베푸는 것이 잘 사는 삶'이 될 수 있겠지요. 물론 그와 같은 삶도 훌륭한 삶 가운데 하나겠지만, 어떤 사람들은 다른 사람들의 관심을 부담스러워 하기도 하기 때문에 반드시 관심을 갖고 살아야 한다고 말하기도 어렵다고 하겠습니다.

모든 사람에게 적용되는 삶의 기준은 없습니다. 각자에게 맞는 삶의 방식이 있을 뿐입니다. 이를테면 세상의 이치를 깨달았지만 혼자서 평범하게 살다간 독각이라고 하는 수행자들이 있었다는 데서도 이것을 알 수 있다고 하겠습니다. 그러니 반드시 다른 사람에게 관심을 가져야 한다는 전제를 가질 필요가 없습니다. 각자 자신이 처한 상황에 맞춰 충실하게 사는 게 중요합니다. 들뜨지 않고 담담하게 살 수 있다면 충분히 '잘 사는 것'입니다.

사람들이 저를 외향적이라고 오해합니다

— 남들은 제 성격을 외향적이라고 하는데요, 저는 제 성격이 내성적이라고 생각합니다. 사람들과 처음 만나는 자리도 되게 불편하고 낯을 잘 가립니다. 그런데 사람들은 제가 외향적이라고 기대하기 때문에, 저에게 바라는 바가 있습니다. 저는 또 그 기대에 부응하기 위해 힘들게 노력하고 있고요. 요즘엔 그것이 잘 안 되어서 술을 어느 정도 먹어야 외향적으로 보이게 됩니다. 자꾸만 이 상황이 반복되다 보니 스스로 힘들어집니다. 어떻게 하면 극복할 수 있을까요?

너무 좋은 사람이 되려고 하면 안 됩니다. 중요한 것은 '내 신체와 내 마음이 편안한가'에서부터 출발해야 합니다. 그 다음으로는 분명하게 'NO'라고 말하는 연습을 해야 합니다. '좋은 것이 좋다'고 넘어 가는 일이 일회성으로 끝이 난다면, 그것은 내가 감당할 수 있습니다. 하지만 이 상황이 반복된다면 점점 감당할 수 없게 됩니다. 또 이미 주변 사람들과 관계를 맺을 때 '좋은 게 좋은 거야'라며 지냈기 때문에, 내가 다르게 행동하지도 못합니다. 내가 힘들어지고 점점 감당할 수 없는 일 같다면 너무 다른 사람들의 기대에 맞추려

할 필요가 없습니다.

　그래서 내가 감당할 수 있으면 분명하게 'YES' 하면 되고, 내가 감당하기 힘든 일은 'NO'라고 해서 그것을 받아들이지 않도록 해야 합니다. 그렇지 않으면 처음에는 좋은 사람으로 보여도 나중에는 감당하지 못한 자신을 탓하거나 다른 사람을 원망하게 될 것입니다. 함께 살아가는 사회이기에 외부를 전혀 의식하지 않을 수 없으나 지나치게 되면 자신도 힘들게 될 뿐만 아니라 함께하는 이웃과도 좋지 않게 될 것입니다. 지금처럼 자신을 힘들게 할 정도까지 되었으면 그것은 잘못 선택해 온 것입니다. 이는 균형이 깨진 관계로 결코 바람직한 일이라고 할 수 없습니다.

제가 무슨 말하는지 못 알아듣겠대요

― 남산강학원에서 공부를 하고 있습니다. 여자 친구들이 같이 사는 청년학사(풀집)에 살게 됐는데 고민이 생겼습니다. 나이도 많고 풀집 장(長)이라는 책임감도 있어서 아이들에게 뭔가 지시하는 말을 해야 할 때가 있습니다. 한 번만 생각하고 "이렇게 해"라고 말하면 될 걸 말을 할 때마다 '내 말이 저 사람한테 어떻게 들릴까?, 기분 나쁘지는 않을까?'라는 생각을 합니다. 그러다 보니 오히려 역효과가 나서 제가 의도한 거랑 다르게 전달됩니다. 무슨 말인지 잘 못 알아듣겠다는 말까지 들었습니다. 내가 '말을 너무 못하나' 이런 자괴감이 들면서 '소통이 안 된다'는 생각이 들어서 고민입니다.

사람은 누구나 다 서로 소통이 잘 안 됩니다. 살아온 과정에서 세계를 해석하는 채널을 서로 다르게 만들었기 때문에 같은 말을 하더라도 다 다르게 듣게 되어 있습니다. "이렇게 해"라는 간단한 말도 사람마다 다르게 듣고 다르게 행동할 수 있다는 것이지요. 말을 잘 전달하기 위해서 많은 생각을 하는 것이 반드시 좋은 결과를 산출하지 않을 수도 있다는 것입니다. 상대방을 위해 여러 가지 생각을 한다고 해도 정작 상대는 왜 그렇게 말하는지 알 수 없는 경우가 많기 때문입니다.

그러니, 말을 해야 할 때는 머릿속으로 한 번 정리하고 솔직하게 말하십시오. 그리고 가능하면 지시가 아니라 상대의 선택을 존중하는 쪽으로 의견을 제시하는 것이 좋으며, 나이 많은 선배로서 존중받았으면 하는 생각도 없는 것이 좋습니다. 그런 마음이 있다면 일을 더 꼬이게 할 것입니다. 나를 존중할지 안 할지를 결정하는 것은 상대방에게 있기 때문입니다.

하지만 각자의 입장에서 말을 하다 보면 감정이 어긋나는 일이 발생하기도 합니다. 그럴 때는 심호흡을 몇 번 하고 나서 자신의 감정상태를 있는 그대로 말해 주십시오. 단, 그것이 상대의 탓만이 아니라는 것을 먼저 이해하고 있어야 합니다. 앞서 말씀드린 대로 감정에 대한 해석지도가 서로 다르기 때문이며, 말하지 않으면 상대방도 알 수 없기 때문입니다.

반대로 상대방이 나의 말에 보이는 반응에 대해서는 '저 사람은 이런 말을 이와 같이 해석하는 채널을 가지고 있구나'라고 알아차리면 됩니다. 내 의견과 같기도 하고 다르기도 하겠지만 그에 대해서 맞다, 틀렸다는 판단을 하고 시비를 하다 보면 감정만 더 상하게 됩니다. 한 번 감정이 상하고 나면 그 다음부터는 말이 더 통하지 않게 되기 쉽습니다. 신체에 스며 있는 감정선의 강도가 훨씬 세고 깊기 때문입니다. 그러므로 깊은 감정선을 건드리기 전에 나의 감정상태를 있는 그대로 이야기해서 감정의 골이 깊어지지 않도록 해야 합니다. 단, '너 때문이야'라는 탓이 들어가면 역효과가 나기 쉬우니, 이런 말을 할 때는 자신의 감정 흐름을 잘 살펴 일정선을 넘지 않도록 유지하는 것이 중요합니다.

말하고자 하는 이야기를 끝까지 하지 못합니다

― 상대방과 대화할 때, 말하는 중간중간에 부연설명이 심해져 핵심을 잊어 버리는 경우가 종종 있습니다. 이런 습관을 고치려면 어떻게 해야 할까요?

일상적인 이야기들은 그냥 하면 되지만 논리적으로 이야기해야 할 상황은 다르겠지요. 그러므로 논리적으로 이야기할 때는 자기가 말하고자 하는 바를 수첩에 잘 정리해서 상대방에게 이야기하는 훈련을 해야 합니다. 그렇지 않으면 이야기의 핵심이 잘 전달되지 못하고 어디론가 흘러가 버리거나 여기저기 흩어지게 됩니다.

훈련을 위해서는 전하고자 하는 핵심을 꼭 집어 이야기하고 있는 글들을 찾아서 많이 읽는 것이 좋을 것 같습니다. 신문에 나오는 칼럼 등이 좋은 예문일 것입니다. 한정된 지면에서 전하고자 하는 논지를 분명하게 드러내야 하기 때문입니다. 신문을 읽는다고 할 때는 가능한 한 의견이 다른 글들과 같이 읽는 것이 좋을 것입니다. 자칫하면 개인의 의견이나 신문사의 논조가 심하게 스며 있어 객관성을 담보하기 어려울 수도 있기 때문입니다. 더 나아가 분명히 밝혀진 과학적 사실들을 토대로 인문학적 융합이 필요하다고 하겠습니다. 이 또한 일정한 정도의 독서량이 필요합니다. 독서를 통한 학습과 학습된 것들을 일관성이 있게 엮어 내는 통찰력 있는 사유, 그리고 이것이 습관이 될 수 있을 정도의 연습이 어우러져야 할 것입니다.

다만, 이 일이 이루어지지 않았다고 해서 이야기를 하지 않을 수 없으니, 요지를 수첩에 잘 정리해 놓고 이야기를 하다 중언부언하는 것 같으면 다시 수첩을 보면서 이야기를 전개하는 연습도 병행해야겠지요.

어떻게 하면 제 생각을 잘 전달할 수 있을까요

– 저는 목소리 톤도 높고 말도 굉장히 장황합니다. 저의 생각을 상대한테 잘 전달하고 싶은 마음이 커서 그런 것 같은데 어떻게 하면 장황하지 않게 제 생각을 상대에게 잘 전달할 수 있을까요?

말과 글의 가장 중요한 대목은 시작할 때와 끝날 때라고 합니다. 시작할 때 강한 임팩트를 줘서 사람이 주위를 잠깐 충분히 기울였을 때 자기가 전하고 싶은 요지를 완벽하게 정리해서 말하고 그 다음부터는 이런저런 말들을 하다가 마지막에 뭔가 강조되는 말로 마무리하는 것이 자신이 전하고 싶은 뜻을 상대에게 잘 전달하는 방법이라는 것이지요. 그러므로 하고 싶은 말의 요지를 먼저 노트에 써서 정리하는 연습이 필요하다고 하겠습니다.

(질문자: 말이 장황한 것도 뭔가 생각이 자꾸 퍼져서 그런 것 같은데 이렇게 퍼지는 생각을 하나로 모으려면 어떻게 해야 하나요?)
생각을 쉽게 하는 것은 기본적으로는 생각이 일어나고 사라지는 것을 지켜보는 것입니다. 이 힘이 강해지면 생각을 따라 외부로 향하던 시선이 내부로 향하면서 집중력이 강해집니다. 또 다른 방법으로는 온몸의 힘을 뺀 상태에서 허리를 곧게 하고 그냥 아무 생각 없이 앉아 있는 것도 있습니다. 일어나고 사라지는 생각을 지켜보는 것이 아니라 아무런 관심을 두지 않는 것이지요. 아니면 특정 주제나 질문을 염두에 두고 지속적으로 묻는 방법도 있습니다. 그밖에도 호흡관찰, 만트라 외우기 등도 있습니다.

이 모두는 익숙한 생각길에 구멍을 뚫을 뿐만 아니라 새로운 생각길을 만들게 합니다. 집중이 강해지면 언어를 통해서 세상을 해석하는 뇌 부위가 작용하지 않게 되면서 일어나는 일입니다. 기존의 해석통로가 쉬었다는 데서는 마음 쉼이라고 할 수 있으며, 마음 쉼을 통해서 보이지 않던 새로운 길을 보게 되면서 막혀 있던 길이 뚫리게 됐다고도 할 수 있습니다. 왜냐하면 마음을 쉬게 되면서 오히려 다양한 감각과 지각들이 내 몸에서 일어나고 있는 것을 알게 되고, 그것들을 통해서 지금까지와는 다른 내부이미지를 만들어 다른 식으로 보고 듣는 생각길을 만들게 되기 때문입니다. 새로운 생각길이 열리면서 지금까지 경험하지 못했던 다양한 내부이미지를 경험하게 되는데 이것 또한 만들어진 것이라고 이해해야 합니다. 자칫하면 집중상에서 나타나는 것은 진실할 것이라고 착각하기 때문입니다. 일상이 그러하듯이 외부를 있는 그대로 보는 것이 아니라 내가 가지고 있는 내부의 해석지도가 외부를 그렇게 보도록 만들었다고 볼 수 있는 경험인데도 불구하고 오히려 내부만을 진실이라고 여기면서 자신의 경험을 잘못 해석하는 경우가 있기 때문입니다.

　호흡관찰, 마음관찰, 주제관찰 등은 직접적으로 생각의 속성을 볼 수 있는 방법이라고 한다면, 다양한 독서 등은 간접적으로 자신의 생각통로를 돌아보게 하는 경험이라고 할 수 있습니다. 직접경험도 그러하지만 간접경험 또한 일정한 정도의 체험이 필요합니다. 이를 통해서 생각길을 알게 된다는 것은 생각의 흐름이 막히지 않는다는 것입니다. 막히지 않는 흐름으로 사물·사건을 볼 수 있는 힘을 통찰력이라고 한다면, 어느 정도 통찰력을 갖추었다는 것은 새로운 말의 흐름을 만든 것이라고 할 수 있겠지요.

습관적으로 안 들어요

– 토론할 기회가 많은데 남의 말을 잘 안 듣습니다. 다른 사람이 말을 할 때, 다음에 제가 말할 것을 생각하기도 합니다. 누가 말을 하면 입으로는 '네, 네, 네' 대답만 하고 넘어 갑니다.

생각의 습성이 한곳에 오래 머물지 않고 이곳저곳으로 나다니는 특성이 강해 집중이 잘 되지 않는 상태가 아닌가 합니다. 불교에서는 그와 같은 특성이 강한 사람들에게 호흡관찰을 집중적으로 연습하라고 합니다. 물론 하루아침에 될 일은 아니니, 잘 안 된다고 낙심하지 마십시오. 매일 30분 정도 고요히 앉아서 호흡의 숫자를 세는 연습을 하는 것입니다. '호흡관찰' 방법은 이렇습니다.

첫째, 숨을 한 번 들이쉬었다가 내쉬는 것을 한 호흡으로 여기면서 일부터 십까지 셉니다.

둘째, 십부터 구, 팔, 칠, 육… 일로 거꾸로 세 나갑니다.

셋째, 도중에 잊어버리면 처음부터 다시 세면 됩니다.

이렇게 매일 30분 이상 호흡관찰을 하다 보면 집중력이 생겨 어느 정도 생각의 흐름을 조율할 수 있을 것입니다.

모성애가 아니라 집착인 걸까요

– 두 아들을 키우면서 사실 모성애라는 것을 느끼지 못했어요. 내가 낳았으니 책임감과 의무감으로 아이들을 키운다고 생각했지요. 그런데 어느 날 큰아들이 군대에 간 후 새삼 모성애를 느끼게 되었는데요, 가만 보니까 이게 모성애가 아니라 집착인 것 같은 생각이 듭니다. 그렇게 생각하게 된 계기는 제 용돈벌이로 시작한 작은 아르바이트가 있는데, 지금은 생각이 달라져서 애들을 위해 쓸 돈으로 변질했다는 걸 깨달은 거예요. 이것이 진정한 모성애일까요?

특정한 것을 삶의 이유로 삼으면 대부분 그것에 집착하기 쉽습니다. 그러다가 어느 날 삶의 이유로 삼았던 것이 의미가 없어지게 되면 내가 왜 사는지 공허함을 느끼게 되지요. 집착했던 것이 내 진짜 삶인 양 살았는데 그것이 사라지면서 살 이유가 없어지는 것처럼 느껴지게 된 것입니다. 그러니 내 삶 바깥의 것들을 내 삶의 중심으로 삼지 않도록 계속 노력해야 합니다.

　삶의 이유가 나 자신이 아니라 외부에 있다면 빨리 집착을 놓아야 합니다. 돈에 집착하게 되면 돈이 삶의 이유가 되고, 아이들에게 집착하면 아이들이 삶의 이유가 됩니다. 부모는 아이들을 성장할 때까지만 키워 주면 됩니다. 그 이상 아이들을 도와주는 것을 내 삶의 이유로 삼으면 자식들에게 빚을 지우는 것과 같습니다. 빚쟁이 앞에서는 누구나 주눅이 들게 마련이지요. 그러니 적당한 선에서 멈출 줄 알아야 합니다. 돈을 주는 것도 지나치지도 모자라지도 않아야 합니다. 중요한 것은 각자의 삶입니다. 각자가 처해 있는 상황에 따라 잘 처신하되 집착하지 않고 내가 삶의 중심이 되어서 사는 노력을 해야 합니다.

자신이 살아가고 있는 삶의 과정들이 그 자체로 자신의 즐거움이 되어야 한다는 것입니다. 이와 같은 삶의 모습 또한 자녀들에게 주는 좋은 선물입니다. 이 선물을 받은 자녀들도 자신이 살아가는 순간순간들 그 자체가 삶의 이유가 되어 한 세상을 잘 살았다고 느껴 알게 될 것입니다. 자신의 걸음걸음을 온전히 자신의 이유로 걷고 있는 어머니의 모습이야말로 무엇보다 큰 모성애의 모습이 아닌가 싶습니다.

게임만 하는 아이들을 보자니 불안합니다

– 저는 초등학교 6학년과 중학생인 아이들을 키우고 있는데요, 전에는 제가 아이들에게 많이 집착했었어요. 근데 제가 감이당에서 공부하면서부터 많이 내려놓으려고 하고, 또 그렇게 되기도 했다고 생각했는데요. 그런데 실은 지금도 계속 머릿속에서는 "애들이 지금 뭐하고 있을까? 애들을 비싼 학원을 보내야 하는 거 아닌가?" 그런 생각이 듭니다. 아이들이 학원에 다니기 싫다고 해서 그냥 두고는 있는데, 게임만 하고 있는 아이들을 보자니 마음이 불안합니다. 어떻게 하면 될지도 모르겠고요.

그런 경우 지금 어머님이 가지고 있는 경험으로는 아이들을 지도하기가 어려울 것 같습니다. 그러니 그 아이들의 나이에 맞게 여러 가지로 연구를 하는 곳, 예를 들면 아동심리센터나 발달센터 등을 찾아가셔서 '이럴 땐 어떻게 해야 하는가?'를 알아볼 필요가 있습니다. 100퍼센트 내 아들 딸의 경우와 꼭 맞는 건 아닐지라도 많은 도움이 될 것입니다. 그런 걸 참고 삼아서 실행해 보는 게 좋을 것 같습니다.

사람들이 세상을 어떻게 볼 것인가, 어떻게 살아갈까 하는 생각의 길을 만드는 것이 머릿속의 신경세포라고 합니다. 신경세포들의 연결망이 바깥세상에 대한 해석을 하기 때문이지요. 그런데 어린아이들은 신경세포가 어른들보다 150~200퍼센트 많게 태어나지만 갓 태어나서부터 이웃세포들과의 연결망을 갖추지 못한 세포들이 1초에 한 개씩 죽어간다고 합니다. 어른이 됐을 때는 태어날 때보다 50~100퍼센트가 죽었다는 것입니다. 이런 과정을 거쳐 스물 몇 살쯤 되었을 때, 평균 어른 정도의 신경세포를 가지고, 자기 나름대로 세상보기를 완성시켜 간다는 것이지요. 완성됐다고 해서 더 이상 변하지 않는 것이 아니라 새로운 경험의 강도에 따라 연결망이 변하기도 합니다. 어른이 되어서도 생각의 길을 바꿀 수 있다는 것이지요. 다만 경험의 강도가 어린 시절보다 훨씬 강해야 합니다.

반면 완성되기 전인 청소년 시기에는 그 많은 신경세포들이 아침에 다르고 저녁에 다르게 연결되며 연결배선에 따라 생각과 감정 등의 양상이 달라지기 때문에, 어떤 경우는 청소년 본인조차 자기가 왜 그렇게 생각하는지 모르기도 합니다. 부모님들께서도 이해되지 않는 경우도 많고요. 이런 과정을 겪으면서 세상과 관계 맺는 자기 나름대로의 도로를 만드는 것이지요. 이 도로가 성립되기까지는 자기도 왜 그러는지 모르는 경우도 있을 수 있기 때문에 부모님께서 '쟤가 왜 내 말을 안 듣지?' 해봤자 소용이 없는 경우가 많다는 것입니다. 기본적으로 그럴 수 있다는 것이지요. 그렇다고 해서 아이들 마음대로 하게 둘 수는 없으므로, 그 나이 때의 아이들에 대한 심리연구를 깊게 하시고 임상사례를 많이 가지고 있는 곳을 찾아가 상담하는 것이 좋습니다. 학습과 상담과 노력을 통해 상호간에 불필요한 불안통로를 만들지 않는 일을 하는 것이 중요합니다.

고3 아들이 불안합니다

– 고3 아들을 둔 엄마입니다. 예전에 비해 아이에 대해 걱정하는 마음을 내려놓고, 있는 그대로 보려고 노력하는 중입니다. 그런데 방학이나 휴일에 늦잠 자는 아이를 보면 '고3이 저래서는 안 될 텐데'라는 생각이 들어 불안하고, 그러다 보면 또 아이와 언쟁을 하게 됩니다. '아이 인생은 아이 인생이고 나는 내 인생이나 잘 살아가자'라고 머릿속으로는 정리가 되지만 항상 현실에서는 벽에 부딪히고 지금까지의 습이 있어서인지 잘 되지 않습니다. 어떻게 해야 할까요?

환경과 학습 등에 따라 강도의 차이는 있겠지만 사람은 타인과 경쟁하지 않고 평범하게 살려는 사람과, 경쟁하여 성공하려는 사람들로 나눌 수 있지 않을까 싶습니다. 아마 다수의 사람들은 경쟁을 좋아하지 않을 것 같습니다. 소수의 사람만이 경쟁을 통해서 성공하려고 하는데, 이들은 경쟁하지 않고 살아가려는 사람보다 오히려 행복지수는 낮다고 합니다. 그러므로 먼저 우리 아이가 어떤 성향인지를 아는 것이 중요하다고 하겠습니다. 경쟁하지 않고 잠자고 싶을 때 자고, 친구하고 놀고 싶을 때 놀면서 살아가기를 원하는 성향인 아이에게 경쟁하라고 부추기면 스트레스를 많이 받게 될 것이고, 경쟁을 좋아하는 아이는 그대로 두어도 경쟁을 하는 삶을 선택할 것입니다.

아이들을 믿고 좋아하면서 그들이 타고난 성향이 잘 발휘될 수 있도록 돌보고 지켜보는 것이 부모님들의 몫이겠지만 결코 쉽지 않지요. 왜냐하면 큰 욕심 없이 사는데도 불구하고 억울한 일을 많이 당했기 때문일 것입니다. 자식이 공부를 잘해야 하고, 그래야 행복하게 살 수 있다고 생각하는 부모님의 기저에는 사회에 대한 억울함이 있을 수 있다는 것입니다. 살아 보니 돈과 권력이 있어야 억울한 일을 당하지 않을 것이고, 그것을 얻기 위해서는 공부를 잘해야 한다고 생각할 수밖에 없는 사회적 압박이 있다는 것입니다. 내 자식만은 그런 억울함을 겪지 않기를 바라는 마음이지요. 같은 맥락에서 자식들 또한 부모의 선택에 의하여 강제되기도 하므로 자식 역시 억울한 마음을 가질 수도 있을 것입니다. 그러므로 너무 지나치지 않은 상태에서 자식에게 자신의 인생을 살아가고 책임 질 수 있는 자율성을 주어야 합니다.

한 발짝 더 나아가 본다면 인공지능을 앞세우면서 다가오는 새로운 산업시대에서는 지금까지의 삶의 방식과 사유구조가 잘 맞는다고 하기도 어려울 것 같습니다. 어른들의 시대에는 경험하지 못한 것들을 어린 자녀들은 피부로 느끼고 있을지도 모르고, 무의식적으로 그에 맞는 삶의 양식을 만들어 가고 있는지도 모르겠지요. 그러니 너무 불안해하지 마십시오.

해외로의 잦은 이주, 아이들 괜찮을까요

— 남편 직업 때문에 해외로 자주 이주를 해야 하는 상황입니다. 아이들은 현재 중학교 1학년, 초등학교 5학년인데 이주할 때마다 아이들이 언어를 자꾸 바꾸어야 하는 거예요. 그래서 잦은 이주로 인해서 기초적인 언어가 계속 바뀌면 아이들이 괜찮을지 걱정입니다.

갓 태어난 어린아이는 세상에 있는 모든 음소를 구분할 수 있는 능력을 갖추고 태어난다고 합니다. 사람의 언어뿐만이 아닙니다. 이 세상에 있는 모든 음소의 차이를 구분하는 것입니다. 처음 듣는 말도 어린아이는 듣자마자 저절로 음소의 차이가 구별된다는 것이지요. 그러다가 일정 시기가 지나면 모국어의 음소를 구분하는 기능만 남기 때문에 모국어와 다른 값을 가진 음소는 정확하게 발음하기가 힘들게 됩니다. 계속해서 여러 나라의 언어를 어렸을 때부터 듣는다고 하면 그 아이들은 여러 언어의 음소를 구별할 수 있는 능력을 갖게 됩니다. 그래서 자주 해외로 이주하는 것은 언어를 배울 수 있는 훨씬 더 좋은 환경이라고 볼 수 있습니다.

더구나 언어의 한계가 의식의 한계라고까지 이야기하고 있는 학자도 있을 만큼 의식과 언어는 떼려야 뗄 수 없는 관계라고 합니다. 때문에 다양한 언어를 구사한다는 것은 의식의 확장까지 담보하는 하나의 조건이라고까지 이야기할 수 있겠지요. 다만 언어만 가지고 의식이 확장된다고 보기는 어려운 것은 생각의 다양성은 언어와 환경, 그리고 문화 등 삶의 여러 관계망들을 읽어 내는 능력이 동반되어야 하기 때문입니다.

생각하는 힘은 언어를 배우는 데서만 나오는 게 아니고 언어를 배우는 과정에서 경험한 여러 가지 일들을 통합하여 자기가 만든다는 것입니다. 다만 이곳저곳으로 옮겨 다니다 보니 늘 새로운 환경과 관계맺기를 해야 하기 때문에 정서적으로 안정감이 떨어질 수는 있지만, 전체적으로 보면 새로운 이야기를 만들어 내는 힘을 키우는 데는 장점이 있다고 할 수 있겠습니다.

성형수술을 하고 온 딸, 대화가 안 통합니다

– 감이당에서 2년째 공부 중인 학인입니다. 지금까지 공부하면서 스스로 많이 변했다고 생각했습니다. 하지만 딸과의 관계는 여전히 힘이 듭니다. 어느 날 딸이 머리를 노랗게 탈색하고 집에 온 적이 있어서 깜짝 놀랐었는데, 이번에는 말도 없이 성형수술을 하고 나타났습니다. 딸을 볼 때마다 가족을 변화시키지 못하는 자신이 실망스럽습니다.

공부하면서 자신이 좋으면 그걸로 충분합니다. 그걸 가지고 가족이나 주변 사람들에게 영향을 미치려고 욕심 내지 마십시오. 딸의 행복까지 책임질 생각을 하지 마시고, 자신이 하는 일을 즐겁게 하면서 행복을 느끼시는 것이 중요합니다. 그렇게 살다 보면 딸도 그 영향을 받아 즐겁고 행복한 삶을 살 확률이 높아질 것입니다. 딸이 이것저것 상의하지 않는 것이 속상하겠지만 공부하면서 즐겁게 사신다면, 그것이야말로 딸의 인생에 있어 가장 큰 가르침이 될 것입니다. 공부하면서 변하고 있는 엄마의 모습이 딸에게 훌륭한 가르침이 되는 것이지요. 그러니 너무 걱정하실 필요가 없습니다.

백수로 지내는 스물여섯 살 아들, 어떻게 봐야 할까요

— 아들이 대학 졸업 후에 이렇다 할 직장을 잡지 못했어요. 자격증 시험 떨어지고 학자금을 갚겠다고 해외로 1년 동안 워킹홀리데이를 가서 300만 원을 벌어 왔더라고요. 돌아와서 그걸 영어 공부랑 면허 따는 데 다 써 버렸고요. 요즘엔 알바도 힘들다고 안 하고, 밤마다 피시방에 가서 게임을 하고 새벽에 들어와요. 혼을 내도 잔소리로만 듣네요. 저는 자식이 스무 살이 넘으면 집에서 나가야 된다고 생각했던 터라 아들한테 같이 살 거면 생활비를 내고 아니면 독립을 하라고 했어요. 그랬더니 엄마가 이상한 거 아니냐며 아무리 직장을 다녀도 자기 친구들은 엄마하고 계속 같이 산다는 거예요. 저도 갈등이 되는 게 따로 살면 돈도 더 많이 들어갈 거고, 같이 사는 게 경제적으로 이득이죠. 하지만 애랑 같이 사는 것도 힘들고…. 제가 아들을 어떻게 봐야 할까요?

먼저 자신뿐 아니라 자식의 앞날에 대해서도 너무 걱정하지 마십시오. 아직 오지 않은 미래에 대해서 걱정하는 것은 걱정하며 사는 습관을 만드는 것과 같습니다. 한참 훗날에도 다시 오지 않는 미래를 걱정하면서 살기 쉽다는 것입니다.

또한 자식은 나와 다른 개체입니다. 온전히 그 자체로 존중받아야 하는 인격체라는 뜻입니다. 부모님의 걱정은 부모로 보면 당연하시겠지만, 자식의 처지에서는 부모님을 걱정 끼쳐 드리는 존재가 되는 것 같아 자신에 대한 존중감이 떨어질 수 있고, 혼나면서 그 감정을 더욱 강화하게 되어, 본인 스스로도 마음이 편하지만은 않겠지요. 그러니 미래를 걱정하면서 아들을 볼 것이 아니라, 걱정을 앞세우지 않고 보는 연습을 해야 할 것입니다.

유전자를 물려줄 때도 부모님과 똑같은 상태로 물려주지 않는 것은 부모님께서 "너는 나처럼 살지 마라"고 이야기하는 것과 같습니다. 부모님의 생각길과 자식의 생각길이 다를 수 있다는 것입니다. 특별한 인연으로 부모 자식이 됐기는 하지만 시대의 조건 또한 다르기 때문에 자식의 선택을 존중하는 방법을 찾고 힘이 부치지 않는 조건에서 도움을 주는 것이 좋습니다.

또한 지금 청년들이 겪고 있는 여러 가지 문제는 한 가정의 문제가 아니라 사회가 함께 고민하고 풀어 가야 할 문제라고 생각되기 때문에, 그와 같은 처지에 있는 여러 사람들이 함께 풀이방법도 만들어 가야 할 것 같습니다. 사회적 연대가 필요한 것은 어느 시대나 마찬가지였겠지만 지금은 새로운 방법을 모색해야만 하는 시대라는 것입니다. 감이당에 와서 공부하면서 함께 해법을 모색해 보는 것도 한 방법이라고 생각합니다.

사회성이 떨어지는 딸이 걱정이에요

— 작년에 딸아이가 갑자기 학교에 다니기 싫다면서 힘들어했어요. 공부는 잘하는데 사회성이 조금 떨어지는 거 같아요. 친구들하고 관계가 힘들대요. 왕따가 되지 않을까 하는 두려움을 가지고 있더라고요. 그래서 다른 환경에서 지내면 괜찮을까 싶어 미국 유학을 보냈는데, 이제 돌아올 때가 됐습니다. 제가 아이한테 어떤 도움을 줄 수 있을까요?

일반적으로 사람이 관계 맺는 방식을 보면 몇 가지로 나눌 수 있습니다. 첫째, 자기하고만 관계를 맺고 사는 사람이 있습니다. 아주 드물지만 아무하고도 관계를 맺지 않고 사는 겁니다. 우리가 볼 때는 그렇게 살면 안 될 것 같아서 걱정을 하지만 오히려 그것을 온전히 인정받고 살면 이 사람은 상상력이 풍부한 삶을 살 수 있습니다. 이 상상력은 특별한 경험을 하게 합니다. 같은 나무를 봐도 거기서 다른 것을 발견할 수 있는 힘이 있기 때문입니다. 그런 상상력으로 충분히 세계하고 특별한 관계를 맺으면서 살아가는 힘이 있는 것입니다. 사실 이 사람은 혼자 사는 것이지만 그렇게 사는 나를 스스로가 온전히 존중하면서 사는 것입니다. 자신을 존중해 주는 누군가가 옆에 있으면 좋겠지만 이런 사람의 경우에는 혼자 스스로 상상하고 그런 자기를 즐거워하면서 존중받는 느낌을 갖는 사람인 것입니다.

두번째, 아주 소수의 사람들하고만 관계를 맺고 사는 사람들도 있습니다. 50명이 한 학급에 있는데 두세 명의 사람하고만 친하고 나머지 사람들하고는 별로 안 친한 경우죠. 그래서 사회성이 별로 없어 보입니다. 그러나 이 사람들은 충분히 서로를 인정하고, 인정받으면서 이해의 폭을 훨씬 깊게 할 수 있습니다.

그 다음에 많은 사람들과 교류를 하면서 관계성이 좋은 사람들이 있습니다. 하지만 이런 사람들은 만나는 사람들을 속까지 깊이 이해해 주는 경우가 드물 수도 있으며, 그럼에도 불구하고 혼자 있는 것을 견디기 어려워할 수도 있습니다.

보통은 적지도 않지만 많지도 않은 사람들, 대략 열 명 내지 열다섯 명 정도와 가깝게 지내는 경우가 일반적입니다.

이 모두가 관계 맺는 방식이 다를 뿐, 어느 쪽이 더 좋다고 말하기 어렵습니다. 이와 같은 방식이 정해지는 데는 여러 요인이 있기 때문에 하루이틀 만에 만들어지는 것도 아니며 그렇기에 바꾸기도 쉽지 않습니다. 그러므로 '어떤 딸이 됐으면 좋겠는데'라는 바람을 내려놓고 이미 형성된 딸의 성향을 존중하면서 딸을 볼 때마다 진심으로 예뻐하면서 기뻐하시면 충분하다고 생각됩니다.

남편이 예비사위를 싫어해요

— 서른두 살 된 딸애가 남자친구를 데리고 인사를 왔어요. 제가 보기에는 그 사람이 괜찮은데, 남편은 마음에 들지 않는다면서, 남자 쪽에서 상견례를 하자고 하는데도 절대 보지 않겠다고 하네요. 어떻게 하면 좋을까요?

딸한테 결단을 내리게 해야 합니다. 부모님의 도움을 받지 않고, 자기 능력을 길러 독립해서 살 수 있다면 그것으로 충분합니다.

　동물들의 짝짓기에 대해서 잠깐 말씀드리겠습니다. 동물세계에서는 암컷이 수컷을 선택한다고 합니다. 선택하는 기준은 첫번째, 수컷의 향기가 마음에 드는가, 두번째, 수컷이 얼마나 먹이를 잘 물어 오는가입니다. 마음에 드는 향기는 암컷이 가지고 있는 면역세포와 다른 면역세포를 많이 가진 수컷에게서 나는 냄새라고 합니다. 후손에게 외부에서 오는 병균 등의 침입을 막는 보호막을 더 많이 확보해 주기 위함입니다. 먹이를 잘 물어 온다는 것은 동물 가족의 생존에 절대적으로 중요한 요소이기 때문이겠지요.

　이런 일은 사람에게서도 일어난다고 합니다. 흔히 첫눈에 반한다고 하는 것이 그것입니다. 눈보다 먼저 코가 반한 것이며, 그 다음으로 후손을 생산하기 위한 신체의 균형이 잘생겼다는 느낌으로 알려진다는 것입니다. 이것과 아울러 생활능력을 보게 됩니다. 이 경우 딸의 선택으로는 이 두 가지가 충족됐다고 여겨집니다. 현재로는 딸의 선택이 타당하다고 여길 이유가 충분하다는 것입니다. 그러므로, 아버지께서도 딸의 남자친구가 마음에 들지 않는 이유가 있겠지만, 딸이 이 두 가지 면에서 확신이 있다면 아버지께서 질 수밖에 없겠지요. 아버지가 상견례에 안 나간다면 딸이 아버지와 잠시 동안 헤어질 준비를 해야 할 것입니다. 그리고 결혼해서 잘 살다 보면 언젠가는 아버지께서 딸을 받아들일 것입니다. 어머님께서도 '딸이 독립된 개인으로서 자신의 삶을 시작하고 있구나'라고 보는 생각의 길을 만들어 가야 합니다.

(다른 질문자: 스님께서 암컷이 수컷을 선택하는 조건이 '먹이를 잘 물어 오느냐'라고 말씀하셨는데요, 제가 봤을 때 예쁘기도 하고 능력도 있는 여자가 소위 날라리 같은 남자에 꽂혀서 헤어 나오지 못하는 경우는 어떻게 보아야 하나요?)

그런 경우라면 남자가 돈을 잘 벌어 오는가는 선택의 기준에서 큰 힘을 발휘하지 않겠지요. 본인 스스로가 이미 그 힘을 갖고 있으니까요. 아마 그 남자는 그 여성과는 다른 면역세포를 많이 가지고 있을 확률이 높고, 어머님의 뱃속에 있을 때 남성호르몬에 많이 노출됐을 확률이 높다고 하겠습니다. 어머님 뱃속에 있을 때 다른 사람에 비해 남성이 남성호르몬에 더 많이 노출되거나 여성이 여성호르몬에 더 많이 노출됐을 경우는 덜 노출된 사람에 비해 이성에게 호감을 줄 확률이 높다고 하는군요. 나아가 성장하는 과정에서 이성에게 어필하는 능력이 의식적으로나 무의식적으로 더 많이 학습됐다고 하면 상대의 마음에 드는 말과 행동을 하는 일이 어렵지 않았을 것입니다. 이와 같은 여러 가지가 우연적으로 겹쳐 있다면 그와 같은 일이 가능하겠지요.

(다른 질문자: 요새 여성들이 남성들의 재력이나 학벌을 따지는 것은 여성의 입장에서는 당연한 건가요?)

당연한 것입니다. 그런데 문제는 불평등한 사회적 현상에서 선택의 폭이 엄청나게 사라지는 것입니다. 지금 일어나고 있는 경제적 불평등의 정도를 보면 2015년 세계 1퍼센트의 부자가 전 세계 부의 51퍼센트를 가지고 있고, 20퍼센트의 부자가 전 세계 부의 94퍼센트를 가지고 있다고 합니다. 어떤 학자는 미국은 0.001퍼센트의 부자와 99.99퍼센트의 가난한 사람으로 나눌 수 있다고까지 이야기하고 있습니다. 경제적 차이가 너무나 크기 때문에 재력만으로만 보면 선택의 폭이 거의 없다고까지 이야기해도 과언이 아닐 것 같습니다. 사회적 불균형의 간격을 줄이면 줄일수록 선택의 폭이 넓어져서 선택에 있어 스트레스를 덜 받게 되는데, 과도한 불균형은 스트레스 받는 것을 넘어 사회적 무기력을 산출하게 된다고 하겠습니다. 재력 등의 불균형이 개인의 문제를 넘어 전 인류의 문제라는 것입니다.

(또다른 질문자: 남편을 재력으로 볼 때, 돈 벌어 오는 사람인 남편이 강자가 되고 여자는 약자가 된 상황에서 강자가 약자에게 폭력을 휘두를 수 있잖아요. 그래서 나중에 이혼하게 되고 그러면 여자는 홀로서기를 해야 하는데, 결국엔 여자가 힘들어지는 것 같아요. 그래서 결국 남편에게 의존하게 되는 것 같고요.)

사회적 약자가 부당한 대우를 받지 않는 사회를 만들지 않으면 그 사회 자체가 불안정하게 될 수밖에 없습니다. 옛날에는 사회적 불균형의 강도가 임계점을 넘어섰을 때 내란이나 전쟁이 일어났습니다. 역설적이게도 전쟁이 끝나고 나눌 재산이 없을 때가 경제적으로 가장 평등한 사회가 됩니다. 그러다가 경제적 부가 증가하게 되면서 점점 불균형의 강도도 커집니다. 이 격차가 견딜 수 없게 됐을 때 내란 등이 발생했던 것이지요. 그래서 사회적 약자가 부당한 대우를 받게 하지 않게 하는 것은 전 사회적으로 살 만한 사회를 만들어 가는 것이 됩니다. 이 일은 가족 구성원들 사이에서도 균형 있게 발생해야 하는데 아직까지 그렇지 않은 가족도 많은 것 같습니다.

아들에게 해주는 지원을 끊어야 할까요

— 제가 감이당에서 공부하기 전까지는 아들에게 할 수 있는 한 많은 지원을 해주는 게 당연하다고 생각했어요. 게다가 외아들이니 더 그랬고요. 근데 요즘 같이 공부하는 도반들로부터 제가 아들에게 해주는 지원을 끊는 게 그 아이가 더 잘 살 수 있는 길이라는 말을 듣게 되었어요. 그 말에 고개를 끄덕이면서도 제 마음에서는 그게 잘 안 됩니다.

가능하면 끊는 게 좋습니다. 자기가 알아서 자기 스스로 삶을 꾸려 가는 게 나중에 부모에게 쓸데없는 빚을 지은 것 같은 느낌을 받지 않습니다. 그게 자식 자신한테도 좋지요. 부모가 능력이 있다면 좀 도움을 줄 수도 있지만, 스스로 독립해서 커 갈 수 있는 힘을 기르게 하는 도움이면 충분합니다. 부모님의 눈으로 보면 자식이 하고 있는 일이 잘한 것 같기도 하고 못한 것 같기도 하겠지만, 일의 성패를 떠나 자식을 그 자체로 온전히 껴안고 예뻐하면서 자식 스스로 자립할 수 있는 마음길을 만들어 가게 하는 것이야말로 어떤 도움보다 큰 도움이라는 것입니다.

가족과 내 공부 사이에서 균형 잡기가 힘들어요

— 남편과 아이들이 주말이나 방학 때처럼 집에 머무는 시간이 길어지면 하루 종일 집안 일로 시간을 보내게 되고, 그러면 나를 위한 시간, 즉 공부할 시간이 없다 보니 가족들과 같이 있는 것이 부담스럽고 싫은 마음이 생깁니다. 그러면서 또 한편으로는 내가 할 도리를 다하지 않는 것 같아 자책하는 마음이 들기도 하고요. 어떻게 하면 가족들에게도 할 도리를 하고 내 공부를 하는 것과 균형을 잡을 수 있을까요?

우리들의 마음에는 당연하게 여기는 많은 지식들이 있는데, 이 가운데는 답습된 지식들이 많이 있습니다. 답습된 지식의 예는 다음과 같습니다.

원숭이 여섯 마리를 우리 안에 가두어 두고 이틀을 굶깁니다. 이틀 뒤에 그 가운데 두 마리를 다른 우리로 데려옵니다. 그 우리의 나뭇가지에는 바나나가 걸려 있습니다. 바나나를 본 원숭이가 나무에 올라가 바나나를 집으려고 할 때 물 호스로 원숭이에게 물을 끼얹습니다. 물 공격을 받고 난 원숭이는 아무리 배가 고파도 바나

나를 먹으려는 노력을 하지 않습니다. 그런 다음 다른 원숭이 두 마리를 바나나가 있는 우리 안에 들여보냅니다. 새로 들어온 원숭이, 즉 물을 맞지 않은 원숭이는 바나나를 보고 먹으려는 시도를 하게 되는데, 물을 맞았던 원숭이가 강력하게 저지하여 바나나를 먹지 못하게 합니다. 그 다음 물을 맞은 경험을 한 원숭이를 우리에서 꺼내고 새로운 원숭이 두 마리를 다시 바나나가 있는 우리 안으로 들여보냅니다. 이제 물을 맞은 경험이 없는 네 마리의 원숭이들만 바나나가 있는 우리 안에 있게 됐습니다. 이때 제일 나중에 들어간 두 마리의 원숭이가 바나나를 먹으려고 시도하면 앞서 물을 맞은 원숭이들로부터 저지를 당했던 원숭이들이 제일 늦게 들어온 원숭이를 저지합니다. 그래서 결국 모든 원숭이들은 바나나를 먹지 못합니다. 두번째 들어온 원숭이들은 왜 바나나를 먹지 않아야 하는지도 모르면서 먼젓번 원숭이로부터 배운 대로 다른 원숭이들로 하여금 바나나를 못 먹게 할 뿐이지요. 이것을 답습된 지식이라고 합니다.

우리 안에는 내가 왜 그렇게 해야 하는지 이유도 모르면서, 당연히 해야 하는 것처럼 알고 있는 답습된 지식이 많다는 것입니다. 그 가운데는 훌륭한 지식도 많이 있겠지만 반면 전혀 납득이 되지 않는 지식도 있을 수 있다는 것입니다. 그러므로 납득되지 않는 답습된 지식으로 인한 어머니상이나 아내상에 대해서 다시 생각해 보아야 합니다. 그리고 내 자신이 한 가정의 엄마나 아내로서 할 수 있는 일의 선을 정하여 그것까지만 하겠다고 가족들에게 알립니다. 그렇게 한 후부터는 마음을 단단히 먹고 가족들이 어떻게 하여도 그 선을 지켜야 합니다. 일체의 여지를 주지 말아야 합니다. 조금만 여지를 보이면 다시 답습된 지식의 권력에 넘어가게 됩니다.

남편과 아들의 사이가 너무 안 좋습니다

— 남편과 아들의 관계가 너무 안 좋아서 고민입니다. 대기업을 다니던 남편은 아이가 공부를 잘해서 명문대에 가기를 바라고, 공부를 정말 하기 싫어하는 아이는 그것 때문에 스트레스를 받아요. 남편은 공부하지 않는 아이한테 폭력을 행사하기도 합니다. 아이는 아빠를 피해 도피유학도 다녀왔지만 둘 사이는 여전히 좁혀지지 않고, 중간에서 저는 이러지도 저러지도 못하고 있어요.

기본적으로 배우자를 보는 남녀의 눈이 서로 다르기는 하지만 전체적으로는 생존과 번식이라는 범주를 크게 벗어나지 않는다고 합니다. 이성이 예쁘게 보인다는 것은 후손을 낳을 확률이 높은 이성이 예쁘게 보이도록 조건화되어 있다는 것이며, 먹이 활동을 잘하는 이성이 예뻐 보이게 됐다는 것입니다. 따라서 남성과 여성 모두가 자기 후손을 잇기 위해 능력을 중시하게 됩니다. 그 가운데서 경제적 능력은 후손을 키우는 데 매우 중요한 역할을 하게 되는데, 지금까지는 남성 쪽이 그 역할을 담당하는 것을 당연하게 여겼으므로 아버지께서는 무의식적으로 능력 있는 아들이 되기를 원하게 되었고, 자신의 원과 맞지 않는 아들이 예쁘게 보이지 않았을 것입니다.

'인식의 전환'이 필요합니다. 첫번째는 지금 먹고사는 문제에서 남자 쪽이 더 많은 능력을 가져야 한다는 부담을 가질 필요가 없다는 것을 인정하는 것입니다. 나이 든 남성들은 오랫동안 쌓아 온 능력이 자기를 규정한다는 생각을 내려놓기가 어렵기는 하겠지만, 지금의 청소년들이 맞이하는 세계는 기성세대가 살았던 청소년기와는 현저하게 다르다는 것을 알고 새로운 삶의 환경을 만들어 가는 청소년들을 격려하는 것이지요.

두번째는 아버지와 아들이 서로의 입장을 바꿔서 아들 입장에서 아버지를 보고, 아버지 입장에서 아들을 보는 훈련을 해보십시오. 아들은 아버지에게 잘못했다는 이야기를 듣고 싶은 부분도 있지만, 아버지는 그 이야기를 하지 못합니다. 아버지는 완벽하지 못한 자신을 자식에게 보이면 아버지의 권위가 손상된다고 여기기 때문이지요. 하지만 자식에게 아버지 역시 인간이라는 것을 알게 해야 대화가 가능해질 겁니다. 서로 역지사지하는 훈련이 필요합니다.

부모님과 사이가 좋지 않습니다

– 저는 원래 친정부모님과 사이가 좋지 않습니다. 게다가 요즘은 부모님께서 손주를 보고 싶다고 빨리 애를 낳으라고 하시는데, 저는 사실 지금 애를 갖고 싶은 마음이 별로 없습니다. 자꾸 성화에 시달리니까 부모님과 사이가 더 나빠지기 전에 차라리 가지 말아야겠다고 생각하면서도 어느 날 갑자기 잘못되시면 어떻게 하나 걱정이 됩니다. 부모님과 어떻게 지내야 할지 잘 모르겠습니다.

자식을 낳는 것은 자신의 생명을 연장한다는 의미가 있습니다. 따라서 자식은 태어남과 동시에 이미 부모가 원하는 바를 이루도록 만들어 준 존재입니다. 부모에게 자식은 분신과도 같습니다. 부모는 이런 분신을 잘 키우기 위해서 많은 노력과 헌신을 합니다. 즉 자식이 삶의 의미가 되는 것이지요. 그것은 '부모-자식'이라는 생물학적인 관계가 만들어 내는 의미입니다. 자식이 어떤 행동을 하기 때문만이 아닙니다. 따라서 부모를 떠나서 자신의 삶을 잘 살면 자식의 도리도 잘하는 것이 됩니다.

　부모는 생명을 물려주지만 새로운 환경에서 적응해서 살아야 할 자손이기에 자신과 똑같은 유전자를 물려주지 않는다고 합니다. 부모 세대가 적응한 환경과 다른 환경이 왔을 때를 대비해서 자식세대에는 유전자 조합을 다르게 물려준다는 것이지요. 다르기 때문에 부모님과 뜻이 안 맞는 것도 당연합니다.

겉으로 좋아 보이는 사이일지라도 내부적으로는 강한 억압을 느끼는 경우도 있습니다. 자기 억압이 오래되고 심해지면 보고 싶지 않은 마음이 생기는 것 또한 당연합니다. 그럴 때 부모님에게 너무 미안해하는 감정을 가질 필요도 없고, 부모-자식 간에 사이가 좋아야만 정답이라는 생각도 할 필요가 없습니다.

아이는 낳고 싶다는 생각이 들 때 낳으면 되고, 그런 생각이 들지 않으면 안 낳으면 됩니다. 부모님이 아기를 낳았으면 하시는 것은 그분들의 바람입니다. 그럴 때는 '우리 부모님은 그렇게 생각하시는구나'에서 끝내야지, '부모님이 나한테 그런 말을 하지 않았으면' 하는 것은 내 욕심입니다. 아마 부모님은 돌아가실 때까지 '딸이 애를 낳았으면' 하실 겁니다. 우리 부모님 세대는 애를 낳는 것이야말로 최고의 효도라는 생각을 강하게 가지고 있는 최후의 노인분들일 것입니다. 이런 부모님께 나를 알아주지 않는다고 말하는 것은 소용이 없습니다. 괜히 긁어 부스럼을 만들 수 있습니다.

짜증 내지 마시고 그냥 듣고 흘리는 연습을 하십시오. 겉으로는 열심히 듣는 표정을 지어드리고, 속으로는 아무 말도 안 들어도 됩니다. 부모님께서 자식을 낳아 주셨다고 해서 반드시 자식에 대해서 잘 아는 것은 아닙니다. 그렇기에 당신에게 좋은 것을 자식에게 강요하실 수 있습니다. 그럴 때는 싸우지 말고, 손편지로 마음을 전해 보십시오. 마음이 담긴 편지를 받으면 그동안 몰랐던 딸의 모습에 부모님도 깜짝 놀랄 겁니다. 자기를 억압하지 않는 선에서 좋은 사이를 만들어 가는 훈련을 해보십시오.

부모님들은 자식들이 몸과 마음이 아프지 않고 살기를 바랄 것입니다. 바꿔 말하면 부모님의 말씀 때문에 마음 아파하는 것은 부모님의 바람을 저버리는 것이 된다는 것입니다. 그러니 자신의 삶 하나하나를 온전히 기뻐하면서 즐겁게 사십시오. 그것이야말로 자식이 할 수 있는 가장 큰 효도입니다.

시부모님과 함께 살아도 괜찮을까요

― 얼마 전에 시부모님께서 가까운 시골로 이사하셨습니다. 그런데 한 달에 한 번 정도 서울에 올라와 병원에 다니셔야 해서 작은 집을 구하고 계신데요. 시부모님이 새로운 집을 또 구하실 바에야 저희 집을 넓혀서 방을 하나 마련해 지내시게 하면 어떻겠느냐는 의견도 나왔습니다. 만약 저희 집에서 머무르시게 된다면, 제가 직장에 다니느라 살림도 잘 못하고 이런 것들 때문에 부딪히게 되지 않을까 걱정됩니다. 지금은 시부모님과의 사이가 좋습니다. 어떻게 하면 좋을까요?

보살님의 의견을 분명하게 말씀하십시오. 보살님이 자신의 의견을 말했을 때, 시부모님께서 불편해하실 수도 있습니다. 하지만 그것은 감수해야 합니다. 이 결과는 내가 어떻게 할 수 있는 일이 아닙니다.

　잘 생각해서 시부모님께서 집에 오셔서 생기는 불편함보다 시부모님께서 따로 집을 얻어서 사는 것을 보는 불편함이 더 힘들다고 하면, 어느 정도 불편함을 감수하면서 함께 사는 쪽을 선택해야

합니다. 반대로 함께 사는 불편함이 더 크다고 생각되면 솔직하게
자신의 의견을 말하면 됩니다. 그리고 이 일이 결정되고 난 다음부
터는 그 일에 관해서 더 이상 시비하지 않는 연습을 해야 합니다.
어느 쪽을 선택하든지 시비가 일기 마련입니다. 서로 다른 판단근
거가 있기 때문이지요. 그러니 어느 한쪽이 전적으로 옳을 수 없다
는 것을 잘 알아차리면서 다른 근거로 시비하는 것에 대해서는 그
러려니 하고 넘기는 연습을 하면 됩니다.

시어머니가 자꾸 물건을 몰래 가져가세요

– 시어머니께서 저희 집에 자주 오시는 편인데, 최근 3년 동안 제가 없는 사이에 마음에 드는 물건을 몰래 가져가십니다. 마음에 드는 게 있으면 말씀하시라고 해도 없다고 하시면서 수세미나 속옷 등 작은 것부터 품목이 점점 늘어나고 있습니다. 게다가 동네 마을회관에서도 당신 물건이 아닌 것에 손을 대신다고 합니다. 그런 이야기를 동네 분들에게 전해 듣고 걱정이 됐습니다. 다른 분들에게도 민폐를 끼치면 안 되니까요. 그래서 제가 말씀을 한 번 드렸더니 내가 언제 물건을 가져갔느냐고 거짓말을 하시는 겁니다. 그러시더니 나중에는 많은 물건 중에 몇 개 가져간 걸 가지고 뭘 그러느냐고 오히려 따지기까지 하셨습니다. 안 되겠다 싶어서 남편에게 자식 된 도리에서 말씀을 드리라고 했습니다. 하지만 남편은 어머니가 어렵게 살아서 그러신 거라며 아무 말도 하지 않습니다. 그래도 저는 어머님과 이 문제에 대해 한 번은 짚고 넘어가야 한다고 생각합니다. 나중에 과보를 받으실 텐데 자식으로서 노력을 해야 하지 않을까요?

어머님 성격은 죽을 때까지 고쳐지기 힘듭니다. 그러므로 남편한테 "당신은 아들이니까 당신 말은 듣지 않겠습니까"라고 말하는 것도 별 의미가 없습니다. 어머니한테 용돈 5만 원을 드렸으면 앞으로는 3만 원만 드리고 2만 원은 어머니께서 가져가실 만한 것을 사다가 놓으십시오. 아무거나 마음에 드는 것을 가져가시라고 하십시오. 어머니께서 동네 마을회관에서 물건을 가져가시거든 보살님께서 다시 사 놓으시면 됩니다.

이런 문제는 고민한다고 해결되지 않습니다. 어머니를 고치려는 생각이나 마음 아프다는 생각을 할 필요가 없습니다. 그냥 자식이 할 도리를 하시면 됩니다. 마치 그 부분이 없는 것처럼 시어머님을 대하시고, 그분이 갖고 있는 작은 장점을 찾아 칭찬하면서 좋아하는 것입니다. 칭찬과 좋아하는 마음이 시어머님에게 온전히 가닿는 날, 시어머님께서 갖고 있는 행동 패턴에도 변화가 있을 것입니다. 그러니 너무 마음 아파하지 마십시오.

치매 걸린 아버지를 요양원에 보내드려도 괜찮을까요

― 저희 아버지가 올해 여든이신데 치매진단을 받으셨습니다. 지금은 어머니가 아버지를 돌보고 계십니다. 그런데 아버지의 치매 증상이 단순히 기억을 잊어버리는 것이 아니라 망상을 만들어 내서 어머니를 힘들게 하십니다. 그래서 저희 형제들이 모여 아버지를 요양원에 보내드려야겠다는 결론을 내렸는데, 평생 고생하신 아버지가 불쌍하기도 하고 막상 아버지를 요양원에 보내드리려고 하니 마음이 불편합니다.

아버님을 되도록 빨리 요양원에 보내드리는 게 좋을 것 같습니다. 전문요양병원에서는 치매 노인을 자식들보다 더 잘 돌볼 수 있기 때문입니다. 치매에 걸린 아버님은 이전과는 다른 세계에 살고 있는 것과 같은데, 나이 드신 어머님께서 돌보시기에는 너무 힘들 것이고 자식들은 그와 같은 아버지를 어떻게 대해야 하는지 잘 모릅니다. 그래서 치매에 걸린 노인들을 잘 돌볼 수 있는 곳으로 보내드리라는 것입니다.

　　지금 불편한 마음이 일어나는 것은 자식으로서는 당연한 것이겠지만, 아버님을 잘 보살필 수 있는 곳으로 보내는 것이기 때문에 하루라도 먼저 요양원에 보내드리는 것이 아버님도, 어머님도 편하고 그리고 자식들도 자기 도리를 잘하는 것입니다. 이는 아프면 병원에 가는 것과 같은 경우입니다. 아버님을 잘 보살펴 드릴 수 있는 요양원을 알아보고, 그곳으로 아버님을 보내드리는 것이 좋겠습니다.

남편이 자기 얘기만 해요

– 남편과 식탁에서 대화를 할 때, 제가 이야기를 시작하면 남편은
제 이야기를 끊고 자기 이야기를 해버려요. 어떻게 하면 남편이 제
이야기도 들어줄 수 있게 될까요?

제 생각에도 남편께서 아내의 이야기를 잘 들어주면 좋겠는데, 남
편의 성향이 쉽게 바뀔 것 같지 않습니다. 성격이나 성향은 한번 정
해지고 나면 잘 바뀌지 않기 때문입니다. 그러니 마음에 들지 않는
남편의 성향을 바꾸려고 하는 힘든 노력보다 작은 일일지라도 마
음에 드는 남편의 성향을 찾아서 하나하나 적은 다음 그 내용을 자
꾸 읽으면서 남편에 대한 좋은 이미지를 키워 가는 것이 좋을 듯합
니다.

　지금으로서는 말을 들어주지 않는 일이 너무나 마음에 들지
않기 때문에 남편이 갖고 있는 다른 면이 잘 보이지 않겠지만 연습
을 하다 보면 작았던 일이 더 크게 보이고 컸던 일이 작게 보이기도
할 것입니다. 남편이 이렇게 해주었으면 좋겠다는 원을 내려놓고
남편께서 이미 하고 있는 좋은 점을 떠올리는 연습을 하는 것이지

요. 연습을 하다 보면 어느 순간 마음에 드는 남편이 옆에 있을 것입니다.

그럼에도 불구하고 하고 싶은 이야기가 있으면 가끔씩 남편에게 편지를 써보십시오. "이렇게 해주었으면 좋겠습니다"라고만 쓰지 마시고, 남편이 갖고 있는 좋은 점을 써보고 생각하면서 행복감을 담아 쓰는 것이 중요합니다. 사실 행복이란 남편이 바뀌었기 때문에 얻은 것이 아니라 즐거운 마음으로 남편을 본 그 마음이 행복한 것이며, 이 마음에 의해 자신의 삶이 즐겁고 존중받는 삶이 되는 것입니다.

남편이 말을 걸까 무서워요

— 저는 남편이 말을 걸까 봐 너무 무서워요. 그게 너무나 두려운 나머지 집에 남편이 있는 걸 알면 일부러 늦게 들어가서 최대한 마주치지 않으려고 해요. 그러니 '저 사람이 내 삶을 이렇게까지 지배하고 있구나'라는 생각이 들면서 이렇게 저렇게 결혼하게 됐던 과정들이 꼬리에 꼬리를 물죠. 그러다 끝에는 '아, 나는 왜 태어났지?'라는 생각까지 이르게 되고, 이것을 매번 반복하는 저의 심리상태가 너무 싫습니다. 그리고 저는 왜 이렇게 미워하는 사람들이 많을까요? 그 미워하는 사람들도 다 남편을 비롯해 혈연들이에요.

부모님께서는 살아계십니까?

(질문자: 아버지는 돌아가셨구요. 어머니는 그냥 살아 계신다는 이야기만 들었어요. 제가 왕래를 안 하거든요. 엄마 이야기를 들을 때면 분노가 확 솟아나요. 이런 내 자신이 또 너무 싫어요. 그리고 사실 남편이 제게 그렇게 못하거나 의도적으로 잘못한 일은 없거든요. 그렇기 때문에 다른 사람들은 제가 남편을 미워하는 것을 공감해 주기가 어려워요.)

지금의 남편을 안 만나고 다른 남자를 만났어도 비슷할 것 같습니다. 또한 남편 분도 보살님을 안 만났어도 보살님과 코드가 비슷한 여성을 만났을 것입니다. 두 사람 모두 자기 심리코드가 상대를 그렇게 보도록 훈련되어 있기 때문입니다. 내가 그 사람을 만나서, 혹은 그 사람이 나를 만나서 지금 이 상황이 된 것이 아니라는 말씀입니다.

보살님은 제일 먼저 돌아가신 아버지와 풀어야 할 것 같습니다. 아버지의 묘 앞에 서서 아버지한테 하고 싶은 이야기들을 해보십시오. 시간이 오래 걸려도 아버지의 목소리가 들릴 때까지 해보세요. 그래야 다른 실마리가 보입니다. 돌아가신 아버님부터 시작하라는 이유는 살아계신 분은 열 번을 하면 한 번의 메아리가 돌아와서 뭔가 풀리지만, 돌아가신 분은 내 안에서 메아리가 들리지 않으면 안 되기 때문입니다. 그리고 이 방법은 오랜 시간이 필요하니, 집으로 돌아가면 당장 기분이 좋아질 수 있는 일들을 찾아보십시오. 뜀박질을 하든, 즐겁게 노래를 부르든 해서 분노와 우울한 상태로 가는 자신의 감정을 억압하지 말고 흐르게 하는 것입니다. 자기 스스로 자신의 감정을 존중하는 일이지요.

그렇다고 해서 남편을 비롯한 다른 분들께 그 감정을 그대로 풀어내는 것은 일시적으로는 후련할 수 있겠지만 관계가 더 불편해질 수 있으니 유의해야 할 것입니다. 절을 하는 것도 한 가지 방법입니다. 거울에 비친 자신을 보면서 "힘든 일이 많았을 텐데 잘해왔어"라고 이야기하면서 자신을 향해 절을 하는 것입니다.

남편에게 감정이 폭발했어요

─ 저는 결혼한 지 27년이 됐는데 그동안 남편이 매우 아팠습니다. 시체처럼 누워 있던 남편이 등산하면서 몸이 좋아졌어요. 그런데 어느 날 남편에게 등산 중 만난 여자로부터 문자가 왔는데 제가 그걸 보고 엄청나게 남편에게 화를 냈습니다. 사실 별일은 없었는데 감정 조절이 매우 어려웠습니다.

주부의 일에는 감정노동이 많은 것 같습니다. 감정노동이란 감정의 흥분상태를 쉽게 경험할 수밖에 없는 일을 뜻합니다. 그리고 그와 같은 감정을 존중받지 못하면서 안으로 삭일 수밖에 없는 상황이지요. 그러다 보니 주부는 남편과 자식에게 받은 감정을 소화하지 못하고 쌓아 놓기 쉽습니다. 그러다가 사오십 대가 되면 우울증이 찾아오지요.

　　보살님 같은 경우도 남편에게 온 별 거 아닌 문자로 인해 화가 났다기보다는, 그간 아픈 남편을 돌보고 가정을 꾸려 가면서 지친 몸과 마음을 제대로 드러낼 수 없는 사정이었기에 감정을 눌러 왔었는데, 그것을 알아주고 존중해 주지 않는 남편의 처신에 화가 난 것 같습니다.

그러나 화를 내는 일은 화를 내는 심리통로를 강화시키며 존중받지 못한 억울한 감정을 키워 가므로 우울한 심리를 만들게 됩니다. 여러모로 잘 살아온 것 같은데 자칫하면 자신에게 벌 주는 꼴이 되고 마니 조심해야 합니다. 그러니 화 나는 일이 있으면 화난 감정을 누르려고만 하지 마시고, 그 감정을 흐르도록 하면서 자신의 감정상태를 남편에게 이야기하는 것이 좋습니다. 단, 남편 탓을 하는 게 아니라 자신의 심리상태만을 이야기해야 합니다. 그렇다고 해서 남편이 온전히 그 상태를 공감할 수 있는 것도 아니니 공감하지 못한 남편에게 서운해하지도 마시고요.

남편과 갈등이 심해서 별거 중입니다

— 남편하고 갈등이 심한데 그 문제를 단순하게만 생각했어요. 그런데 살아 보니까 제가 단순하게 생각했던 게 걸림돌이 되는 거예요. 그래서 지금은 남편과 따로 지내고 있어요. 저는 분명한 걸 좋아하는데 남편은 저와 완전히 달라요. 그래서 그런지 남편과 이런저런 이야기를 하면 제가 남편을 무시하게 되더라고요.

보살님뿐만 아니라 누구나 유전적 요인과 환경에 의해서 자신의 성향을 만들었습니다. 그런데 사람마다 유전적 요인과 환경이 다르므로 생각길이 다를 수밖에 없습니다. 누구나 나름대로의 매뉴얼이 있다는 것이지요. 매뉴얼에는 꽉 짜여진 질서 있는 매뉴얼도 있고, 느슨한 매뉴얼도 있을 수 있습니다. 제가 생각할 때 보살님은 세상은 이래야 되고 저래야 된다는 매뉴얼이 잘 갖추어진 분 같습니다. 그런데 어떤 분은 매뉴얼대로 살면 감옥에 갇힌 것처럼 느끼기도 합니다.

　보살님이 세상을 보는 방법이 틀린 것은 아니지만, 자신과 다른 성향으로 사는 사람을 볼 때는 '저 사람은 나와는 다른 식으로 세상 보는 회로가 형성되어 있구나'라는 생각을 해야 합니다. 내가 보는 인생의 답이 모든 사람한테 다 맞는 것은 아니기 때문입니다.

보살님도 열심히 잘 살았지만 반대로 남편이 보살님을 보면 '인생을 어떻게 저렇게 답답하게 매여서 사는가'라고 생각할지도 모릅니다. 서로가 마음에 안 드는 거죠.

그렇지만 완벽하게 마음이 맞지 않는 경우는 없는 듯합니다. 맞는 공명파와 맞지 않는 공명파의 상대적 크기가 다를 뿐이라는 뜻입니다. 상대적 크기 또한 느낌의 강도에 따라 달라지기도 하니, 맞는 공명을 더 크게 느끼는 연습을 한다면 상대적 크기가 달라지게 될 것이고, 그렇게 되면 마음에 맞는 교집합의 크기도 커지면서 함께 있는 시간이 불편함을 만들지 않게 되겠지요.

제가 남들을 가르치려 든다고 합니다

― 어젯밤에 신랑과 싸웠습니다. 신랑은 제가 가르치려 든다고 합니다. 그리고 다른 사람들한테도 제가 그렇게 행동을 한다고 하는데, 일면 수긍이 가는 부분이 있는 것 같기도 하고 아닌 것도 같고, 잘 모르겠습니다.

부부 사이라 하더라도 밖으로 표현된 얘기는 이러이러한 말을 하고 있지만 속으로는 다른 이야기를 하고 있는 경우가 많다고 합니다. 상대가 속이야기를 알아줬으면 좋겠는데, 알아주는 경우도 많지 않고, 밖으로 표현된 이야기조차 그것을 해석하는 양상이 남자와 여자가 다르다고 합니다.

　　우리 뇌를 크게 신피질과 구피질(변연계: 모성애 등의 감정 담당) 등으로 나눌 수가 있는데 뇌 안쪽에 있는 구피질을 백질이라고 하고, 밖에 있는 신피질을 회백질이라고 합니다. 회백질은 수용된 정보를 판단해서 내려 보내는 수직적 방향의 활성도(지시적인 활성도)가 크다고 볼 수 있고, 백질 쪽은 정보의 연결을 주도하는 수평적 방향의 활성도(공감의 활성도)가 크다고 볼 수 있다는 것입니다.

그것은 신피질에 있는 신경세포(언어·계산·사고 등을 담당)와 변연계에 있는 신경섬유(정보를 전달하는 역할. 전선과 같음)의 역할이 다르기 때문입니다. 남자도 여자도 두 부분이 다 활성화되어야 수용된 정보를 원활하게 해석하고 행동하게 되는데, 활성의 강도에서 보면 여성들은 백질의 활성도가 강하고 남자들은 회백질이 더 많이 활성화된다는 것입니다.

사건이 생기면 그 사건을 어떻게 해석할 것인가는 내 안에 들어 있는 뇌지도 중에서 어디가 활성되느냐에 따라 다를 수 있으며, 해석이 다르면 뒤따르는 행동 또한 다르다는 것입니다. 물론 남성하고 여성은 대체적으로는 비슷하겠지만, 특정 양상에 있어서는 크게 차이가 날 수 있어 서로 이해되지 않는 부분이 존재할 수밖에 없다는 것이지요.

예를 들어 아내가 "우리 좋은 감정으로 잘 삽시다"라고 말해도 그 말을 들은 남편의 뇌 부위는 교장선생님이 학생들한테 말할 때 듣는 통로가 활성화될 수 있다는 것입니다. 무슨 문제가 있는가 하는 식으로 말입니다. 아내가 전혀 지시적이거나 기계적으로 얘기하지 않았어도 남편에게는 이 말을 듣는 순간 '이 일을 어떻게 처리해야 되지'라고 여기게 된다는 것이지요. 아내가 아무리 "당신을 가르치려는 생각이 없어요"라고 해도 남편은 문제해결을 위한 수직적 통로가 활성화된다는 겁니다. 서로가 말을 이해하고 처리하는 방법이 굉장히 다르기 때문입니다. 그러다 보니 말조차 이해하지 못한 것처럼 되고 맙니다.

이 부분은 인정하는 수밖에 없습니다. 이런 상황은 누구의 탓도 아닙니다. 오늘날에는 이와 같은 일에 대해서 밝혀진 것이 많이 있으므로 차근차근 공부해 간다면 불필요한 감정 소모를 줄이는 데 도움이 될 수 있겠지요.

남편을 함부로 대하게 됩니다

– 남편은 대학교 1학년 때부터 알고 지낸 친구였습니다. 그래서 그런지 결혼생활을 하는 데 있어서 남편이 저한테 자상하고 잘해 준다는 것을 알고는 있는데도 제가 존중을 잘 못합니다. 다른 사람에게는 남편하고의 관계를 자랑하듯이 얘기하면서도 실제로 남편에겐 책망을 하는 식으로 대합니다. 또 다른 사람들에게는 다정다감하게 얘기하면서도 남편에게는 함부로 말하게 되고요. 저의 부모님 관계를 봐도 어머니가 아버님에게 그렇게 하시거든요. 얼마 전에 부모님과 만날 일이 있었는데, 어머니가 아버님에게 그렇게 대하시는 걸 보면서 꼭 저의 모습을 보는 것 같았습니다. 부끄럽고 화가 나고 저도 그렇다는 걸 느끼면서도 고치지 못하겠는 거예요.

바람직한 상황이 아닌 것은 확실하지만 그 부분에 대해서는 보살님만의 잘못은 아닙니다. 왜냐하면 진화의 과정에서 감정층을 통과하는 감각자료가 감정으로 해석될 때 부정적인 해석을 하게 하는 신경세포 라인이 강화되어 있기 때문입니다. 곧 부정적인 요소와는 쉽게 결합되고 만다는 것입니다. 숲길을 지날 때 들리는 부스

럭거리는 소리를 두려움으로 해석하면서 바로 도망가기 위한 행동 패턴을 띠는 것과 같은 것이지요. 그렇기 때문에 남편의 부정적인 면을 먼저 보고 강하게 느끼는 것이 자연스러운 일이라는 것입니다. 찾아보면 남편이 잘하는 것도 굉장히 많을 것입니다. 그렇지만 그 부분은 노력을 기울여 찾아보아야만 보이고, 전체적인 그림에서는 부족한 부분이 더 크게 보입니다. 때문에 작게 보인 부분을 크게 보기 위한 노력이 필요합니다.

남편에 대한 긍정적인 해석은 남편이 하는 행동만을 갖고 하는 것이 아닙니다. 그렇게 해석하도록 내재된 자기의 해석채널이 끄집어 낸 겁니다. 남편을 해석하는 패턴이 올라오면 해석 패턴만 나오는 게 아니고 그것과 함께 감정상태를 만들어 내는 호르몬도 나옵니다. 해석 패턴은 남편을 보고 난 다음에 나왔다기보다는 보기 이전에 이미 그렇게 해석하도록 강화된 내부의 도로가 먼저 움직이고 그 뒤에 그와 같은 해석이나 감정상태가 의식이 되어 나타난다는 것입니다. 언제부터인지는 모르지만 보살님의 내부에 하나둘씩 쌓여 가는 남편에 대한 기억들 가운데 지금과 같은 해석통로가 강화되어 있었다는 것이지요. 그렇게 강화된 기억을 끌어 올 때 거기에 감정 등을 조절하는 호르몬 등도 함께 나오면서 지금과 같은 의식이 발생한다는 것입니다. 그러므로 남편을 그렇게 보지 않기 위해서는, 곧 강화되어 있지 않은 통로를 강화시키거나 새롭게 만들기 위해서는 굉장한 노력을 기울여야 합니다.

그 방법은 남편에 대해서 아무리 작은 것이라도 좋은 점을 찾아서 써 보는 것입니다. 지금은 안 좋은 면이 너무 크게 보여서 좋은 면이 작게 보이지만, 써 보고 마음으로 그려 보다 보면 실제로 좋은 점이 큰 것인 줄 알게 될 것입니다. 그렇게 되면 남편에 대한 내부이미지가 바뀌기 시작할 것입니다.

　내부이미지를 통한 해석은 실제의 남편을 해석하는 게 아닙니다. 좋은 점이든 나쁜 점이든 같은 양상으로 작용합니다. 그렇기에 생각에 따라 스스로에게 상도 주고 벌도 주는 일을 하는 것이 됩니다. 부정적으로 해석하는 일이 익숙하게 되면 "내 인생은 괴롭겠습니다"라고 자기가 자기를 규정하는 것이 되고 마니, 남편의 좋은 점을 계속 쓰면서 기분 좋아하는 훈련을 하십시오. 생각의 내용으로만 보면 남편을 생각하는 것 같지만 남편을 좋게 생각하는 그 생각이 자기에게 상을 주는 것과 같아, "내 인생은 즐겁습니다"라고 자기를 규정하는 것이 되니, 매일매일 남편을 진정으로 칭찬하면서 즐거운 날들을 보내시기 바랍니다.

남편과의 가장 큰 갈등이 청소문제입니다

- 결혼해서 살면서 가장 큰 문제가 청소문제였어요. 저는 깔끔해야 일을 할 수가 있는데 남편은 깔끔하면 일을 할 수가 없대요.

그러면 집에서 공간을 나눌 수 있는지 없는지를 빨리 생각해서 남편을 지저분한 방에서 살 수 있도록 공간을 만들어 줘야 됩니다.

(질문자: 그래서 그런 것도 했었어요. 남편이 지방으로 전출 가게 돼서 일주일마다 가 보면 저는 지저분한 것밖에는 안 보이는 거예요. 내려가서 이틀 동안 계속 청소하고 정리하다가 올라오는 거예요. 제가 청소만 하면 모르겠는데 살림에 직장생활까지 하다 보니 똑같이 돈을 벌면서 내가 너무 억울하다는 생각이 듭니다.)

남편도 억울하다고 생각했을지도 모릅니다. 아내가 치워 놓으면 얼마나 불편했겠어요.

(질문자: 그런데 우리가 보통 일단 무엇을 하려면 주변이 정리가 되지 않으면 아무것도 못하지 않나요.)

대부분 청소를 잘하면 좋다고 생각합니다. 보살님께서도 그러하고요. 청소를 하고 난 다음에야 일을 할 수 있는 것이 보살님이 세상하고 만나는 방법인 것이지요. 그러므로 청소를 먼저 해야 한다는 것은 보살님한테는 아주 옳은 이야기입니다. 전혀 틀린 이야기가 아니지요. 보기만 해도 불편했던 곳이 편안한 곳으로 변했으니까요.

그렇지만 남편의 처지에서는 불편할 수도 있습니다. 평안함을 느끼는 공간의 상태가 서로 다를 수 있기 때문입니다. 보살님은 지저분한 공간을 보는 것이 불편할 뿐만 아니라 청소하느라고 다시 몸과 마음이 불편해지고, 그것을 보고 있는 남편 또한 편하지 않습니다. 편하자고 했는데 서로 불편한 상황이 되고 마는 것입니다.

(질문자: 안 고쳐지면….)

그걸 고치려고 하면 안 됩니다. 청소를 해주고 싶다면 보살님의 기분이 좋을 때만 하는 게 좋습니다. 불편한 마음을 갖고 하면 불편하게 보는 마음만을 증장시키는 것이 됩니다. 청소하느라 몸도 힘들고 마음도 불편하니 하지 않는 것만 못하지요.

자꾸 징징대는 친구가 힘겹습니다

─ 배려심도 있고 너그러운 성격의 오래된 친구가 있습니다. 그 친구가 요즘 임용고시를 준비하고 있습니다. 그런데 나이 들어서 공부하는 게 힘든지 요즘 이 친구가 다른 사람이 되어 버린 것 같은 느낌이 듭니다. 가끔 통화하면 이야기를 듣기가 피곤해지기 시작했습니다. 그동안 쌓아 온 세월이 있고 이 친구가 힘든 걸 잘 이겨냈으면 하는 마음이 있으면서도 친구가 계속 힘들다, 힘들다고만 하는 얘기를 듣고 있으려니 저도 힘이 듭니다. 물론 처음엔 저도 너그럽게 잘 들어주었는데 어느 날 폭발하게 됐습니다. 그런데 끝까지 못 들어주게 되니깐, 차라리 아예 안 듣느니 못한 겁니다. 하도 힘들어하는 친구에게 연구실에 와서 수업을 들어 보라고 해서 친구가 연구실에 온 적이 있었습니다. 그런데 그때 제가 친구를 잘 챙겨 줬으면 좋았을 텐데 그날 그러지를 못했습니다. 그래서 그런지 오히려 친구는 저에 대한 서운함만 점점 쌓여 가는 겁니다. 저에게 "넌 너무 너만 생각한다"며 서운함이 가득한데 이걸 어떻게 해야 하나요?

우선은 나를 먼저 생각해야 됩니다. 자신의 몸과 마음이 힘들면 다른 사람을 수용할 수가 없습니다. 다른 사람을 수용할 힘을 갖추지 못했더라도 처음엔 수용할 수가 있지만, 조금 지나면 외부의 힘을 감당할 수가 없습니다. 그렇게 되면 궁극적으로 나도 안 좋고 친구에게도 안 좋습니다.

그 친구의 감정을 공감하는 것은 좋지만, 불편한 감정을 지속적으로 공유한다는 것은 자신의 신체에 불편한 감정을 심는 것과 같습니다. 시간이 지나면 본인 스스로도 징징대기가 쉽다는 것이지요. 친구는 자신의 감정을 조율하는 연습이 필요한 듯합니다. 만일 친구가 그와 같은 노력을 전혀 하지 않는다고 하면, 친구의 서운한 감정에 매일 이유가 없겠지요.

(다른 질문자: 가족은 어떻게 해야 되나요?)

가족은 자주 만나는 타인입니다. 타인이라고 하니 놀라시겠지만, 먼 타인일수록 그 사람에게 바라는 것이 적습니다. 바라는 것이 적다는 것은 상대의 활동에서 상처를 입을 확률이 거의 없다는 것과 같습니다. 먼 타인은 공동체의 일원이기는 해도 직접적으로 몸과 마음에 서운한 사건을 만들어 내지 않기 때문입니다. 가족은 특별한 타인이기에 바라는 것이 많을 수는 있지만, 바라는 것이 많다는 것은 번뇌를 만드는 재료가 많다는 것과도 같으므로, 바람 없이 해주면서 타인처럼 보는 연습을 해야 한다는 것입니다.

자녀들이 홀로 설 수 있을 때까지는 잘 돌봐야겠지만, 크고 난 다음에는 온전히 한 개인으로서 자신의 삶을 살아가는 것이므로,

그때부터는 너무 깊숙이 개입하지 말고 그 사람의 삶을 존중해야 된다는 것입니다. 해주는 것이 있기 때문에 이런저런 바람을 갖기 쉽지만, 온전한 개인으로서 우뚝 선다는 것은 자신만의 삶을 산다는 것과 같으므로 다른 사람의 바람대로 살 수도 없다는 것을 빨리 인정해야 한다는 것이지요.

해주는 분은 바람 없이 해주고, 받는 분은 그것을 당연하게 받는 것이 아니라 타인임에도 불구하고 온 마음을 다 담아서 저렇게 해주고 있구나, 라고 알아차리면서 감사해야 된다는 것입니다. 어머님께서 해주는 한끼의 밥, 아버님께서 벌어오시는 생활비, 이 또한 당연히 그래야만 한다고 보지 않는 것입니다. 아울러 커 가는 자식들은 한끼의 밥을 하고 생활비를 버는 일에 가장 큰 힘이 되니, 커 가는 자식들은 그것만으로도 부모님께 효도하고 있는 것이므로 자식 또한 빚만 지고 있는 것이 아닙니다. 따라서 가족의 일원 모두가 바람 없는 가운데 타인으로서 살면서 감사한 마음을 갖고 서로의 삶을 존중해 주는 관계가 더 필요하다고 하겠습니다.

친구를 만나면 늘 힘이 듭니다

- 친구 중에 늘 우울한 친구가 있어요. 그 친구를 만나면 우울한 얘기 듣는데, 계속 그런 이야기를 듣는 게 힘이 듭니다. 제가 보기에 친구는 우울증을 해결할 의지가 없어 보이고, 그 상태에 머물러 있으려고 하는 것 같습니다. 그러다 보니 친구가 만나자고 하면 반가워야 하는데 조금씩 부담스러워집니다. 얘기 듣는 게 힘들다고 말할 수도 없고요. 어떻게 하면 좋을까요?

우리의 심리현상은 기본적으로는 몸의 문제입니다. 신체가 현재의 심리상태를 만들어 내는 기반이라는 것입니다. 최근의 연구에 의하면 감기 바이러스가 있는 것처럼 우울증을 유발하는 바이러스도 있다고 합니다. 바이러스가 신체에 들어오면 이 바이러스를 이겨 낼 만한 몸의 상태가 아니라면 본인 의지와 상관없이 우울증이 나타난다는 것입니다. 스트레스 등으로 감정의 흥분상태를 적절하게 조절하는 영역인 전두엽과 연결되는 도로망이 심하게 훼손된 경우는 필요 이상으로 흥분되는 감정을 억제하기가 어려워 쉽게 우울증이 올 수 있다는 것입니다. 그런 면에서 우울증은 전적으로 신체적인 문제입니다.

친구가 스스로 우울감을 극복할 수 없다면, 치료를 해야 합니다. 이야기를 하는 것이나 위로받는 것만으로는 문제가 해결되지 않습니다. 정신과에 가서 심리상담을 받고, 균형 잡힌 식생활과 운동을 하면서 신체를 강건하게 만들지 못한다면 이 증상을 극복하기가 쉽지 않다는 것입니다. 친구한테 잘 얘기해 보십시오. 받아들이면 다행이고, 받아들이지 않는다면 본인이 느끼는 솔직한 감정을 이야기해야 됩니다. 그렇게 이야기했을 때 친구가 충격을 받을 수도 있고, 관계가 끊어질 수도 있겠지요. 하지만 그걸 감수하고라도 분명히 솔직하게 이야기를 해야 합니다. 위로만으로는 해결되지 않는 상태일지도 모르기 때문입니다.

(질문자 : 하지만 의문이 듭니다. 친구 상태가 좋을 때만 보고, 힘들어지면 안 보는 관계를 과연 친구 사이라고 할 수 있을까요?)

이건 좀 극단적인 예일 수 있는데, 빚보증을 서 달라고 하는 친구가 있다고 칩시다. 그가 보증을 서 달라고 한 순간부터 나는 앞으로 벌어질 일에 대해 불편한 마음을 갖게 되겠죠. 이 경우 보통 의리를 앞세워 부탁하지만, 받아들인 친구의 삶을 심하게 흔드는 것이 과연 의리 있는 부탁일까요. 그 친구는 결코 의리 있는 행동을 하고 있는 게 아닙니다. 친구가 어떻게 보증도 안 서주냐고 할 수도 있겠지만, 그는 친구관계를 잘못 생각하고 있는 것입니다.

자기 이야기만 들어 달라고 하고 상대 이야기를 안 들어주는 친구관계나, 일방적으로 상대의 마음을 무겁게 하는 친구관계라면 제대로 된 관계라고 볼 수 없지요. 여기서 핵심은 친구를 만나고 안 만나는 데 있지 않고, 친구가 우울증을 고치느냐 마느냐에 있습니다. 어쩌면 내가 가서 친구 얘길 듣는 것보다 그 친구를 안 만나는 게 친구가 자신의 병을 고치는 데 도움이 될 수도 있습니다.

감이당에서 공부한 이후 친구들과 멀어지는 것 같아요

― 감이당에서 공부한 지 7~8개월 됐는데 친구들과 멀어지는 느낌입니다. 40년간 죽마고우 소울메이트라고 생각해 왔던 친구들과의 관계가 어그러지고 있어요. 잘난 척을 하는 게 아니라 여기서 배운 걸 이야기하며 제 생각도 말하고 그러는 것뿐인데, 친구들이 저를 멀리하는 것 같아요. 제가 공부가 제대로 되고 있으면 여기서 또 다른 관계를 만들면 되는데 그것도 아직은 아니고요. 모든 것에는 좋은 점과 나쁜 점이 있다는데 외로워지는 게 공부를 하면 겪게 되는 나쁜 점인지 궁금합니다.

사고의 기반이 되는 뇌의 본질적인 특징 가운데 하나는 유연성입니다. 다른 말로 하면 가소성이라 하는데 말랑말랑한 점토의 특성과 같은 것입니다. 그런가 하면 유전자도 자리이동을 한다고 합니다. 노벨 생리의학상을 받은 맥클린톡(Barbara McClintock)이라는 학자에 의해서 밝혀진 일입니다. 유전정보가 같은 옥수수 씨앗이 햇빛이 잘 드는 데 뿌려졌는가, 바람이 잘 부는 데 뿌려졌는가에 따라 옥수수알에 무늬가 생겨나기도 하고 없어지기도 하는데, 이 모두가 자리이동을 하는 유전자에 의해서 일어나는 일이라는 것입니다. 유전정보의 변이가 없었다고 하면 지구상에 다양한 생물종이 나타나기 어려웠을 것이며, 환경의 변화에 적응하지 못해 살아남기도 어려웠겠지요. 생물의 진화는 그 기반이 변이할 수 있는 특성이 있었기 때문이라는 것입니다. 이와 같은 변이를 통해 진화가 이루어졌으며, 사고하는 기반인 뇌가 생겨났으니 사유의 전환 또한 당연한 일이겠지요.

학인 분의 경우도 새로운 환경과 활동을 통해서 이전과는 다른 생각길을 만드는 중이니 너무 염려하지 마시고 편안하게 받아들였으면 합니다. 곧 다른 환경의 햇빛과 새로운 바람을 만나 다른 꽃을 피우려고 준비하는 중이라, 이전 환경과는 약간 멀어졌고 새로운 환경과도 공감의 강도가 충분하지 않아 외로운 감정을 느끼는 것 같다는 말씀입니다. 그러나 이 또한 새로운 얼굴을 만들어 가는 과정이면서 자신의 전존재성을 드러내는 사건이니 현재의 상태를 나쁘게 받아들일 이유가 없다는 것입니다.

이러다 아무도 못 만나고 죽는 게 아닌가 걱정돼요

– '외롭다'는 이야기를 주변에 하고 다녔더니 얼마 전, 친구가 소개 팅을 하겠냐고 물어봤어요. 그런데 굉장히 거부감이 들었습니다. 소개시켜 준다는 남성이 50세라는 게 문제였어요. 전 삼십대 중반이거든요. 그런데 동시에 내가 너무 고집스러운 건 아닌가란 생각이 들기도 했습니다. 친구는 이미 띠동갑 남자와 잘 사귀고 있거든요. 고민이 생겼어요. 나이가 들면 마음이 넉넉해져야 될 텐데 왜 저는 더 까다로워지는 것 같을까요? 이러다 아무도 못 만나고 죽는 게 아닌가 걱정이 됩니다.

먼저, 사회적인 현상을 봅시다. 우리보다 앞서 산업화를 이룬 일본은 오래전부터 성장률이 1~2퍼센트가 됐고, 그 결과 우리보다 먼저 삼포, 오포 세대가 생겨났습니다. 그래서 그런지 일본에서는 예전부터 사오십 대 남성과 이삼십 대 여성이 커플이 되는 경우가 적지 않다고 합니다. 왜냐하면 사오십 대가 되어야 자기 가족을 건사할 수 있는 경제력을 갖게 되기 때문입니다.

　동물들을 보면, 짝짓기 철에 암컷이 짝짓기 상대로 수컷을 정할 때 두 가지를 본다고 합니다. 첫번째는 암컷이 수컷의 냄새를 통해 자신이 갖고 있는 면역세포와 다른 종류의 면역세포를 많이 갖고 있다는 것을 무의식적으로 알고 그 냄새를 가진 상대방을 짝의 후보로 정한 다음, 두번째로 호감을 주는 수컷 후보들 가운데 먹이를 잘 물어 오는 상대를 짝으로 선택한다는 것입니다.

이렇듯 암컷은 생존과 번식을 위해 후손에게 외부의 침입을 막아 주는 면역세포를 다양하게 갖게 해주는 수컷과 먹고사는 경제력을 갖춘 수컷을 고른다는 것이지요. 사람들의 결혼도 여기에서 크게 벗어난다고 하기 어려울 것 같습니다. 젊은이들이 경제력을 안정적으로 갖추기 어렵다 보니 동년배보다는 나이 차가 좀 나더라도 가정을 안정적으로 꾸릴 상대를 선택하는 경향이 커질 수밖에 없다는 것입니다.

신체의 발달상태로만 본다면 젊어서 동년배와 가정을 꾸리는 것이 좋기 때문에 친구의 제안에 거부감을 느끼는 것도 전혀 이상한 것이 아니며, 다른 사정을 고려해 볼 때 친구의 제안 또한 이상한 것이 아닙니다. 그러니 거기에 대해 기분 나빠 할 필요가 없습니다. 상대의 이야기에 대해 '그럴 수도 있겠구나'라고 생각하시면 되고, 본인의 인연은 때가 되면 만날 것이니 그 또한 걱정할 일이 아닙니다.

갑자기 따로 지내자는 친구에게 화가 납니다

— 1년 넘게 같이 살던 친구가 공동체를 나가게 되었어요. 그 친구와 나름대로 친하다고 생각했었는데 저랑 제대로 의논도 하지 않고 갑자기 나간다고 하더라고요. 처음에는 화도 나고 서운한 마음이 들었고, 지금은 어떻게 친한 관계를 맺어야 하는가에 대해서 막막해졌습니다.

두 분이 친한 사람에게 하는 행동양상과 생각하는 방식이 각기 다를 수 있습니다. 친구 입장에서는, 헤어지는 게 마음 아프니 일종의 '정 떼는 행위'로 그렇게 행동했을 수도 있다는 것입니다. 그 사람도 친한 사람을 떠나 보낸 적이 있었을 테고, 그 경험을 통해 자신의 반응통로를 만들었을 것이기 때문입니다. 정을 뗄 때 상대가 상처를 덜 받는다고 생각하게 되는 통로 말입니다. 서운한 마음이 드는 것은 어쩔 수 없겠지만, 회자정리(會者定離)라는 말처럼 헤어지는 일 또한 늘 일어나는 일이니 너무 서운해하지 마십시오.

이런 일들을 통해서 헤어지는 연습도 하는 것입니다. 여기서 연습이라고 말씀드린 것은 연습이 안 된 사람도 사랑하는 마음이 불현듯 일어나서 가슴 뛰는 경험을 할 수 있지만, 연습이 된 사람은 스스로 사랑하는 마음을 쓸 수 있기 때문입니다. 가슴 뛰게 하는 친구와 만나기도 하고 헤어지기도 하겠지만, 사랑할 줄 아는 힘이 있는 사람은 헤어지는 일에 상처받지 않고 또다른 만남을 기뻐하게 됩니다. 이번 일을 경험으로 사랑할 줄 아는 마음을 키워 가시기 바랍니다.

친구의 범위는 어디까지인가요

─ 공부를 하다 보면 어떤 고전을 읽든 친구가 중요하다고 배웠습니다. 그런데 과연 지역이나 나이를 불문하고 뜻만 맞으면 다 친구로 삼을 수 있는 것인지, 적절한 친구의 숫자 같은 게 있는 것인지 등이 궁금합니다.

내 성향이 어떤지를 먼저 살펴야 합니다. 내 성향이 두세 사람과 사귀는 쪽이라면 조금 사귀면 되고, 내 성향이 여러 사람과 사귀는 걸 좋아하는 쪽이면 넓게 사귀면 됩니다. 또 두세 사람 이상 만나면 피곤해지는 성향의 사람이면 조금 사귀면서 깊게 사귀는 게 맞습니다. 친구가 적으면 자주 만나니까 깊어지고, 친구가 많으면 자주 만날 수 없기 때문에 좀 엷은 관계를 맺겠지요. 친구란 두세 사람의 관계나 여러 사람과의 관계나 총합의 깊이는 거의 같습니다. 자기 성향에 따라, 관계맺기를 하면 그것으로 충분합니다. 친구의 숫자에 얽매일 필요는 없습니다.

그리고 친구 사이의 나이를 말씀하셨는데요. 나와 상대방 사이에서 나이 차이가 서로 불편하지 않는 정도까지만 친구를 하면 됩니다. 그리고 친구란 꼭 사람과의 관계에서만 성립되는 게 아닙니다. 꽃하고도, 책하고도, 얼마든지 관계를 맺을 수가 있습니다. 내가 좋아하고 관계맺고 싶은 대상하고 친해지면 됩니다. 본인 스스로가 자기 삶과 친하게 지내는 게 중요하니까 너무 사람에게만 얽매이지 않아도 됩니다.

그리고 친구는 꼭 뜻이 맞아야만 하나요? 또 뜻이 맞아야 하는 게 어떤 건지요. 친구와 뜻을 맞춘다는 것에 너무 크게 의미부여하지 않아도 된다는 것이며, 굉장히 높은 뜻을 가져야만 하는 것도 아닙니다. 다른 사람 뒷담화하는 것이 재미있는 것만으로도 뜻이 맞을 수도 있어요. (일동 웃음)

삶 자체는 대개 맹물처럼 맛이 없습니다. 그러니 행복이란 단맛으로 인생을 채우려고 하지 않는 것이 중요합니다. 왜냐하면 행복이란 사건 그 자체에 있다기보다는 사건을 해석하는 나의 이미지 속에 있기 때문입니다. 그러므로 행복한 일이 일어나기를 바랄 것이 아니라 행복으로 해석하는 힘을 기르는 것이 중요하다고 하겠습니다. 가장 쉽게 행복감을 맛볼 수 있는 행동으로는 친구와 맛있는 음식을 먹으면서 가볍게 이런저런 이야기를 나누는 것이라고 이야기하는 분이 많더군요. 이 또한 담담한 상태와 비교해서 신체의 호르몬 변화가 온 것이며, 일정 정도 감정의 흥분상태라고 합니다. 감정의 흥분상태이기 때문에 다시 담담한 상태가 되려고 하며, 그래야만 전체적으로 피로도를 줄일 수 있다고 합니다. 항상 행복한 상태를 원할 이유도 없으며, 원해도 될 수 없으니, 행복하기를 원하면서 마음 아파할 이유가 없다는 것이지요.

그렇기 때문에 뒷담화하는 사람을 만나면 뒷담화하는 것으로 친구를 삼으면 되는 것이고, 고귀한 뜻을 가진 사람을 만나면 고귀한 뜻을 나누면서 친구가 되면 됩니다. 어떤 것이 고귀한 것인가는 사람마다 다를 수 있기 때문에 그 또한 일정하지 않겠지요. 우리는 대개 자기가 공부한 것을 가지고 사람들을 만나기 때문입니다. 내가 좋아하는 분야의 사람들이 친구가 되는 것이지요. 이처럼 서로 좋아하는 것을 매개로 만나는 사람들이 친구이기 때문에, 뜻이란 것을 너무 협소하게 생각할 것도 없고, 특정한 것만을 의미심장하게 생각할 필요도 없다고 하겠습니다.

기간제 교사인데 동료 교사들과 소통이 잘 안 됩니다

― 고등학교에서 1년간 기간제 교사를 하게 됐습니다. 이제 3주 정도 지났는데, 아이들하고의 관계는 괜찮습니다. 아이들은 정면충돌을 해도 겉과 속이 같아서 금방 풀립니다. 그런데 교사 분들은 영혼 없는 멘트를 날리기도 하고, 안과 밖이 다른 말과 행동을 합니다. 그래서인지 교사 분들과는 소통이 잘 되지 않습니다. 그렇다고 학교를 그만두고 싶지는 않은데, 버티기가 힘듭니다.

소통에도 근본적으로 불가능한 영역이 있습니다. 마음의 색깔이 사람마다 다르기 때문입니다. 시비가 분명하다면 별로 이견이 없겠지만, 시비가 분명하지 않은 것은 사람에 따라 판단이 다를 수 있는데도, 본인이 생각하는 가치를 들이대면서 "너는 왜 이렇게 생각하지 않아?"라고 한다면 싸움밖에는 안 되겠지요.

　어린이들은 학습을 통해서 자신의 성격 등을 형성하고 있는 과정이기 때문에 어른에 비해서는 학습의 효과가 크겠지만, 어른이 되면 이미 성격이 형성됐기 때문에 자신의 견해와 다른 점을 편하게 받아들이기가 쉽지 않습니다. 유전자도 다를 뿐만 아니라 삶의 배경이 100퍼센트 같은 사람은 아무도 없기 때문입니다. 즉 같은 한국말을 하더라도 전혀 다른 이야기를 하고 있는 경우도 있다는 것입니다. 부부 사이도 그렇지 않습니까? 같은 말인데도 남편과 아내가 각자 다른 뜻으로 받아들이고 있는 경우가 있다는 것입니다. 우리는 서로 교감하는 부분만 소통할 수 있다는 것이지요. 나머지 부분은 어느 누구하고도 소통이 잘 안 됩니다. 서로 다른 부분까지 소통하겠다고 하면 죽을 때까지 아무하고도 소통을 못할지도 모릅니다. 이 경우는 이해하는 것이 아니라 그 사람의 견해라고 인정하는 수밖에 없습니다.

그러므로 견해가 다른 선생님들의 모습을 보면 그 견해에 대해 가치평가를 하지 말고, 그 사람의 성격과 견해를 파악해서 그에 맞게 행동하면 됩니다. 상대방과 교감되는 만큼만 좋아하고 안 되는 것은 인정해 주면 됩니다. 안과 밖이 다른 말과 행동을 하는 분들을 보면서 안과 밖이 같은 말과 행동을 했으면 좋겠다는 바람을 내려놓는 것입니다. 나의 바람을 내려놓고 보면 영혼 없는 멘트에 영혼이 들어갈지도 모릅니다. 처음에는 영혼 없는 멘트를 하고 있는 자신이 좀 안돼 보일지 몰라도 바람 없는 마음으로 보기 시작하면 싫어하는 마음의 강도가 줄어들면서 자신의 멘트가 자신을 기쁘게 할 것입니다.

교회 사람들이 불편해졌어요

— 저는 교회를 다니는데, 감이당에서 공부를 하다 보니 교회 가는 게 불편해졌습니다. 특히 한국사람들이 순결, 위생, 계몽 등 억압적인 서구의 가치들을 내면화하게 된 데에 교회의 역할이 컸다는 것을 배운 뒤로, 요즘은 교회 사람들의 태도에 반감이 생기기까지 합니다. 배타적이고 편협한 것처럼 느껴지고, 마음이 불편합니다.

개종을 하십시오.(일동 웃음) 불교라든가 천주교로 개종하라는 것이 아니라, 아예 종교에서 손을 떼라는 말씀입니다. 기존의 종교활동에서 벗어나 나와 나한테 가까운 사람들을 무조건 좋아하는 훈련을 하는 것입니다. 상대가 어떻게 했으니까 좋아하는 것이 아니라, 내가 좋으니까 좋아하는 것만 생각하고 하는 거예요. 외부의 시선을 지나치게 의식하면 온전히 자신의 삶을 사는데도 불구하고 자신의 삶이 실패한 삶처럼 느껴지기 쉽습니다. 외부가 내 삶을 흔들기 때문이지요. 지금부터는 종교시설에 가고 안 가는 것을 가지고 불편한 마음을 가질 필요가 없습니다. 종교가 위대한 것이 아니라 마음이 불편하지 않은 것이 위대한 것입니다. 나가고 싶으면 한 번씩 나가 보고 아니면 안 나가도 괜찮습니다. 기본적으로는 모든 종교에서 떠났다고 생각하면 됩니다. 그리고 그런 나를 좋아하십시오.

불교신자인 신혼부부에게 해주었던 이야기를 예로 들어 보겠습니다. 그들에게 누군가가 당신 종교가 무엇이냐고 물을 때, 아내한테는 '남편을 좋아하는 것'이 나의 종교라고 대답하시라고 했고, 남편한테는 '아내를 좋아하는 것'이 나의 종교라고 대답하시라고 했습니다. 지금 상황에서는 천주교나 불교로 개종해도 소용없습니다. 오랫동안 교회에 다녔으니까 뭔가 허전하면 교회에 가 보고 안 그러면 가지 않아도 됩니다. 일생 동안 사람을 많이 만날 것 같아도 깊이 있게 자주 만나는 사람들은 가족들과 가까운 친구들입니다. 그러므로 자신과 그들을 좋아하면서 살아가는 것을 종교로 삼으면 됩니다. 죽을 때 '나는 정말 내 인생을 좋아하면서 살았습니다'라고 말할 수 있으면 됩니다.

지금부터 그렇게 살아 보십시오. 단, '내가 이렇게 너를 좋아했는데 네가 어떻게 이럴 수 있어?'라고 말할 필요는 없습니다. 내가 이렇게 사는 것을 남한테 칭찬받으려고 하지 마십시오. 우리는 어린아이가 아니니까요. '너의 인생이 훌륭하다'는 말이 어린아이한테는 꼭 필요합니다. 왜냐하면 어린아이는 스스로 그렇게 생각하기 어렵기 때문이에요. 하지만 어른인 우리는 '나, 그리고 가까운 사람들을 그저 좋아하면서 살았던 나의 삶, 그것으로 충분했어'라고 생각할 수 있어요. 그것만으로 충만한 삶을 산 것이 분명합니다. 나아가 교회 다니는 사람을 편협하다고 싫어할 필요도 없습니다. 그럼에도 나는 당신을 좋아하겠다고 마음을 가지면 되고, 그렇게 생각하려 해도 그런 마음이 들지 않는다고 하면 하지 않아도 됩니다. 어떻게 다 좋아할 수 있겠어요. 맞지 않으면 속으로라도 '당신이 말하는 것이 나한테는 안 맞습니다'라고 말하면 됩니다. 그 사람을 싫어하고 미워하는 감정을 가지면 나한테 미워하고 싫어하는 감정의 씨앗을 심는 것과 같기 때문에 그런 생각을 자주 하는 것은 스스로에게 비난의 화살을 쏘는 것과 같습니다. 그러니, 뜻이 다른 사람들과 자주 어울리지 않아도 됩니다. 어떻게 모든 사람들이 내 생각하고 똑같겠어요. 이제부터는 '나의 종교는 나의 인생을 좋아하는 것입니다'라는 종교를 가져 보십시오.

공동체에서의 감정 표현, 어떻게 하면 좋을까요

— 저는 따로 다른 지역에서 공동체를 운영하고 있는데요. 운영을 하면서 오히려 의사 표현, 감정 표현하는 게 어려웠어요. 그러던 와중에 감이당을 만나 공부하면서 '마음에 담아 두는 것보다 직접적으로 표현하는 게 중요하구나', '감정에 잉여를 남기지 않는 게 필요하구나' 느꼈어요. 그래서 의도적으로 그걸 연습했어요. 필요할 때 욕도 하고요. 전 그게 사람들에 대한 애정이라고 생각해요. 그랬더니 공동체도 잘 운영이 되는 것 같고요. 그런데 그걸 불편해하는 사람들도 있다는 걸 알게 되었어요. 어떻게 하는 게 좋을까요?

화를 꼭 내야 할 때는 '아 저 사람이 화났구나'만 알게 하면 됩니다. 특정한 사람에게 욕을 한다거나 원망을 하면 당연히 관계가 끊어지겠죠. 제 생각에는 건전한 공동체란 힘 등의 불평등이 최소화된 곳이 아닌가 합니다. 권력 등이 상당한 수준으로 수평적이어야 하고, 그런 가운데 관계의 역동성을 확보해야 합니다. 그러나 그런 경험이 적다 보니, 곧 상하관계에 익숙해 있다 보니, 자칫하면 역동성이 떨어져서 공동체 자체가 잘 돌아가지 않을 수 있습니다. 따라서 일마다 강도의 조절이 필요하겠지요. 그러나 욕을 한다거나 특정 상대를 비난하면 불평등의 최소화라는 의미가 퇴색되면서 자칫하면 권력의 상하관계가 되기 쉬워 공동체를 운영하는 의미가 사라지고 말 것입니다. 공동체가 잘 돌아가는 이익을 얻고자 공동체의 실질적인 주체로서의 개인이 손해를 본다면 공동체의 운영방식을 다시 생각해 보아야 한다는 것입니다.

물론 사안에 따라 화를 안 낼 순 없겠지만 화를 내는 방식에 대해 연구를 해야 한다는 것입니다. 예를 들어 화를 내야 할 때 특정 상대를 지목하지 말고 전체를 상대로 쇼를 해보는 것이지요. "나는 이렇게 화났습니다"라고요. 어떤 사람이 잘못한 순간에 화를 내지 말고 묻어 놨다가, 이것저것 묶어서 적당한 선을 지키면서 화를 내는 연극을 하는 것입니다. 그러면 다른 사람들도 알아차릴 것입니다. 다만 너무 자주하면 효과가 떨어지니까 분위기가 어느 정도 흐트러졌을 때만 하는 것이 중요합니다.

룸메이트와 어떻게 이야기해야 할지 모르겠어요

- 풀집에 이사를 와서 세 달째 살고 있어요. 밥도 잘 먹고, 잠도 잘 자고, 별 문제가 없었는데, 살다 보니 새삼 제 성질이 보이는 거예요. 얼마 전에 마감을 앞두고 에세이를 쓰고 있는데, 마음은 급한데 집중이 잘 안 되었어요. 이때 이미 과제를 다 한 룸메이트들은 거실에서 이야기를 하고 있었는데, 좀 조용히 해줬으면 하는 마음이 앞서 조용히 해주면 좋겠다고 얘기했어요. 룸메이트들은 그런 제 말이 불편했는지, 기분이 상한 기색이었고요. 눈에 보이게 싸운 건 아닌데, 그 이후로 왠지 모르게 불편한 게… 관계가 좀 서먹해졌어요. 어떻게 하면 이 서먹함을 극복할 수 있을까요?

함께 사는 사람이 모두 한 몸이 되어 움직인다는 것은 이상일 뿐입니다. 그건 불가능해요. 친자매끼리도 서먹서먹한 일이 발생합니다. 더 좋아지거나 더 친해지기를 바랄 것 없습니다. 바람이 적다는 것은 번뇌를 만드는 재료가 적다는 것과 같습니다. 하여 바라는 상황이 된 것을 좋아하려 하지 마시고 그냥 있는 것을 좋아하는 습관을 길러 가는 것이 좋습니다. 어떤 목적을 가지고 일을 같이 하는 것과 친밀감을 느끼는 것은 전혀 다른 문제이기 때문입니다. 풀집은 무지개집이 아닙니다. 번뇌들이 부딪치는 곳이지요. 그러니 "이렇게 살았으면 좋겠다"라는 바람을 버려야 합니다.

상대한테 좀 조용히 해줬으면 좋겠다는 말을 할 수는 있지만, 상대가 그 말을 듣고 그렇게 해주기를 바란다면 확률의 반쯤은 번뇌를 만드는 쪽이 되고 말지요. 만일 상대방이 그 말을 듣고 자신의 행위를 통제하는 것처럼 듣는다면 그때의 상황은 별로 좋지 않게 되겠지요. 그러므로 선택지를 상대가 갖도록 하는 것이 좋지만, 이 경우에도 상대가 반드시 그렇게 해줘야 할 이유가 없다는 것을 알아야 합니다. 내 부탁을 들어주지 않아도 그를 원망하지 않는 연습을 해야 합니다. 상대가 내 부탁을 들어주면 좋지만, 그렇지 않는다고 하면 원망하면서 자신의 번뇌를 키워 가는 상황이 되기 때문입니다.

조모임을 하는데 갈등이 있어요

— 감이당에서 공부를 하고 있는데, 저희 조에서 다툼이 있었어요. 돌아가면서 암송을 하고, 조에서 준비가 잘 된 사람이 수업시간에 발표를 하는데, 2학기쯤 되니까 다들 긴장이 풀어졌는지 준비를 안 해오는 거예요. 그래서 자구책으로 누군가가 조를 대표해서 외워 오자 하고 조원 한 명을 시켰어요. 그랬더니 다른 조원이 "이런 식으로 몰아가지 마라. 그 방식은 아닌 것 같다"고 하는 거예요. 제가 부조장이거든요. 그동안 저도 조원들을 위해 궂은 일들을 마다 않고 했는데, 조 활동을 잘 해보자는 의미에서 제안한 것을 안 하겠다고 하시는 게 이해가 되지 않았어요.

이 경우는 누군가의 말이 틀려서 문제가 생기는 게 아닙니다. 두 사람 말은 각자의 입장에서는 맞을 것입니다. 말이 갖고 있는 의미와 감성 표현을 똑같이 들을 수 없기 때문이지요. 그러므로 시간이 난다면 서로가 당시 느꼈던 것을 있었던 그대로 말해 보세요. 중요한 것은 옳고 그른 걸 따지지 않는 것입니다. 그렇다고 해서 완벽한 교집합이 생기지는 않겠지만, 상대방의 느낌에 대해서 공감해 볼 수 있는 단초가 생기게 되면 이해의 폭이 조금은 넓어질 수 있을 것입니다.

그렇게 생긴 단초를 바탕으로 상대가 어떤 느낌이었을 것 같다는 상상을 해보는 것입니다. 자신도 틀린 것이 아니지만 상대 또한 틀린 것이 아니라는 것을 조금씩 알아가는 연습입니다. 서로가 다르게 갖고 있는 이해지도를 생각하지 않고, 자신의 이해지도만을 바탕으로 시시비비를 가리다 보면 편히 살고 즐겁게 살고 기쁘게 살기 위해 모인 공동체 삶의 이유를 놓치고 말 것입니다.

남자친구가 폭력을 행사해요

– 남자친구가 잘해 주긴 하는데 가끔 폭력을 행사합니다. 다시는 하지 않겠다고 하는데 신뢰가 가지 않습니다. 그 말을 믿고 만나야 하는 건지 헤어져야 하는 건지 판단이 서지 않습니다. 이것도 기대하는 걸까요?

누군가를 만난다는 것은 여러 가지 이유가 있지만 그 이유를 만드는 것 또한 이미 갖고 있는 내부이미지가 개입된 것이며 호르몬도 그와 같은 결정에 중요한 역할을 합니다.

그러므로 남자친구에게 여자친구를 대하는 방식의 내부이미지가 폭력적으로 표현하는 것에 익숙하도록 되어 있다면 이는 이야기로 해결될 일이 아닙니다. 치료를 받아야 할 일입니다. 따라서 남자친구에게 강력하게 치료받을 것을 요구해야 합니다. 그럼에도 불구하고 치료를 받지 않으려고 한다면 헤어지는 쪽으로 심각하게 생각해야 할 것입니다.

정신과 의사에게 들은 이야기인데, 술만 먹으면 아내에게 폭력을 행사하는 사람들이 있는데, 그 사람들은 술을 마셨기 때문에 폭력을 행사하는 것이 아니라, 무의식적으로 폭력을 행사하고 싶어 술을 먹는다고 합니다. 연애하면서 폭력을 행사하는 남자에게도 비슷한 성향이 있다는 것이지요. 연애하기 위해 만나는 것이 아니라 이런저런 이유로 폭력을 행사하기 위해 만난다는 것입니다.

폭력이라는 범죄에 대해 관대할 필요가 전혀 없습니다. 치료해야 할 병증이라는 것을 잘 알고 적극적으로 치료를 한다면 한 번 더 생각해 볼 수는 있지만 그렇지 않다고 하면 구태여 그 사람의 폭력대상이 될 이유가 없겠지요.

3부

몸과 마음을
평온하게 하는 것이
공부입니다

— 공부 관련 고민들

열심히 공부하려면 어떤 마음가짐이 필요할까요

— 제 삶에서 뭔가를 바꾸고 싶어서 감이당에 공부를 하러 왔는데요, 힘들어요. 공부를 하려면 생활패턴도 바꾸고 그래야 하는데 그게 잘 안 되어서 속상하고 힘듭니다. 그리고 여기서 하는 공부에 제가 못 미치는 것도 같고요. 열심히 살고, 열심히 공부를 하려면 어떤 마음가짐이 필요할까요?

우선 열심히 하려 하지 마십시오. (일동 웃음) 노는 것 비슷하게 하는 것이 좋습니다. 열심히 하려는 생각으로 몸과 마음에 스트레스를 주어 가면서 하면 뭔가 될 것처럼 보여도, 그것 자체가 몸과 마음에 별로 좋지 않은 영향을 미칩니다.

공부는 몸과 마음이 즐겁고 편하려고 하는 것입니다. 그러니 적당한 스트레스를 받는 한계 안에서 해야 합니다. 스스로가 설정한 목표라든가 주변에서 요구하는 눈에 맞추지 않으면 안 된다고 하면서 과도하게 자신을 채찍질하면 스트레스를 쌓는 공부를 하는 것에 지나지 않을 수 있습니다.

그러니까 결석하고 싶으면 결석하고, 써 내고 싶으면 써 내면 됩니다. 그런다고 누가 뭐라고 말하면 그건 뭐라고 하는 그 사람이 잘못하는 거니까, (일동 웃음) 신경 쓰지 마십시오.

(질문자: 선생님이 뭐라고 하시는데도…)

네. 선생님이 뭐라고 하셔도, 머릿속으로는 '아, 저 사람이 잘못하고 있구나'(일동 웃음)라고 생각하십시오. 그걸 겉으로 표현하면 좀 그러니까 겉으로는 그냥 잘 듣는 것처럼 하면 됩니다. (일동 웃음)

물론 여러 가지 상황으로 보면 선생님의 말씀이 틀린 말은 아니겠지만, 자신의 몸과 마음의 상황도 있으니까 너무 자신을 몰아쳐서는 안 됩니다. 못하고 있는 것에 너무 신경쓰지 말고, 편안하게 생각하십시오. 몸과 마음이 따라주는 만큼 천천히 해가면 됩니다.

그렇게 한참을 하다 보면 뭔가가 쌓입니다. 뭔가 쌓이다 보면 어느 날 신체가 새로운 접속통로를 만듭니다. 접속장치가 변화가 왔을 때 기존의 관점들과 다른 관점이 생기게 됩니다. 관점의 이동이 일어난 것이지요. 공부는 그때부터 하는 것과 같습니다.

지금은 기존의 접속장치와 새로 만들어 가는 접속장치가 서로 충돌하고 있으니 힘이 들 것입니다. 아직은 새롭게 공부하는 접속장치가 자신의 신체에 자리잡힌 상태가 아니기 때문입니다. 그러므로 자신을 비난할 필요가 없습니다.

어느 정도 내공이 쌓여 접속장치가 바뀌게 되면 지금보다 덜 열심히 해도 더 열심히 한 것 같은 결과가 나옵니다. 그렇게 되기까지는 시간이 필요하고, 지식의 양을 쌓아 가는 것이 필요합니다.

그렇게 쌓여진 지식이 내 것이 되기 위해서는 자신의 삶과 혼합되어 숙성되어야 합니다. 숙성이 되기 위해서 시간과 지식의 양이 일정량을 넘어야 되고, 숙성되어 신체화됐을 때라야 배우는 것을 쉽게 이해할 수 있게 됩니다.

숙성이 안 된 현재로써는 배우고 익히는 것이 당연히 어렵고, 열심히 해도 잘 안 되는 것 같을 것입니다. 그러므로 지금은 너무 열심히 하려고 하지 말고, 모르는 게 있으면 잠시 쉬면서 멍 때려도 괜찮습니다. 멍 때리고 있어도 신체는 무의식적으로 계속해서 작용을 하면서 새로 들어온 지식과 접속을 합니다. 그러다가 불현듯 뭔가 쑤욱 올라오는 게 있을 것입니다. 새롭게 만들어진 내부이미지가 의식으로 드러난 것이지요. 그것이 자기화된 지식의 출발입니다.

공부를 마무리하는 힘을 기르고 싶어요

– 저는 청년백수들을 위한 프로그램인 '백수다'에서 공부하고 있는데요, 마무리하는 힘이 너무 부족해요. 공부하거나 글을 쓸 때도 생각을 밀고 나가지 못하고 빨리 끝내고 싶어 해요. 그래서 공부도 글도 용두사미가 되는데, 마무리를 잘하는 힘을 기르고 싶어요.

아까도 말했지만 공부를 하려면 신체가 활성화돼야 합니다. 신체를 활성화하는 데는 운동을 얼마나 하는가도 중요하지요. 책을 많이 읽는 것도 좋지만 운동 또한 중요하다는 것입니다. 하루 생활 중에서 먹고 운동하는 걸 잘해야 하는데, 먹고 운동하는 게 부족하면 사고가 잘 안 될 수가 있습니다.

　그리고 다른 사람에게 너무 칭찬을 들으려고 하지 마십시오. 누구도 다른 사람에게 제대로 맞출 수가 없고, 다른 사람에게 맞춘다는 것 자체가 굉장히 변덕스러우니까요. 칭찬을 받는다면 좋겠지만, 안 받아도 그만이라는 마음가짐으로 잘 먹고 적당히 운동하면서 공부하는 자신을 스스로 알아주면 됩니다.

　말 등의 감각자료를 받아들여 감정을 만들어 내는 1차 관문으로 편도체가 있는데, 편도체의 신경세포는 부정적인 것과 80퍼센트 이상 상응한다고 합니다. 감정적으로 긍정을 만들어 내기가 쉽지 않다는 것이지요. 그러므로 칭찬보다는 비난이 쉽고, 칭찬에 대한 기억보다는 비난에 대한 기억이 많을 수밖에 없다는 것입니다. 그러므로 어린 아이들은 칭찬을 다섯 번 정도 듣고, 꾸중을 한 번 들으면 내부의 기억채널에 칭찬과 비난이 균형이 잡힌다고 합니다. 그런데 우리 부모님들은 대개 칭찬에 인색하고 꾸중은 잘하셨어요. 사회생활을 잘하게 하기 위해서였지요. 그래서 우리한테는 꾸중만 많이 듣고 자란 것 같은 생각이 자신도 모르게 내재돼 있습니다.

칭찬을 받아 인정받으려는 마음이 내재해 있는데도 불구하고 칭찬받지 못한 기억을 갖고 있는 것이 우리들 대다수 사람들이라는 것이지요. 타인의 시선에서 자유롭지 못한 것도 이런 칭찬에 대한 부족과 지향성이 있기 때문입니다. 이런 마음에서 뭔가 빨리 해내고 제대로 해내야 한다는 압박이 오지요. 그래서 결과 중심적이 되고, 빨리 마치고 벗어나고 싶은 습성이 생기게 된 것입니다. 그러니 빨리 끝내고 싶은 자신의 성향을 너무 자책하지 말고, '다른 사람도 다 그렇겠거니'라고 생각하십시오.

앞서도 말씀드렸듯이 자신을 다시 세우고자 할 때는 운동도 해야 한다는 것을 잊지 마십시오. 아무 생각 없이 일정 시간 동안 왔다 갔다 하는 것도 생각의 지평을 넓힐 수 있는 방법 가운데 하나입니다. 이미 익숙한 것은 별로 생각할 이유 없이 제 갈 길을 가나,

가다 보면 예기치 않은 길을 만나게 되면서 생각다운 생각을 할 수밖에 없는 때가 있습니다. 이 경우 지금까지 공부했던 독서와 질문이 이 문제를 풀어낼 수 있게 합니다. 새로운 사유통로가 생겨난 것이지요. 관점의 이동 또는 사유의 창발적 도약이 일어나면서 생각의 넓이와 깊이를 새롭게 조정한 것이라고 할 수 있습니다. 하나의 마무리가 되면서 동시에 이를 토대로 다시 생각을 밀고 나가는 힘이 커졌다고 하겠습니다.

공부하는 건 좋은데 힘들어요

– 이웃에 사는 주부들을 보면, 맛집 찾아가고, 좋은 옷 사 입고, 여행가는 것 외엔 관심이 없어요. 그분들을 보면서 나이 들수록 공부가 필요하겠구나 하는 문제의식을 갖고 있었어요. 그런데 요즘, 공부를 계속 해야 되나 말아야 되나 하는 생각이 들어요. 공부하는 건 좋은데 또 힘들기도 하고, 마음이 변덕스러워 고민입니다.

공부가 마냥 좋아서 하는 사람은 별로 없습니다. 하고 싶다가도 안 하고 싶어지고 또 하고 싶어지는 게 대부분 사람들의 마음입니다. 보살님이 그렇게 하고 있는 것도 지극히 자연스러운 일입니다. 다만, 공부가 궁극에 가서 자기 신체를 바꾸는 일임을 알아야 합니다.

　예를 들면, 심장 등은 박동 횟수 등을 통해 정보를 뇌로 보냅니다. 그렇게 생성된 정보는 뇌에서 통합되어 일정한 정서나 감정을 만들고, 그걸 다시 심장으로 보냅니다. 그 과정은 심장과 뇌를 연결하는 정보를 주고 받는 신경통로가 있기에 특정 정서나 감정이 계속해서 발생한다는 것입니다. 새로운 공부를 계속한다는 것은 그 공부에 맞는 통로를 강화시키는 것이거나 새로운 통로를 만드는 일입니다. 이런 과정을 통해 세상을 보는 다른 눈이 생기는 것이지요. 물론 그 길이 단번에 생기는 것은 아니고, 공부를 계속하여 힘이 쌓여야 됩니다.

그러므로 하기 싫은 생각이 올라오면, 잠깐 차 한잔 하면서 마음을 잡으면 됩니다. 내 안에 공부하기 싫은 길이 나서 신체가 그렇게 생각하도록 만드는 것임을 이해하고, 공부를 재밌어 하는 길을 만들겠다는 생각을 가지고 계속 하다 보면, 어느 순간부터 공부가 익숙해질 것입니다. 공부가 익숙해졌다는 것은 새로운 배선의 통로가 열렸다는 것이며, 그때부터 세상을 달리 보는 안목도 생깁니다. 자기 이야기를 할 수 있는 기반이 형성된 것이지요. 새로운 통로가 생기고 스스로의 이야기를 할 수 있을 때까진 시간과 노력이 필요합니다.

공부할 때 자꾸 잡념이 생겨요

— 공부를 하고 싶어서 감이당에 왔고 처음에는 무척 즐겁게 공부했고, 공부도 집중력 있게 잘 됐어요. 그런데 지금은 공부가 잘 되지 않고 잡념이 자꾸 생깁니다.

행복을 지속적으로 느끼면서 살면 좋겠지요. 그리고 그럴 수 있으면 그렇게 해야겠지요. 그러나 그렇게는 살 수가 없다고 합니다. 즐거움이나 행복을 느끼는 것은 도파민이나 세로토닌이라는 신경전달물질이 나올 때만 가능한데 그게 계속 나와 일정 시간 이상 지속되기 시작하면 그것을 감당하는 신경세포는 죽게 되어 있기 때문입니다. 그래서 생명체는 아주 특별한 경우에만 그런 물질이 나오도록 조건화되어 있습니다. 우울함을 느끼게 하는 신경전달물질인 노르아드레날린 같은 물질도 마찬가집니다. 그것도 아주 특별한 상황에서만 나와서 신체가 경각심을 가지도록 조건화되어 있다는 것이지요.

　나머지 대부분의 시간은 그냥 평범하게 살도록 조건화되어 있으며, 그것이 생물체가 생존을 위해 선택한 조건이라는 것입니다.

그러므로 행복감을 지속적으로 느끼고 싶어 하는 것은 인생을 괴롭게 살고 싶다는 얘기나 마찬가집니다.

감이당에 처음 왔을 때는 하고 싶은 일을 하게 되어 큰 노력을 들이지 않아도 하는 일에 집중이 됐을 것이며, 하고 싶은 일이었기에 재미도 있었을 것이나, 시간이 지나자 다시 익숙한 일이 되면서 별로 즐겁지도 않고 집중도 되지 않는 것 같습니다. 통과의례 비슷한 것인지도 모르겠습니다.

의식을 집중하기 위해서는 주로 호흡관찰을 많이 합니다. 다음 방법은 미얀마 마하시 선(禪)센터에서 하는 방법인데, 숨을 들이쉬어 배가 일어날 때 그 상태를 알아차리면서 속으로 "일어남"이라고 이름을 붙이고, 내쉬면서 배가 내려가면 "사라짐"이라고 이름을 붙이면서 하는 것입니다. 매일 일정한 시간 동안 해보십시오.

공부하려고 마음먹어도 집중이 안 됩니다

— 대학교를 졸업하고 남산강학원에서 본격적으로 공부를 하고 있습니다. 그런데 요즘 제가 가장 많이 듣는 소리가 "산만하다"입니다. 책을 15분 정도 읽다 보면 문득 인터넷을 확인해 보고 싶어집니다. 그러면 인터넷을 켜서 뉴스도 보고 서핑도 하면서 시간을 보냅니다. 그러다가 다시 책을 잡지만 조금 있으면 노래를 듣고 싶어집니다. 그럼 또 음악 사이트에 들어가느라 시간을 보내고… 이러다 보니 정신이 산만해서 집중이 안 됩니다. 예전 같으면 내가 원래 그렇지 하면서 넘어가겠지만 본격적으로 공부를 해야겠다고 마음을 먹었는데도 이런 식이니 이걸 어떻게 하면 좋을까요? 산만한 정신을 처리할 수 있는 방법을 알려 주세요.

매일 30분간 가만히 앉아서 숨을 관찰하는 명상을 하십시오. 숨이 들어갔다가 나올 때까지를 한텀으로 하나, 둘… 하고 셉니다. 10까지 세고 나서는 다시 10부터 1까지 셉니다. 그렇게 하다가 어디까지 셌는지 잊어버리면 다시 처음부터 세는 것입니다. 매일 30분 정도 호흡 숫자를 세는 훈련을 하십시오.

식생활을 어떻게 하고 있는가도 중요합니다. 우리 몸은 몸을 이루는 세포 수보다 약 열 배 많은 미생물과 같이 살고 있습니다. 그런데 균형 잡힌 식생활을 하지 않게 되면 장에 있는 미생물들의 생존조건이 안 좋아지면서, 그들이 우리 세포들한테 주는 정보 또한 불편한 마음을 만들게 한다고 합니다.

그리고 음악을 들을 때 아날로그 음악이 아닌 경우, 곧 압축파일에 저장되어 있는 음악의 경우는 음의 연결이 순조롭게 이어져 있는 게 아니고 가청 주파수 대에 맞추어서 조작되어 있다고 합니다. 이런 음악을 들으면 무의식층에서는 매끄럽지 않은 것을 자각하면서 불편해한다고 합니다. 그러니 가능하면 아날로그 음악을 듣는 것이 좋습니다.

뉴스를 보고 싶은 마음이 들거든 얼른 자리에서 일어나 주변을 산책하는 습관을 기르십시오. 운동을 겸해서 공부도 해야 집중력을 유지할 수 있습니다.

직장을 그만두고 공부만 하고 싶어요

– 직장생활을 오래 했는데요. 공부만 하고 싶고 일이 하기 싫어지는 거예요. 먹고는 살아야 하니까 일에 집중해야 하는데, 일에 집중은 못하고 지금 읽어야 할 책을 읽고 싶은 거예요. 공부하고 싶은 생각이 커지면서 '일을 그만둘까?' 하는 생각을 하니 너무나 고민스럽습니다.

먹고사는 것이 가능하면 일을 안 해도 괜찮습니다. 그런데 백수를 선택하면 당장 생기는 문제가 있습니다. 공부하고 싶은 생각은 비난받지 않아도 되는 문제이긴 하지만, 이것이 욕심으로 변해서 공부가 지나친 욕망의 대상이 되면 안 된다는 것입니다. 이것은 공부하는 것뿐 아니라 다른 욕망을 확대하는 것일 수 있습니다. 그래서 세끼 밥 잘 먹고 몇십 년간 사는 데 크게 문제가 안 되고 살 만하면 일을 그만두고 하고 싶은 공부를 하시면 되는데, 그것이 안 될 때는 일을 그만두면 안 됩니다.

　일과 공부를 병행할 때는 내가 하루에 몇 시간 정도는 집중해서 공부하고 나머지는 다른 일을 하면서 자기 시간을 관리해야 합니다. 자기를 관리하지 못하면 나중에 다른 게 올 때도 관리할 수 있는 능력이 떨어져서 자기 삶을 사는 것임에도 불구하고 헛살았다고 느끼기 쉽습니다.

(질문자: 공부를 한다고 하는데 내 안을 들여다보면 그냥 아는 것에 대한 한이라고 할까요. 그게 저 같은 경우는 강한 거 같더라고요. 그걸 쫓아서 하려면….)

아마 그럴 것입니다. 현재의 자신을 만족하지 못하는 마음이 있는 한 누구라도 그럴 것입니다. 그것이 공부에 대한 한이든, 돈 또는 권력에 대한 한이든, 지금의 자기를 온전히 받아들이지 못한 마음이라는 것입니다. 수행이라고 하면 불필요한 욕심과 분노 그리고 번뇌를 불러일으키는 것이 분명한 것임에도 그것에 마음을 빼앗기는 일을 줄여 가는 것이라고 할 수 있습니다. 자신을 볼 때 있는 그대로를 온전히 안아 주는 것이지요. 지금의 자기를 안아 주고 알아주지 못한다고 하면 다른 나를 지향하면서 현재를 버겁게 살 확률을 높여 가는 것이니 공부와 반대되는 길을 가려고 하는 것과 같습니다. 그러니 마음을 잘 챙겨 마음이 밖을 향해 가지 않도록 해야 합니다.

(질문자: 또 하나는 제가 지금 세무 쪽으로 계산적인 일을 하는데, 인문학과 같은 공부와는 반대되는 일입니다. 이 일을 하면서 드는 생각은 내가 이런 일을 하면서까지 살아야 하나 그러면서….)

이건 인문학이라는 개념 설정을 다시 생각해 봐야 할 것 같습니다. 유럽의 중세까지를 규정하는 말을 신성(神性)이라고 한다면, 근대의 시작은 이성(理性)이라는 말과 함께 했다고도 볼 수 있을 것입니다. 이성에 대한 정의가 많이 있겠지만, 쉽게 말해서 (돈을) 계산하는 능력이라고 정의하는 학자가 있더군요. 돈이 많은 남자만이 그 능력을 갖고 있다고 여겨졌기 때문이라고 합니다. 실상은 돈 많은 귀족남자들이 독점적으로 그 능력을 갖고 있다고 생각한 것에 지나지 않겠지요. 가난한 남성과 여성 그리고 어린아이에게는 이성이 없다는 것이지만, 현재 그것을 받아들이는 사람은 극히 소수에 지나지 않겠지요. 그만큼 계산하는 능력을 중요시했다는 것입니다. 계산하고 판단하며 예측하는 고차원적 사유를 담당하는 뇌 부위를 전두엽이라고 하는데, 남녀 모두가 타고난 것과 학습을 통해서 그 일을 하게 됩니다. 그러므로 계산하는 것도 굉장이 중요한 것입니다. 자신의 일을 너무 가볍게 볼 필요는 없습니다.

그러나 삶은 계산만큼 확실한 것도 아닙니다. 관계를 통해서 계산을 뛰어넘는 창발적 사건들이 발생하는 것이지요. 따라서 삶의 관계성을 알아가는 것도 중요합니다. 모든 생명체는 관계맺음을 통한 공생을 기반으로 개체로서의 삶을 살고 있기 때문입니다. 개체성이 없어져도 안 되지만, 공생의 기반을 살피지 않으면 안 된다는 것입니다.

내 개체성을 잘 살리는 계산을 해야 할 뿐만 아니라 개체성이 잘 살아가기 위한 공생의 공공선에 내가 얼마나 기여를 하고 있는

가도 계산해야 된다는 것입니다. 이 두 가지 면이 잘 살아나야 자신에게도 이익이 된다는 것이지요. 그러므로 계산하는 일 자체는 아무런 이상이 없습니다. 공생의 차원에서 내가 얼마나 공공선에 필요한 것을 하고 있는가를 계산하고 있는가 그렇지 않은가가 중요하다고 하겠습니다. 이때도 심신이 지치게 하면 안 됩니다. 봉사를 할 때도 자신을 지치게 하면 며칠 못 가서 그만둘 뿐 아니라, 그에 대한 정당한 이유를 만들기 때문입니다.

　개체성과 공생의 양면이 조화롭게 살아나게 하는 일이 계산이면서 인문학입니다. 이 조화로움이 자신이 하는 일의 가치를 높여주게 되지요.

회사 일과 공부 사이에서 균형 잡기가 어렵습니다

― 바쁜 직장생활 가운데 제 자신을 찾고자 공부를 시작했어요. 그동안 하고 싶은 공부를 할 수 있게 되어 감사하고, 여기 오면 배우는 게 많아 좋습니다. 그런데 일이 바빠 자꾸 과제가 밀리게 돼요. 회사 일을 하고 있다가도 문득 감이당 숙제가 생각나서 숙제를 하다 보면 이번에는 회사 일이 걱정됩니다. 회사 일을 하다 보면 숙제가 걱정되고요. 결국, 어느 것 하나에도 집중하지 못합니다.

보살님 이야기를 들으면 감이당 공부를 무척 좋아하는 것처럼 들립니다. 하지만 거꾸로 보면, 보살님은 지금 직장생활이 별로 즐겁지 않다고 이야기하고 있는 것과 같습니다. 보살님이 공부하러 이곳에 오는 시간은 일주일에 한 번이고, 생활의 대부분은 일터에서 벌어집니다. 그렇기에 과제를 잘하고 못하고를 고민할 게 아니고 현재 자신이 하고 있는 일을 어떻게 더 즐겁게 할 수 있을지를 고민하는 게 우선이 되어야 합니다. 그렇게 하지 않고 감이당 공부가 잘되었으면 하고 바란다면 일이나 공부 모두 힘들어질 것입니다.

　회사와 공부는 선택의 문제가 아닙니다. 직장생활을 하는 자신의 삶을 가치 있게 보는 데서 출발해야 합니다. 그래서 공부가 필요한 것이지요. 젊은 사람들은 인생을 다르게 보는 힘이 부족할 수 있지만, 유연성이 있기 때문에 꾸준히 공부하게 되면 같은 상황이라도 새롭게 보는 시각을 갖게 될 것이며, 자신을 그 자체로 온전히 존중하는 힘을 얻게 될 것입니다.

감이당 공부뿐만 아니라 지금 자신이 하고 있는 일을 어떻게 편안하고 즐겁게 할 것인가가 보살님의 숙제입니다. 이곳에서 가르치는 인문학은 자신의 일과 삶을 조화롭게 하여 더욱 잘할 수 있게 만드는 공부라고 할 수 있습니다. 그러니 본인이 하고 있는 일을 좋아하는 훈련을 하는 것이 중요합니다. 좋아하는 훈련이란 자신이 하는 일마다 그 자체로 뜻있는 일이라는 내부이미지를 강화하는 것입니다. 외부를 판단하는 것은 내부에 만들어진 이미지이기 때문입니다.

지금 하고 있는 공부가 나한테 맞는 공부일까요

— 2년 전, 회사에서 부딪치는 부분도 많고 힘들어서 좀 다르게 살 요량으로 회사를 그만두고 공부를 시작했습니다. 그런데 앉기만 하면 졸리고 책이랑 어떻게 만나야 할지도 모르겠고 스스로 결과물을 내야 한다는 압박은 있는데 공부는 지지부진합니다. 이렇게 계속 앉아서 공부를 하는 게 맞는지 아니면 몸을 쓰는 공부를 하는 게 맞는지… 저한테 맞는 게 뭔지 잘 모르겠습니다.

어떤 공부가 맞는 게 아니라 대부분의 사람은 공부하는 게 안 맞습니다. 왜냐하면 이미 익숙한 신체리듬을 다른 리듬으로 바꾸는 것이 공부이기 때문입니다. 그런데 그냥 하고만 있으면, 들어가기만 하고 나오는 게 없어서 더더욱 의미 없는 것처럼 생각됩니다. 그러면 재미도 없고 진척도 없어요. 그러니 내가 알고 싶어서 공부한다고 생각하지 말고, 상대가 이런 질문을 했을 때 무엇을 어떻게 말해줄까를 생각하면서 공부를 해보십시오. 그러면 무엇을 어떻게 공부해야 할 것인가가 조금 더 분명해집니다. 자기가 공부한 것을 풀어낼 수 있는 힘을 길러야 공부가 되거든요. 그러면 졸음도 훨씬 덜

옵니다. 이런 건 걸으면서도 할 수 있습니다. 그래도 졸리면 자면 됩니다. 잠이 필요하면 자야 합니다.

(질문자: 적성이 따로 있는 게 아닌가 싶기도 한데요…)

지금은 적성인 것처럼 보여서 하고 있지만 한 몇 년 하다 보면 다른 것이 눈에 띄고 그걸 하고 싶은 마음이 생길 수도 있어요. 사람들에게는 누구나 그렇게 몇 번의 변화가 온다고 합니다. 지금은 공부를 하고 있으니 공부를 하고, 그때 다른 게 내게 더 맞는다고 생각되면 그때 그걸 하면 됩니다. 특히 의욕을 불러일으키는 것은 뇌의 안쪽에 있는 사과씨만 한 측좌핵이 활성화되어야 하는데, 많은 경우 측좌핵의 활성이 늦게 일어난다고 합니다. 늦게 일어나기는 하지만 하다 보면 활성의 강도가 커진다고 하니, 당장은 별 의욕이 일어나지 않더라도 책상 앞에 앉아서 재미있다는 주문을 걸고 하다 보면 그 일이 의욕을 갖고 하는 일이 될 것입니다.

꼭 책을 읽어야 하나요

– 저는 나이가 일흔이 넘어서 그런지 책보다는 텔레비전이 좋아요. (일동 웃음) 감이당에서 공부한 이후로 책을 보려 해도 눈도 감기고 그래요. 선생님들이 얘기해 주는 걸 들으면 쉽게 이해되는데 꼭 책을 읽어야 하나요? 그냥 들어서 하는 공부와 읽어서 하는 공부와 다른가요?

네, 다릅니다. 요즘 뇌세포의 활성화 정도를 사진으로 찍는 거 아시지요? 책을 읽는 것은 뇌세포 전체의 활성도가 굉장히 뛰어나다고 합니다. TV를 보거나 라디오를 들으면 뇌세포가 부분적으로만 활성화되지만, 책을 읽으면 뇌의 전체 부위가 활성화된다는 것이지요. 덩달아 치매에 걸리지 않을 확률도 높아진다고 합니다. 선생님들의 이야기를 듣는 것은 TV를 보는 것보다는 낫겠지만, 읽고 생각하는 것만은 못하다는 것입니다.

　　나이가 들면 눈도 침침하고 기억력도 떨어지는 것 같지만, 주의를 기울여서 천천히 읽으면 됩니다.

(질문자: 그런데도 정말 하기 싫거든요. 어쩌죠?)

하기 싫겠지만 30분이나 1시간 정도라도 꾸준히 하다 보면 의욕을 발생시키는 뇌의 측좌핵이 활성화되면서 책읽기가 조금씩 수월하게 될 것입니다. 나이 든 분일수록 머리 쓰는 일을 많이 해야 합니다.

(질문자: 네, 잘 알겠는데요. 이제까지 감이당 1년 동안 책을 꽤 많이 읽었거든요. 그런데 어저께도 선생님께 혼났어요. 책을 설렁설렁 읽는다고. 근데 저는 설렁설렁 읽는 게 아니고 몇 문장 읽으면 뒤에 가서 다 까먹고 새로 읽는 것과 마찬가지가 돼요. 줄도 헷갈리고. 그건 어떻게 하면 되지요?)

그렇게 됩니다. 금방 읽고 까먹고… 그럼에도 불구하고 읽다 보면 활성화가 됩니다. 의식적으로 아직 잘 정리되지 않지만 무의식층에서 끊임없이 움직이고 있기 때문입니다.

그리고 뇌의 활성도를 높이는 것 중 하나가 손운동을 하는 것입니다. 그냥 하기 심심하면 도자기 만드는 찰흙을 가지고 주물럭주물럭 하면서 모양을 만들면 마음이 안정될 뿐만 아니라 뇌 훈련도 됩니다. 제3뇌가 손이라고까지 말하는 분이 있을 정도입니다(제1뇌 머리, 제2뇌 위장).

(질문자: 그렇지요. 텔레비전 보는 시간을 줄여 가야 되는데, 늙어 가니까 연속극도 많이 보게 돼요. 어제 이야기도 궁금하고, 내일 이야

기도 궁금하고…)(일동 웃음)

네. 안 볼 수는 없습니다. 그러니 정해 놓은 프로그램을 보고, 그 시간이 지나면 TV를 끄고 책을 보다가 지루하면 동네 한 바퀴를 돌고 오고, 또 돌아와서 내가 정해 놓은 프로그램이 있으면 또 보고, 끝나면 또 끄고 책을 보다가 동네 한 바퀴 돌고 오는 식으로 TV 보는 방식을 바꿔 가는 연습을 하십시오. 텔레비전을 이길 사람, 거의 없습니다.

(질문자: 네네, 맞습니다. 계속 보고 있지요.) (일동 웃음)

옛날엔 마을 친구들끼리 서로 네가 잘 났니, 내가 잘 났니 하며 살았습니다. 그런데 TV에 나온 잘난 사람은 전 세계에서 잘난 사람이라는 '이미지'를 갖고 있는 사람입니다. 그 사람들이 우리를 빨아들이는 게 아주 강력합니다. 거기에다 우리를 몰입하게 하는 최첨단 기술을 TV 프로그램 만드는 사람들은 잘 알고 있습니다. 만일 그 몰입도를 만들어 내지 못하면 그 프로그램은 바로 사라지고 말지요. 그러니 가능하면 TV와 떨어지는 환경을 만들지 않는다고 하면 책읽기 등을 하기가 정말 쉽지 않다고 하겠습니다.

스스로 생각하려면 어떻게 해야 할까요

 — 술을 마시면 종종 남자와 관계를 가지곤 했습니다. 그것을 반복할수록 마음이 점점 불안해지고 이것은 아닌 것 같다는 생각을 하게 되었습니다. 그러다 우연히 연구실에 접속하여 공부한 지 1년 정도 되었습니다. 그런데 잠깐의 방학 동안에 다시 술을 마시게 되었고 똑같은 행동을 반복하게 되었습니다. 공부를 하면서 새로운 길을 찾았다고 생각했는데 길을 찾지 못하는 것 같아 혼란스럽습니다. 그리고 공부하는 것들을 생각하고 연구실 안에서도 충분히 질문해야 될 텐데, 그것이 잘 안 되고 꼭 여행을 간다거나 연구실 밖을 나서야지만 생각하게 됩니다. 스스로 '생각'을 하려면 어떻게 해야 할까요?

길이라는 것은 특별히 따로 있는 것이 아닙니다. 지금까지의 방식으로 오랫동안 살아왔기 때문에 습관적으로 그 길을 가는 것입니다. 실상에서 보면 훨씬 오래됐지요. 유전자까지 거슬러 올라가는 것이 있기 때문입니다. 부모님의 유전정보를 받아 수정란이 된 이후의 여러 환경들과의 관계망을 통해서 학습된 길이지요. 따라서 어느 시기 이후의 경험만으로 지금의 나를 사는 것이 아닙니다. 그래서 어떤 상황이 오면 그전의 행동을 반복하게 되는 것입니다. 일을 저지르고 나서 이게 아닌데 하고 후회하는 것도 습관이 되어 있어요. 지금부터라도 바꾸고 반복하지 않으려면 적어도 10년의 절제가 필요합니다.

우리들은 가지고 있는 유전자풀의 정보 중 살아오는 과정에서 특정한 유전자 스위치를 잘 켜도록 훈련되어 있습니다. 그 가운데 뇌의 신경세포 연결망은 세계 이해와 행동의 기반이 되는데, 이 연결망도 사춘기를 지나면 어느 정도 고정되지요. 다만 뇌의 연결망은 훈련을 통해 어느 정도까지는 바꿀 수 있는 유연성이 있기 때문에 노력을 통해 연결배선을 바꾸면 세계 이해와 행동이 바뀌게 됩니다. 연결배선이 바뀌게 되려면 어느 정도의 강도가 있어야 됩니다. 그런데 그 기간이 1년으로 되는 것이 아니라 최소한 10년은 지나야 한답니다.

바꾸려면 마음 단단히 먹고 끊어야 합니다. 끊으려면 공부를 해야 합니다. 안 켜진 스위치에 불이 켜지는 것이 공부가 되는 것이고, 공부란 이제까지 켜지 않았던 스위치를 누르는 훈련을 하는 것과 같습니다. 이때 중요한 것은 다른 삶을 살고 싶은 것이지 지금까지의 삶을 잘못된 것이라 생각하여 죄책감의 스위치를 켜면 안 됩니다. 1년간 이곳에서 공부하면서 뭔가가 달라졌다고 생각하지만 사실 1년이란 시간은 변화를 이끌 만큼 무언가를 배우기가 어려운 시간입니다. 우리 몸은 정해진 수치의 임계점을 넘어야 변하도록 되어 있기 때문입니다. 어떤 충격들은 대단히 커서 한 번에 변할 수도 있는데 이런 경우는 별로 없습니다. 그러므로 어렵더라도 자신이 생각하는 삶의 방향성과 다른 습관들은 바로바로 끊는 훈련을 해야 합니다. 이 훈련이 습관이 되는 데 걸리는 시간이 10년쯤은 될 것입니다. 앞으로는 술과 술을 마시면서 형성되는 인간관계를 끊어야 합니다.

지금까지 남아 있는 고전들은 고전의 작가 스스로 독특한 방식으로 질문을 던지고, 그 질문에 대해 답을 찾는 과정과 체득된 답이라고 할 수 있겠지요. 이 질문은 작가 스스로에게만 의미 있는 질문이 아니라, 후대의 인류에게까지 공감을 이끌어 낸 질문이었기에 지금까지 읽혀지고 있습니다. 그러므로 먼저, 책을 읽으면서 이 사람이 사회에 어떤 질문을 했는지를 물어야 합니다. 그런 다음, 그분이 질문을 던졌던 사회와 오늘날의 우리 사회는 어떻게 다른지, 또 인간이 가지고 있는 보편적인 것들은 무엇인지 하나하나 따져서 살펴보아야 합니다. 이런 것들이 이해되어야, '내가 무엇을 질문해야 할지'를 알 수 있습니다.

다만 지금의 학습량과 생각의 힘으로는 인류의 보편적 가치를 질문하는 힘이 부족할 수도 있기 때문에 점점 넓게 보면서 그분들이 무엇을 질문했는가에 대해서 알아차려야 할 것이며, 현재의 우리 삶에 대해 질문을 던지고 자기 나름대로 답을 찾아야 하겠지요. 스스로 풀어가는 힘이 형성될 때까지는 아직은 멍한 상태일 수 있습니다. 공부하기 전, 외부 현상에 대해 이렇다 저렇다 했던 것들은 자기 성찰 없이 내뱉었던 말이었거나 답습된 지식일 확률이 높아,

자기 신체를 관통하는 통찰력에서 나온 말이 아니었을 확률이 높습니다. 잘 살펴보지 않고 단순한 답만을 구한다고 하면 자기 성질을 부리는 것과 같다는 것입니다.

고전으로 전해지고 있는 성인들의 답이라고 하더라도 현재 명백하게 밝혀진 사실에 기반하지 않는 답이 많을 수 있기 때문에 그분들의 답을 되풀이한다고 하더라도 전혀 도움이 되지 않을 수 있습니다. 그러니 너무 권위에 위축될 필요도 없습니다. 하나하나 익히면서 자신의 신체를 관통하는 힘을 기르고, 그 힘을 바탕으로 생명 일반에까지 해당되는 답을 스스로 체득해 갈 뿐입니다.

세미나를 할 때 말하는 게 어려워요

– 저는 평소에 말이 없는 편인데 세미나를 하거나 회의를 할 때도 말이 없는 거예요. 말이 없는 이유가 말을 하기 싫어서가 아니고 아예 아무 생각 안 나서예요. 그런 제가 답답하기도 하고 다른 사람들이 볼 때도 이게 답답하다고 하고요. 어떻게 하면 이런 막막함 없이 세미나 때 말을 할 수 있을까요.

연습을 해야 합니다. 말을 잘 못하는 스님이 있었는데, 설법하는 것을 연습하기로 마음먹고 파고다공원을 찾아갔습니다. 그리고 어르신들께 자신이 아는 이야기를 하기 시작했습니다. 처음에는 알고 있는 것도 잘 이야기할 수 없었는데 자주 하다 보니 어느 때부터는 본인의 생각을 그런 대로 전할 수 있게 됐다고 합니다. 사람들 앞에서 이야기를 한다는 것이 생각처럼 쉽지 않기 때문에 자신의 이야기를 녹음해서 계속 들어 보는 것도 한 가지 방법이 될 것입니다. 지금은 충분한 실력을 갖추고 있다 해도 그것을 끄집어 내서 이야기한 경험이 없기 때문에 다른 사람 앞에서 이야기하는 것이 어렵겠지만, 어느 정도 연습을 하다 보면 생각보다 어렵지 않을 것입니다.

어떻게 하면 글쓰기를 잘할까요

― 제가 쓴 글을 보면 저 자신에 대해 별로 생각을 안 했던 것이 낱낱이 보입니다. 어떻게 하면 글쓰기를 잘할 수 있을까요.

그렇습니다. 참 어렵습니다. 글은 다른 사람에게 비춰진다고 생각하니 더 어려울 것입니다. 그러므로 '비춰지는 내가 정말 나인가?'라고 한번 살펴봐야 합니다. 비춰지는 나 또한 스스로가 만든 이미지에 지나지 않기 때문에 너무 타인의 시선으로 자신을 볼 필요가 없다는 것입니다. 글을 읽고 생각하고 행동하면서 체화된 자신의 이야기를 담담하게 쓰면 될 것 같습니다. 체화되지 않으면 글의 설득력이 떨어지기 때문입니다. 그렇기는 해도 사전적인 개념을 이야기할 때는 덜하겠지만 나에 대해 쓸 때는 어렵지요. 자기 이야기가 어려운 것은 체화된 자신의 이야기를 쓰는 것이 아니라 '만들어진 나'를 쓰려고 하기 때문이 아닐까라는 생각이 듭니다. 다른 사람들의 평가 같은 것을 너무 두려워할 필요도 없고, 그 평가가 곧 나인 것처럼 받아들이지 않아도 된다는 것입니다. 아무리 훌륭한 비평가라고 해도 그 사람의 시선으로 나를 보는 것일 뿐입니다. 그런 이야기들을 참고는 할 수 있지만, 중요한 것은 다른 사람들이 나를 어떻게 볼까라는 생각을 점점 줄여 가는 것이라고 하겠습니다.

(다른 질문자: 궁금한 게 있습니다. 스님께선 '다른 사람들이 나를 어떻게 볼까라는 생각을 점점 줄여 가는 게 필요하다'고 말씀하셨는데, 그럼 자칫하면 나만 생각하는 글쓰기가 되는 거 아닐까요? 자기 자신한테만 빠져 가지고 글을 쓰면 안 된다, 읽는 사람도 생각하면서 글을 써라 이런 얘기도 들었는데요?)

맞습니다. 다른 사람의 코드에 맞추려고 애쓸 것도 없지만, 자기만의 세계 속에 빠져서도 안 되지요. 왜냐하면 글이란 기본적으로 상호간의 약속이기 때문입니다. 상호간에 이해될 수 있는 보편성이 담보되어야 한다는 것입니다. 글이나 말은 완벽하지는 않지만 우리들의 정신이 번역된 현상이기에, 상대 또한 번역을 통해서만 이해할 수 있기 때문입니다. 소리나 글이 단순히 물질현상이 아니라 그 자체로 번역된 정신이라는 것이지요. 정신이 물질로 번역되며 물질이 정신을 표현하고 있기 때문에 혼자 하는 이야기가 아니라면 상호 이해되는 공명이 필요하다는 것입니다.

글을 통해 나타난 자신의 정신과 감동이 다른 사람과 공명하지 못한다면 자기 충족적인 글은 될 수 있지만, 읽혀지는 글로서는 힘이 없다는 것입니다. 그래서 권정생 선생님의 글처럼 꾸며도 꾸민 것이 아닌 글, 투박하고 소박한 삶을 담담하게 담아 낸 글은 그 자체가 저절로 감동의 코드가 되는 것이겠지요.

왜 생각이 글로 표현되질 않을까요

– 저는 글쓰기를 잘 못합니다. 글을 쓰려고 하면 온갖 생각이 떠오르긴 하는데, 왜 이 생각들이 글로 표현되지는 않는 걸까요?

부부관계를 예로 들어보겠습니다. 남편이나 아내가 상대방을 가르치려고 하는 말은 듣는 사람의 처지에서는 별로 감응이 없을 것입니다. 그런데 서로가 평생 가르치려고 하는 경우가 많은 것 같습니다. 별로 성공한 경우가 없는 것 같은데도 말입니다. 좋은 글을 써서 다른 사람이 그 글에 감명을 받고 뭔가 배웠으면 좋겠다고 생각하는 것 또한 이것과 크게 다르지 않은 것 같습니다. 그냥 자기 이야기를 담담하게 써 내려간 글이 그 글을 읽는 사람과 더 잘 공명하는 것 같습니다. 그리고 그 글을 읽고 다른 사람이 감동을 느꼈다면, 그 사람 스스로가 글에서 배운 것이지 내가 멋진 글을 썼기 때문만도 아닌 듯합니다.

물론 무언가를 설명하는 글도 필요하겠지요. 그런 글은 거기에 맞게 쓰면 될 것입니다. 하지만 그렇지 않은 글인 경우에는 그냥 자기 이야기를 담담하게 써 내려가면 됩니다. 다 쓰고 난 다음에는 읽어 보고, 또 읽어 보십시오(퇴고). 처음에는 자신이 감응한 것으로부터 쓰기 시작하지만, 글이 위아래 문맥과 맞는지 문법에 맞는지 전체적인 이야기에 어울리는지 등을 보며 계속 고쳐 가는 것입니다. 무언가를 가르친다는 생각 없이, 나를 모르는 사람에게 내 이야기를 차분하게 하는 것처럼 써 보시면 됩니다.

생각은 많은데 글로 잘 안 나와요

— 글을 쓰려고 문제를 생각하다 보면 굉장히 많은 생각들을 한 것 같은데 그게 뭔지를 잘 모르겠어요. 그러다 보면 나중에는 길이 없는 것 같은 생각에 빠지게 되는데 어떻게 해야 하나요?

글을 쓴다는 것은 집을 짓는 일과 같습니다. 그래서 설계도가 필요하죠. '나는 이런 생각을 하고 있다'라는 주제를 가지고 앞뒤로 골격을 세우면서 흔들리지 않게 해야 된다는 것입니다. 설계도는 책의 목차와도 같습니다. 그래서 먼저 설계도의 뼈대를 대충 만들어야 됩니다. 뼈대가 생각의 흐름을 대충 세운 것이라고 하면, 집에 들어가는 온갖 재료처럼 자신의 생각을 뒷받침하는 여러 가지 요소들이 필요합니다. 직접적인 경험과 독서 등 간접적인 경험이 필요하다는 것입니다. 뼈대를 세워 놓고 다른 요소들과 잘 맞도록 연결을 해나가지 않는다면 풍성한 내용을 만들 수 없겠지요. 내용이 풍성해야 할 뿐만 아니라 글 속에 자신의 색깔을 담아 내는 것도 중요합니다. 사실들을 기반으로 새로운 연결망을 만들면서 새로운 의미가 드러나도록 하는 것입니다. 사실들을 배우고 배운 사실들에 자신의 색깔을 입히면서 관계망을 새롭게 구축하는 것이지요.

(질문자: 그런데 뼈대[설계도] 자체가 잘 안 짜지는 경우에는 어떻게 하나요?)

기본기가 부족하면 뼈대를 짤 수가 없습니다. 기본 사실에 대한 적립된 지식이 충분하지 않으면 하나의 글을 쓰고 나면 나중에는 쓸 것이 없습니다. 그래서 많은 독서량을 필요로 합니다. 뼈대와 뼈대 사이를 이을 수 있는 자료가 풍부해야 한다는 것입니다. 독서량도 중요하지만 독서를 통해 얻어진 내용들을 자신의 색깔로 엮어 내는 것 또한 독서량 못지 않게 중요하다는 것을 잊어서도 안 되겠지요.

글을 쓸 때 스트레스를 너무 많이 받아요

─ 글을 쓸 때 스트레스를 많이 받습니다. 소화도 잘 안 되고 원래 있던 공황장애가 더 심해지기도 합니다. 특히 제출해야 할 마감일이 다가오면 마음만 분주하고 더 잘 안 써져요. 어떻게 하면 좋을까요.

우리는 글을 쓰기 위한 노력에 비해 글을 잘 쓰려는 욕망이 앞선 경우가 많습니다. 수백, 수천 년 동안 살아남은 책들은 절대 쉽게 쓰여진 것이 아닐 것입니다. 남과 경쟁하지 말아야 합니다. 남들에게 인정받고 싶어 하는 마음은 누구에게나 있겠지만, 다른 사람의 기준에 맞춰 글을 쓰려고 한다면 심리적 부담을 떨치기 어렵겠지요.

그리고 공부를 하다 보면 많은 정보와 지식을 접하게 됩니다. 그것을 자기 나름의 패턴으로 정리하지 못하면 머리가 혼란스러워집니다. 당연히 집중도 잘 안 됩니다. 그럴 때는 한 가지 질문을 잠깐씩 되뇌이면서 휴식을 취해야 합니다.

아기들이 잠을 많이 자는 이유는 한꺼번에 들어오는 수많은 정보를 처리하기 위해서 감각기관을 닫고 이미 들어온 정보를 정리하기 위해서라고 합니다. 아기들은 정보를 정리할 시간이 어른보다 더 필요하다는 것이지요. 수용된 정보를 해석하기 위한 패턴을 만드는 일을 잠자는 시간에 한다는 것입니다. 어린아이보다는 덜하겠지만 들어온 정보를 정리하는 데에는 멍 때리거나 잠자는 시간이 나이 든 사람들도 필요하다는 것입니다.

사람은 동물과 달리 뇌에 신피질, 곧 사유의 중심축이 크게 발달해 있는데 그중에서도 언어를 통해 사물을 이해하고 분별하는 영역이 발달되어 있다고 합니다. 그러나 정보가 너무 많이 들어오면 이 신피질에 과부하가 걸릴 수 있습니다. 그러니 뇌를 충분히 쉬게 해줘야 새로운 생각을 할 수 있으며, 내재한 '자기의 패턴'을 발현할 수 있게 합니다.

집중이 안 될 때는 쉬십시오. 다만, 질문을 간직하면서 쉬십시오. 한두 줄이라도 중요하다고 생각하는 것을 앞에 써놓고 멍~하니 있어 보십시오. 낮에 경험한 것을 꿈을 통해 일정한 패턴으로 정리하는 무의식을 믿어 보는 것이지요. 멍 때리고 쉬는 것이 공부가 되는 까닭도 여기에 있습니다.

암송이 너무 어려워요

— 오랫동안 직장생활을 하다가 명퇴를 하고 감이당에서 한 달째 공부 중인 학인입니다. 제가 쉰여덟 살인데 암송이 너무 어려워요. 저한테 참 벅찬 것 같은데, 제가 너무 욕심내고 있는 건 아닐까요? 너무 힘을 쓰고 사는 것 아닐까요?

옛사람들도 외우지 않으면 배움이 안 된다고 했습니다. 글을 계속 읽어도 어렴풋이 읽은 건 기억에 남지 않습니다. 외우는 것이 공부의 출발점입니다.

그렇다고 해서 너무 무리하지는 마십시오. 외울 양을 적게 하고 그 부분만을 가능한 한 여러 번 읽고 외우면 됩니다. 처음 시작은 단 몇 줄에 지나지 않겠지만 그것들이 쌓이면 내부에서 새로운 관점을 만들어 내기도 할 것입니다. 외웠던 것들이 현재와 상호작용하면서 새로운 이야기를 만들 수 있게 되는 것이지요. 그러므로 조금만 욕심 내고 약간만 힘을 쓰면서 적은 양을 정해 놓고 그 부분이 입에 딱 붙을 때까지 외우고 또 외우기를 반복하는 것입니다. 배운 것을 다 외울 수 있으면 좋겠지만, 외우는 것 또한 신체가 익숙하게 되기 전까지는 생소한 일에 지나지 않으므로 배운 것을 다 외우려고 하지 마시고 몇 줄부터 시작하는 게 좋습니다.

과학책이 너무 어려워요

— 스님 강의를 들은 것이 딱 두 번뿐이긴 하지만, 늘 과학 얘기를 하시더라고요. 그리고 과학적 지식이 필요하다고 하시잖아요? 근데 스님 강의를 들으면 너무 머리가 아파와요. 피곤하구요. (일동 웃음) 과학과 별로 친하지 않아서 그런 거지만, 읽으려면 내용이 하나도 안 들어오고 안 읽혀요. 제 생활하고 너무 멀리 떨어졌고, 이론적인 것인 것 같아요. 어떻게 극복할지 모르겠어요.

그렇지요. 많은 분들이 그쪽하고는 별로 인연이 없는 것 같습니다. 아마 학교시험의 영향이 아닌가 모르겠습니다. 그럼에도 불구하고 계속 읽고 듣고 기억해야 합니다. 왜냐하면 우리 몸과 마음에 대한 사실을 제대로 알 수 있는 기본지식을 과학이 이야기해 주고 있기 때문입니다. 그와 같은 기본배경을 모르면, 굉장히 그럴 듯하게 말을 해도, 바탕이 없는 것과 똑같습니다. 그러면 현실과 동떨어진 이야기가 될 확률이 높아집니다.

요즘에는 몸과 마음을 잘 이해할 수 있게 쓴 책들이 많습니다. 여러 사람의 추천을 받아서 책을 고른 다음에는 그 책을 여러 번 읽는 것이 좋습니다. 그렇게 해서 그 분야에 대해 전체적인 조망을 할 수 있게 되면 다음 책부터는 읽기가 수월하게 될 것입니다. 처음에는 생소한 것이면서도 단순한 지식에 지나지 않는 것 같지만, 자신의 몸과 마음에 대해서 정확한 배경지식을 갖게 되면 불필요한 번뇌를 만들지 않을 확률이 높아집니다. 지식이 신체를 변이시키기 때문입니다.

책을 읽어도 깨달음이 잘 안 와요

— 요즘 『대당서역기』나 『이븐 바투타 여행기』 같은 책들을 읽고 있는데요. 그런 책을 보면 즉각적인 깨달음이 많이 나와요. 그게 항상 궁금했어요. 우리는 책을 매일 읽으면서 '아, 정말 그렇지' 하면서 읽지만, 읽어도 깨달음이 잘 안 오는데 어떻게 하면 좀 깨닫고 그럴 수 있을까요?

그 사람들의 깨달음은 어느 순간 즉각적으로 일어나는 게 아니고, 출발하기 전에 뭔가 질문을 가지고 떠났기 때문에 인연이 닿는 순간 관점의 전환이 일어난 것입니다. 순례를 떠나기 전에 갖고 있는 질문들이 순례 중에 부딪치는 사건을 통해 관점을 바꿀 수 있는 통로가 된 것이지요. 그와 같은 준비가 없었다고 하면 예기치 않은 상황을 만났을 때 당황스러울 뿐이었겠지요.

예를 들어 아인슈타인이 시공간에 대해 새로운 이야기를 한 게 스물여섯 살 때이지만, 그렇게 할 수 있었던 것은 열일곱 살 때부터 갖고 있던 질문의 결과라고 합니다. 그 질문은 '왜 빛은 어떤 경우에도 1초에 30만km의 속도를 갖는가'라는 것입니다. 이 질문을 10년간 해오다가, 어느 순간 시간과 공간의 절대성이 사실이 아니라는 걸 알게 되면서 특수상대성이론을 발표하게 되었다는 것이지요.

선수행과 남방수행의 차이는 뭔가요

— 최근에 남방계열 수행에 관심이 생겼습니다. 선수행이나 남방수행의 특징이나 차이점을 알고 싶습니다. 또 생각이 많아서 수행하기가 힘들고 진전이 없어서 고민입니다.

수행이란 '신체가 이전까지 경험하지 못한 특별한 경험을 하도록' 하는 것이지만, 새로운 경험 자체가 목적은 아닙니다. 지각의 연기적 조건과 지각 이전까지를 경험하게 하는 것이지요. 예를 들어 호흡에 몰두함으로 해서 몸의 지각이 사라지게 되는 경험 등입니다. 우리 두뇌의 두정엽 쪽에 감각을 지각하는 곳이 있는데 의식을 집중하면 이 부위의 기능이 잠시 꺼지면서 몸에서 일어나는 감각이 의식으로 해석되지 않는 경우입니다. 어떤 경우는 눈은 뜨고 있지만 눈으로 들어오는 빛의 정보가 해석되지 않는 경우도 있습니다. 그럼 갑자기 눈앞이 컴컴해집니다. 이와 같은 수행의 경험이 일상생활에서 수시로 일어난다고 하면 위험합니다. 만일 좌선수행을 할 때처럼 몸에 감각이 없는 상태로 길을 간다고 생각해 보십시오. 유리를 밟아서 발을 다쳐도 통증을 못 느낄겁니다. 이런 상황은 무척 위험하고 자칫하면 죽을지도 모릅니다. 따라서 가장 일반적인 지각이 삶에 최적화된 경우라고 할 수 있습니다.

그러나 그 지각이 진화과정에서 형성된 뇌의 내부이미지임을 아는 것은 수행 등을 통해서입니다. 그렇기 때문에 수행 중에 일어나는 경험들을 어떻게 해석해야 하는가를 아는 것은 무엇보다도 중요하다고 하겠습니다. 잘못 해석하면 하늘을 날아다니는 기술을 가진 사람이 우리보다 더 최적화됐다고 착각할 수도 있기 때문입니다. 만약에 수행으로 하늘을 나는 능력이 생겼다면 그 사람은 그러한 기능을 하는 기능인입니다. 그 몸이 우리 몸보다 더 최적으로 조절되어 있는 것이 아닙니다. 때문에 경험 자체가 중요한 것이 아닙니다. 무엇보다 '지각한다는 것은 무엇인가'를 질문하는 것이 필요합니다. 수행의 경험을 통해서 '지각이란 것은 조건을 바꾸면 다른 형태로 일어나는구나'라고 생각할 수 있어야 합니다. 새로운 경험이 강화되면 뇌 안에서 지각을 해석하는 통로가 새롭게 생기거나 기존의 통로가 소멸되기도 합니다. 진짜 소통이 되려면 내 신체 내부에서 지각 통로의 변화가 일어나야 합니다. 그렇지만 그것은 엄청나게 노력해도 잘 안 됩니다. 왜냐하면 지금 이 몸은 40억 년을 거쳐서 최적화되었기 때문입니다.

앉아서 의식을 집중하는 수행은 최소한 6천 년 전까지 거슬러 올라갑니다. 6천 년 전에 만들어진 '좌선하는 토우'가 발견됨으로써 밝혀진 사실입니다. 그러니까 '인생이란 무엇인가'라는 질문 등을 던졌던 사람이 최소한 6천 년 전부터 있어 왔다는 것이지요. 긴

시간이긴 하지만 40억 년 동안 최적화를 만들어 온 생물의 역사로 보면 짧습니다. 그래서 '본다는 것은 무엇인가, 듣는다는 것은 무엇인가, 살아간다는 것은 무엇인가'라고 묻는 것은 지각에 대한 본질을 알 수 있는 질문이기는 하지만 일상 중에는 원래 자신의 습관대로 살게 됩니다.

사람은 사고의 중심축인 신피질이 생기고 나서는 무의식적으로 과거를 토대로 미래를 예측하는 현재의식의 사유채널을 만들어 왔기 때문에 생각이 많습니다. 이런 사유가 생존할 확률이 더 높았기 때문입니다. 과거를 토대로 미래에 대한 예측을 하고 행동을 하는 것은 당연하고 훌륭한 일입니다. 따라서 생각이 많은 것 자체를 문제 삼을 필요는 없습니다. 다만 일어나지 않는 일을 불안으로 보는 것은 문제가 있습니다. 미래를 생각할 수 있지만 불안으로 가지 않도록 하고, 과거를 기억하지만 후회하지 않도록 훈련해야 합니다. 불안해하거나 후회하고 있으면 '그럴 필요가 없는데 내가 너무 불안해하고 있구나' 알아차리는 수행을 하면 됩니다.

지각의 토대에 대한 물음과 새로운 대답을 만들 수 있으면 선수행이든, 남방수행이든 상관없습니다. 보살님처럼 생각이 많은 분들은 먼저 호흡을 관하는 수행이 좋습니다. 방법은 들이쉬고 내쉬는 호흡에 하나를 세는 겁니다. 그렇게 하나부터 열까지 셌다가 열부터 하나까지 다시 돌아오는 겁니다. 호흡을 관찰하는 수행은 현재, 곧 '지금 여기'를 사는 데 많은 도움을 줄 것입니다.

사주명리 공부를 어떻게 받아들여야 하나요

– 저는 감이당에서 하는 공부의 상당 부분을 차지하고 있는 사주명리학에 대해 어떻게 생각해야 할지 그리고 스님께서는 사주에 스님이 될 어떤 것들이 있었는지 궁금합니다.

저는 사주를 안 봐서 모르긴 한데, 혼자 사는 것을 편안하게 여기는 그런 조건을 가지고 있는 것은 사실인 것 같습니다.

　모든 생명체들은 유전정보의 발현에 의해 성체가 되면서 각자의 삶을 살아가게 되는데, 이는 수정란이 분열을 계속하다가 어느 정도의 시기가 지나면 성체의 어느 부분이 될 것인가를 이웃 세포들과의 의사소통을 통해 결정해간 결과라고 합니다. 그런데 후성유전체라고 하는 유전정보는 환경과의 교류를 통해서 자신의 역할을 결정하는 유전정보이므로, 환경이 어느 정도까지는 유전정보의 발현에 영향을 미친다고 하겠습니다. 성체가 되는 데에 환경의 영향을 무시할 수 없는 부분이 유전정보에도 어느 정도는 있다는 것입니다. 이 부분을 생각해 본다면 사주 등을 완전히 무시하기는 어렵지 않겠는가라고 생각됩니다.

다만 성체가 되는 전체의 조건은 상속된 유전정보에 의해서 결정되는 부분이 워낙 크기 때문에 사주 등을 볼 때는 그냥 참고하는 정도에 그쳐야지 사주가 자신의 삶을 결정적으로 규정한다고 생각하는 것은 지나치다고 하겠습니다.

4부

건강의 기본은
밥, 운동, 명상입니다

— 몸/건강 관련 고민들

음식이 정말 몸에 많은 영향을 미치나요

– 혼자 살면서 과자와 라면만 먹었는데 몸에 통증이 잦아진 것 같습니다. 음식이 정말로 몸에 많은 영향을 미치는 걸까요?

식사에 문제가 있으면 몸이 빨리 퇴행합니다. 치매에 대한 통계를 보면 아침식사를 한 사람이 그렇지 않은 사람보다 덜 걸린다고 합니다. 아침식사가 뇌 활성을 촉진하기 때문이죠. 중요한 것은 균형 잡힌 식사를 하는 것입니다. 과자와 라면이 주식이라면 몸이 아무리 노력해도 영양소를 만드는 데 한계가 있어서 몸의 불균형이 올 수밖에 없습니다. 젊을 때는 대충 견디겠지만 나이가 들면 버티기 힘들어집니다. 균형 잡힌 식사를 하지 않다가 문제가 생기면 건강식품을 찾기도 하지만, 균형 있는 식단에 비해 효용성이 크게 떨어집니다. 우리 몸이 음식물을 소화하는 예를 하나 들어 보겠습니다. 단백질의 한 종류인 콜라겐은 아미노산(단백질을 이루는 기본요소로 20가지 종류가 있음)으로 이루어졌는데, 음식으로 취해진 콜라겐의 아미노산 배열순서는 우리 몸에서 필요한 콜라겐의 아미노산 배열순서와 다르다고 합니다. 콜라겐이 많이 든 식품을 먹는다고 해서 그 콜라겐이 그대로 우리 몸의 콜라겐 단백질이 되지 않는다는 것이지요. 그 이유는 외부 음식에 있는 정보가 우리 몸에 해가 있을 수 있기 때문에 외부 정보를 파기하기 위해서 콜라겐을 아미노산으로 분해한 연후에 다시 그 아미노산을 갖고 우리 몸에 맞는 콜라겐 단백질의 배열순서로 재조합하기 때문이라고 합니다. 이것만 봐도 균형 있는 식사를 해야 단백질 등을 재조합할 수 있는 재료 공급이 원활하게 된다는 것을 알 수 있지요. 하지만 아무리 골고루 먹어도 몸에서 분해하고 조합하는 능력이 떨어지면 소용이 없습니다. 그러니 가능한 한 정크푸드를 드시지 마시고, 지나치게 건강식품도 찾지 말며, 음식을 골고루 드시면서 적절한 운동을 해야 할 것입니다.

적당히 먹으려면 어떻게 해야 할까요

— 오후 불식을 하면서 저녁을 안 먹기 시작했습니다. 그런데 계속 하다 보니 어지럽고 기운이 없어서 다시 저녁을 먹었습니다. 제 생각엔 제 몸 자체가 살집도 좀 있어서 많이 먹지 않아도 될 것이라고 생각했는데요, 자기 양에 맞게 먹으려면 어떻게 해야 하나요?

자기 몸에 적당한 음식량을 알려면 위장이 보낸 신호를 읽을 수 있어야 합니다. 신경세포의 80퍼센트가 위장에 있는데, 위장이 어느 정도 찼을 때 뇌로 '배부르다'는 신호를 보냅니다. 그 신호를 알아차려 식사를 멈춘다면 과식하는 사람은 아무도 없을 것입니다. 그런데 진화과정에서 음식물이 풍부한 경우가 별로 없었기 때문에 '배부르다'는 신호를 조금 늦게 뇌에 전달합니다. 그래서 밥을 빨리 먹는 사람일수록 뇌가 '배부르다'는 사실을 충분히 인식하기 어렵습니다.

이때에는 방법이 두 가지가 있습니다. 첫번째는 천천히 오래 씹어 먹는 것입니다. 밥을 천천히 오래 씹어 먹으면 위장이 뇌로 보내는 신호를 제때 알아채게 되어 스스로 식사량을 조절할 수 있게 됩니다. 두번째는 아무리 천천히 먹으려고 해도 잘 되지 않는다면 식사량을 정해 놓고 그보다 더 담지 않는 훈련을 해야 합니다. 밥을 더 먹고 싶더라도 '지금은 배가 찼지만 아직 신호가 오지 않았을 뿐이야'라는 생각을 하면서 멈춰야 합니다.

다만, 우리가 현재 이상적으로 생각하는 몸매는 건강한 몸과는 약간 거리가 있다고 합니다. 약간 살이 쪘다고 느끼는 몸이 전반적으로 건강한 몸이라는 것이지요. 날씬하다고 생각하는 사람들보다 약간 뚱뚱하다고 생각하는 사람들이 건강하고, 병에도 덜 걸린다는 것입니다. 지금 본인이 뚱뚱하다고 생각하는 사람들은 실제로 뚱뚱한 것이 아니라 신체적으로 가장 정상적인 상태인 경우가 많다는 것이지요. 그러므로 날씬하다고 생각되는 사람들도 진짜 건강한 날씬함인지 잘 살펴야 합니다.

소식하는 방법이 궁금합니다

― 소식(小食)을 해야 하는데, 오히려 어느 순간 폭식하게 됩니다. 그래서 폭식을 하다가 다시 절식하는 패턴을 반복하게 됩니다. 꾸준히 소식할 수 있는 방법이 없을까요?

'소식-폭식-절식'하는 패턴이 계속되면 몸이 감당해야 할 스트레스는 보통을 넘어설 것입니다. 건강에 적신호라는 것이지요. 그러므로 소식을 하겠다고 바로 시작하지 말고 천천히 줄여 가시면 됩니다. 쌀(흰쌀 혹은 현미) 50퍼센트와 잡곡 50퍼센트를 섞은 밥과 반찬 몇 가지, 그리고 생채소 몇 가지를 준비한 다음 천천히 공을 들여 식사를 하는 것입니다. 양을 조절하기 힘드시면 식사 전에 적정한 양만 차려야 합니다. 그리고 위장에서 보낸 신호를 잘 알아차려 적당한 시점에 식사를 마치는 연습을 해야 합니다. 위장에 있는 신경세포가 뇌의 두정엽에 있는 체성감각 영역에다 배부르다는 신호를 보내기 전에 멈추는 연습입니다. 왜냐하면 진화과정에서 충분한 식사를 한 경우가 적었기 때문에 위장에서 배부르다고 느끼는 경우는 대부분 과식상태에서 보낸 신호이기 때문입니다.

그리고 위장은 늘어나고 줄어드는 폭이 크기 때문에, 식단을 꾸준히 조절하면 위장이 서서히 줄어들게 됩니다. 그렇게 되면 예전보다 훨씬 적게 먹었는데도 '배부르다'는 신호가 머리로 일찍 전달됩니다. 우선은 천천히 식사하는 것이 좋습니다. 그렇게 하게 되면 위장이 자신의 상태를 보다 정확하게 뇌로 보낼 수 있기 때문에 과식할 확률이 줄어들게 됩니다.

술과 담배를 꼭 끊어야 하나요

– 저는 술·담배를 참 좋아합니다. 그런데 이걸 꼭 끊어야 할까요?

신체는 술·담배를 별로 원하지 않는데 그것이 좋은 것, 위로를 주는 것이라는 통로가 강하게 내면화되어 있어 술·담배를 계속하게 합니다. 술은 인간관계에 필요한 자기억제시스템에 교란을 주어 억압되지 않은 자아를 실현하는 듯한 착각을 불러일으키게 하며, 그것이 계속되면 필요한 억제시스템이 고장 나 인간관계가 엉망이 되기도 하고, 끊으려고 하면 금단현상이 일어나기도 합니다. 그리고 담배에는 시민단체 등에서 밝힌 바에 따르면 60여 종 이상의 발암물질이 들어 있는데, 이들 물질이 인체의 면역작용 등에 심각한 악영향을 주어 폐암 등의 원인이 되기도 한다고 하니, 술·담배에 대해서는 다시 생각해 보아야 할 것입니다.

술·담배를 끊을 수 있는 훈련 가운데 하나는 명상입니다. 생각은 행동과 연결되어 있으므로 생각을 바꾸면 행동을 변화시킬 수 있습니다. 명상방법은 지속적으로 내 몸도 좋아하고 주변 사람들도 좋아하는 구체적인 이미지를 그리고, 담배나 술 생각이 나면 그

이미지를 떠올리는 것입니다.

예를 들어, 보고 있으면 마음이 차분해지면서 흔들리지 않는 감정상태가 되는 특정 그림이나 사진(이성의 사진은 제외)을 골라 찬찬히 보고 난 후에 눈을 감고 그 영상을 그대로 떠올려 보는 연습을 하는 것입니다. 그러다가 영상이 불분명하면 다시 눈을 떠서 보고 난 후 눈을 감고 다시 그려 보면 됩니다. 마음으로 그 영상을 온전히 그릴 수 있게 되면 담배나 술 생각이 나는 마음을 차분하고 흔들리지 않는 마음으로 전환하기가 쉬울 것입니다.

술을 끊으려면 어떻게 해야 하나요

― 감이당에 오기 1년 전 술 때문에 문제가 있었고 술을 마시면 정신줄을 놓을 때까지 마셔서 내 삶을 망가뜨리며 살고 있다는 생각에 스님께 여쭈어 본 적이 있어요. 그래서 술을 마시지 않는 것을 훈련하라는 조언을 스님한테 들었어요. 그런데 얼마 전에 술을 한잔 할 기회가 있었고 스님의 조언은 잊고 있었어요. 술 마시는 것을 억누르고 억압해야 되는지 자연스럽게 조율해서 살아도 되는 것인지 고민이 됩니다.

술을 적당히 마시면 기분이 좋아지는 것은 사실입니다. 이는 술을 마시면 쾌락호르몬이라고 알려진 도파민이 분비되기 때문인데, 도파민이 효과를 내려면 도파민 수용체도 도파민 양만큼 분비되어야 합니다. 그러나 술을 자주 많이 마시다 보면(술 중독으로 가는 길) 도파민 수용체는 증가하나 도파민의 분비가 예전과 같지 않게 되면서, 남아 있는 도파민 수용체에 의해서 불안·초조는 물론이고 구토·경련 등이 발생하게 된다고 합니다. 아울러 신경세포끼리의 의사소통 그리고 신체와 뇌의 의사소통, 나아가 신체와 환경과의 정보교환을 마음이라고 할 수 있는데, 술은 이와 같은 의사소통의 통로에도 문제를 일으킵니다. 그렇기 때문에 술을 마시면 내가 의도하지 않았던 것들이 일어날 확률도 높아집니다.

　보통 의식과 무의식을 빙산에 비유하는데, 의식은 빙산의 일각도 아니고 일각에 있는 눈송이 하나입니다. 그리고 우리 삶을 지배하는 무의식은 빙산 전체입니다. 의식은 무의식 상태에서 일어나고 있는 신경세포의 연결망에 의해서 발생하게 되는데 술이 무의식의 신경망을 교란시켜 의식을 흐트러뜨려 놓는다는 것이지요. 그렇지만, 곧 무의식의 연결망을 배경으로 의식이 발생하기는 하나, 발생된 의식이 무의식 층에 영향을 주기도 하므로 의지를 갖고 훈련한다면 흐트러진 신경망을 회복할 수도 있고, 새로운 연결망을 만들 수도 있어, 그전과는 다른 생각과 행동을 할 수 있게 됩니다. 생각이 바뀌려면 신경망의 연결패턴이 바뀌어야 하기 때문에 쉽게 변하지 않으므로 오랜 시간 훈련이 필요합니다.

음식뿐만 아니라 일상생활에서도 체증을 느낍니다

― 평소에도 잘 체하는 편이라 소화제를 항상 들고 다녔습니다. 공부하고부터는 약에 의존하지 않으려고 약을 끊고 많이 걸어 다녔고요. 그런데도 며칠 전에는 새벽 내내 구토를 했습니다. 그리고 음식만 체하는 것이 아니라 일상생활에서도 체한 느낌이 듭니다. 예를 들면 책을 읽거나 음악을 듣는 것조차 가볍게 넘기지 못합니다. 제 자신에게 늘 욕심내지 말자, 공부가 낯설어서 그런 것이라고 생각하는데도 잘 되지 않습니다.

일단 외부의 시선으로부터 자유로워져야 합니다. 누구나 다른 사람들을 의식하지만 특히나 예민한 사람이 있습니다. 본인은 신경 쓰지 않는다고 해도 무의식적으로 의식하는 것입니다. 그렇게 되면 항상 긴장하거나 생각이 많아지면서 위장이 정상적으로 운동을 하지 않게 됩니다. 예를 들어 고양이에게 밥을 주고 송곳 같은 것으로 살짝살짝 찌르면 고양이의 위장이 운동을 제대로 못해 결국에는 그대로 토하게 되는 것과 같습니다. 스트레스 등으로 긴장되면 몸이 소화를 잘 시키지 못할 경우 설사를 하게 되고 더 심한 경우에는 토하게 된다는 것입니다.

이때에는 천천히 밥 먹는 연습을 해야 합니다. 책이나 신문을 보지 말고 밥 먹는 행위에 집중하는 것이지요. 다른 것을 하면서 밥을 먹게 되면 쓸데없는 생각으로 위를 긴장시키게 되기 때문입니다. 오로지 밥을 씹을 때의 미각만을 느끼도록 해보십시오. 50번, 100번이라도 좋습니다. 밥을 다 먹을 때까지 미각의 변화를 가능한 한 세세히 느껴 아는 것입니다. 소화를 잘 시키기 위해서 훈련을 하는 것이 아니라 밥을 먹는 행위 자체를 훈련하는 것입니다.

그리고 여름이든 겨울이든 찬 음식을 피해야 합니다. 절대로 냉장고에서 꺼낸 음식을 바로 먹어서는 안 됩니다. 보통사람의 체온은 36.5도인데 위장의 온도는 항상 그보다 높아야 합니다. 아이스크림 한 통을 먹고 위장이 정상적으로 활동하기 위해서는 4시간 정도 걸린다고 합니다. 반면 속을 편하게 해주는 음식은 단 음식들이니 곶감이나 호박, 조청 등을 조금씩 섭취해 보시기 바랍니다.

잠이 너무 많아요

— 저는 바깥 활동을 별로 안 하고 집에서만 대부분의 생활을 해서인지 잠을 많이 자게 돼요. 잠이 많아서 줄이려고 바깥 활동을 하다 보면 피곤해지니까 집으로 돌아와서 일찍 자게 돼요. 잠을 몰아내려고 바깥 활동을 하는 것인데 오히려 역효과더라고요. 잠을 많이 자니까 죄책감도 들고 몸도 더 피곤해져요. 어떻게 하면 잠을 적절하게 조절할 수 있을까요?

하루에 몇 시간 주무십니까?

　(질문자: 저녁에는 8시간씩 자고 낮에는 2시간씩 자요.)

　저녁시간에 8시간을 자는 것은 적당한 잠입니다. 낮에는 2시간씩 자지 말고 30분만 자는 것이 좋을 것 같습니다. 잠을 10시간 이상 자거나 6시간 미만으로 자면 오히려 건강에 해롭다고 하니 유념하시기 바랍니다.

　낮에는 외부에서 들어오는 정보를 잡동사니처럼 계속 쌓아 놓았다가, 밤에 잠을 잘 때 후각을 제외하고 외부로 향한 감각지각의 문이 닫히면, 낮에 쌓아 놓았던 정보를 정리하는 작업을 한다고 합니다. 불필요한 정보는 제거하고 필요한 정보를 선택하는 일을 무의식층에서 하고 있다는 것입니다. 기억의 채널들을 정리하는 시간이 바로 잠이라는 것이지요. 아울러 자는 동안 뇌 속의 해로운 화학물질과 독소를 청소하는 기능도 활성화된다고 하니, 잠이 보약이라는 생각이 듭니다.

깊은 잠은 말 그대로 잠이지만, 약 2시간마다 발생하는 렘수면 단계(눈동자가 빨리 움직이고 있는 수면상태)가 정보를 정리하는 시간이면서 인지를 시뮬레이션하는 시간이라는 것입니다. 따라서 렘수면 상태에서 깨어나면 누구나 꿈을 꾸다가 깨어나게 됩니다. 이 상태가 아닌 상태에서 깨어나면 꿈 없이 잔 것 같지만 하루 저녁에 몇 차례의 렘수면 단계가 있기 때문에 실제로는 누구든 꿈을 꾸는 것이며, 꿈을 잘 꾼다는 것은 뇌의 정보해석 운동이 잘 일어나고 있다는 것입니다. 렘수면 단계에서는 운동영역의 스위치가 꺼져 있어 운동을 하지 않을 뿐입니다.

아버지의 건강염려증, 어떻게 해야 되나요

– 저는 아버지와 같이 살고 있습니다. 여든 가까이 되셨는데, 건강염려증이 있으십니다. 병원의 수많은 과를 찾아다니며 약을 처방받고, 이상이 없어도 병을 못 잡아낸 게 아닌가 걱정을 하세요. 약을 너무 많이 드셔서 속병까지 생기셨어요. 제가 배운 의학을 가지고, 그렇게 병원에 의존하는 게 해롭다고 말씀드리면 역정을 내세요. 아버지 마음을 편하게 해드리는 게 중요하니 그러지 말아야겠다 하면서도 아버지를 방기하는 것 아닌가 해서 마음이 복잡합니다.

본인이 할 수 있는 일은 하되, 지치지 않을 정도로만 하십시오. 아버지를 계속 돌보기 위해선 지치면 안 됩니다. 요즘은 의학기술이 발달해서 나이 드신 분들이 아파도 십 년, 이십 년은 거뜬히 삽니다. 그러므로 아버지를 돌보되 심신이 지치지 않을 정도로, 경제적으로 어렵지 않을 정도로 하면 됩니다. 제일 중요한 건, 아버지 생각을 바꾸려고 하지 않는 것입니다. 아버지 본인이 느껴서 바뀌면 좋겠지만 안 바뀌어도 하는 수 없습니다. 자식이 할 수 있는 건 그런 아버지를 좋아하는 훈련뿐입니다.

공부를 한다는 것은 무언가를 고쳐 가는 것도 되지만, 다른 한 편 바뀌지 않음을 이해하는 것도 공부입니다. 무엇인가가 바뀌려 면 오랜 시간이 지나거나 어떤 충격적인 일들이 심층에서 벌어져 야 합니다. 곧 지금의 의식 습관과는 다른 무의식적 직관이 의식화 되는 경험을 해야, 습관적인 인지 패턴을 바꿀 수 있는 계기를 갖게 된다는 것입니다. 습관적인 인지 패턴이 형성되기까지 오랜 시간 이 걸린 만큼 바꾸기 어렵다는 것이지요.

한 사람의 나이는 태어난 이후의 세월을 세는 것이지만, 내 신 체를 구성하고 있는 세포들의 역사는 40억 년을 상속해 왔습니다. 세포의 이야기가 훨씬 강하다는 것이지요. 다만 태어난 이후의 환 경 등과의 교류를 통해서 이번 생에서 만들어 가는 세계 이해의 지 도 부분도 있기 때문에 의지를 갖고 노력한다면 이해의 지도가 어 느 정도 변할 수 있습니다. 곧 내부 정보통로를 새롭게 만들어서 세 상 보기를 달리 할 수도 있다는 것입니다.

아버님께서는 유전정보의 발현과 지금까지의 학습을 통해서 자신의 세계 이해지도를 자식들과 달리 만들었기 때문에 서로 이 해되지 않는 부분도 있을 것입니다. 그리고 그 부분은 아버님의 역 사이기에 쉽게 변하지도 않습니다. 그게 너무나 당연하기에 그것 을 편하게 보는 훈련을 하는 것이 좋다는 것입니다. 아버지의 인지 패턴을 고치려고 하지 말고 나 자신에 대해서도 너그러워지는 훈 련을 하면서 아버님을 좋아하시면 됩니다.

공황장애의 두려움을 없앨 수 있을까요

− 10년 전에 약을 먹고 부작용이 나타난 적이 있어요. 심장이 너무 심하게 뛰는 것 같아서 응급실에 갔거든요. 그런데 응급실에 도착하니까 증상이 멈춘 거예요. 10년이 지난 다음 약을 먹으니까 또 그런 증상이 나타나더라고요. 병원에서 진단을 받으니까 '공황장애'라고 합니다. 이런 상황에 대한 두려움이 너무 큰데, 이 두려움을 없앨 수 있는 방법이 있을까요?

수십 년 동안 불안장애를 가지고 살아온 분의 자서전을 봤는데, 그분의 결론은 아직까지는 불안장애를 없애는 근본적인 방법이 없다는 것입니다. 그러니 두려움을 없애려고 너무 애쓰지 말라고 합니다. 심하면 약 등의 도움을 받으면서 마음 흐름을 지켜보는 훈련을 하는 것이 중요하기는 하지만, 기본적으로는 그 상태를 온전히 인정하면서 함께 가라는 것입니다.

저자 자신은 중요한 순간에 무너져 내리는 경향이 있다고 하면서, 자신이 결혼식 때 겪었던 일을 시작으로 자신이 겪은 일과 불안에 대한 여러 가지 이야기를 하고 있습니다. 결혼식을 하다 죽어

버릴 것 같은 기분이 들어서 땀을 뻘뻘 흘리고 신부한테 기대서 겨우겨우 결혼식을 끝냈다는 것입니다. 불안을 극복하기 위해 명상도 하고, 약을 복용하는 등 이런저런 시도를 해봤지만 그때뿐이고 다시 불안 증세가 찾아왔다고 합니다. 그래도 그런 자기를 껴안고 20년간 직장생활을 이어왔다는 이야기를 하면서 끝을 맺습니다.

제가 아는 처사님 한 분도 이런 증상이 있었습니다. 그분도 그런 증상이 나타나면 약을 먹고, 제3자가 되어 자신의 마음상태를 지속적으로 관찰하는 훈련을 했다고 합니다. 그러던 어느 날 밤 온갖 시체들이 나온 꿈을 꿉니다. 예전에는 그런 꿈을 꾸면 꿈속에서도 마음의 갈피를 잡지 못했는데, 그때는 자기가 시체를 정리하고 있더라는 겁니다. 그런데 그 꿈을 꾸고 나서, 자기감정을 정리하는 훈련이 쉽게 되면서 공포증이 현저히 줄어들게 됐다고 합니다.

갱년기 불면증에 시달립니다

— 갱년기 증상 때문인지 잠이 안 옵니다. 거의 한 달 동안 잠을 거의 못 잤습니다. 어떤 사람이 「반야심경」 같은 걸 외우면 도움이 된다고 해서 해봤는데, 효과가 좀 있는 것 같기도 하고 아닌 것 같기도 합니다.

갱년기가 된다는 것은 지금까지와는 다른 방식으로 삶을 살라는 진화적 소리가 아닐까 합니다. 아이를 낳아 기르고 보살피다 그 아이가 홀로 설 수 있게 되면 부모는 지금까지 익힌 삶의 경험을 바탕으로 손자손녀에게 삶의 지혜를 전하면서 진화의 고리를 이어 간다는 것이지요. 그렇게 하기 위해서는, 곧 무의식적인 진화의 소리를 실현하기 위해서는 신체를 리셋해야 된다는 것입니다. 그러다 보니 이전까지의 익숙했던 욕망의 코드와 새로 생기기 시작하는 욕망의 코드가 무의식적으로 부딪치면서 호르몬 등의 변화가 일어나고 심리적인 변화도 생기게 된다는 것이지요.

이처럼 생체시계의 리듬이 조금씩 달라지면서 사람에 따라 지금까지와는 다른 여러 가지 증상이 나타날 수밖에 없다는 것입니다. 생체리듬의 리셋이 완성되기까지는 이런저런 부딪침이 있을 수밖에 없다는 것이지요. 그러므로 이런 시간을 먼저 지냈던 분들의 도움을 받으면서 자신의 변화를 담담히 바라보는 연습을 하는 것이 이 시기를 덜 아파하면서 보내는 방법이 아닐까 합니다.

그런 방법 가운데 하나가 염불이라고 할 수 있습니다. 소리가 나오는 근원의 떨림을 알아차리면서 밖으로 흐르는 생각길을 닫는 것입니다. 염불하는 소리의 의미를 파악하는 것이 아니라 몸이 울리는 소리의 느낌을 생각없이 알아차리기만 하는 것입니다. 그러면 분석 판단을 하는 곳의 스위치가 꺼지면서 심신이 불편하지 않게 되고 소리의 느낌만이 오롯하게 남게 됩니다. 소리에 대한 온전한 주시가 일어난 것으로 진정한 염불이 시작되는 시점이라고 할 수 있지요. 그리고 나이가 들면 어렸을 때와 비교해서 세포 안의 촉촉함이 떨어진다고 합니다. 그 이유 가운데는 체온이 36.5℃가 안 되는 경우가 많다고 합니다. 이런 경우에는 물을 많이 마셔도 세포 속까지 충분히 흡수되지 않을 뿐만 아니라 세포막 사이에 머물러 있게 되면서 몸이 처지게 된다고 하니, 적당한 운동으로 몸의 온도를 높여야 물도 잘 소화할 수 있다는 것이지요. 그러므로 갱년기의 운동은 젊었을 때보다 더 필요하다고 하겠습니다.

몸을 쓰고 싶습니다

— 지금까지 머리로만 산 것 같아서 몸을 쓰고 싶어집니다. 해보지 않은 것들 예컨대 자전거 타기나 운동 등을 해보고 싶습니다. 이 느낌을 따라가야 하는 건지 이것도 망상인지 어떤 것에 중심을 둬야 할지 모르겠습니다.

지금은 몸에 관심을 줄 때입니다. 퇴행성이란 몸이 늙어간다는 말이지요. 예컨대 젊었을 때는 무릎이 140~150도 이상 구부러지는데 나이가 들면 120~130도밖에 굽혀지지 않는 것과 같습니다. 아픔은 병일 수도 있지만, 다른 한편 그쪽에 관심을 두라는 몸의 메시지이기도 합니다. 이 메시지는 나이 든 사람에게만 오는 것이 아니지요. 머리로만 살지 말라는 신호입니다. 몸의 소리에 귀를 기울이고, 신호에 맞는 일을 하는 것이 중요합니다.

몸이 따라주지를 않습니다

— 저는 원래 몸이 좀 불편해도 내가 시작한 것을 끝내는 것에 더 중심을 두는 성격이었습니다. 그런 성향도 있고 해서 지방에 사는데도 일주일에 두 번씩 감이당에 올라와 2년째 공부를 하고 있는데요, 그런데 이제 나이가 드니까 몸이 말을 듣지 않습니다. 몸이 편한 것을 따르자니 마음이 불편하고, 마음이 불편한 것 때문에 서울을 오자니 몸이 따라주지 않아 갈등 속에서 지내고 있습니다.

몸과 마음은 둘인 듯 하나입니다. 이렇게 보면 몸처럼 보이고 저렇게 보면 마음처럼 보인다는 것이지요. 그래서 마음이 편하면 몸도 편해질 수 있고, 몸이 편하면 마음도 편해질 수 있습니다. 반대로 몸이 불편하면 마음도 불편해지고 마음이 불편하면 몸도 불편합니다. 몸과 마음은 절대 분리될 수 있는 것이 아닙니다.

보살님의 그런 갈등은 갑자기 벌어진 것이 아니라 '몸이 불편해도 참고 하지' 했을 때 이미 아플 준비가 되어 있었던 것입니다. 기운이 있을 때는 마음이 주는 신호를 무시하고 몸을 함부로 써도 견딜 수 있었지요. 하지만 나이가 들어서 힘이 꺾이면 이런저런 증상이 나타나는 것은 당연한 일입니다. 이런 증상은 바로 몸이 우리에게 인생을 다시 살라고 말해 주고 있는 것입니다. 우리는 각자 맡은 역할을 수행하면서 열심히 사는데, 너무 바쁘게 살다 보니 근원적인 것에는 별로 관심을 갖지 못하는 경우가 많습니다. '근원'이라고 하면 심오한 것을 떠올리시겠지만, 삶의 근원은 추상적인 것이 아닙니다. 삶의 근원은 마음 쓰는 것, 밥 먹는 것, 운동하는 것입니다. 이런 것에 관심을 가질 때 몸과 마음을 조화롭게 다스릴 수 있으며, 결국 이런 문제를 해결하기 위해서 공부가 필요한 것입니다. 감이당에 오는 것 자체가 중요하지 않습니다. 보살님께서는 약국을 운영하고 계시다고 하니, 약국을 찾는 손님들과 공부 모임을 만들어 보십시오. 그 모임에서 새로운 즐거움과 기쁨을 찾을 수 있는 방법을 연구해 보시면 좋겠습니다.

일에 몰두하다 보니 몸을 돌보지 않았습니다

— 대학에서 패션을 가르치고 있습니다. 좋아해서 일을 했지만, 일의 성취에만 몰두를 하다 보니 몸을 돌보지 않고 생활을 했습니다. 감이당에 온 것도 유연한 신체를 만들고 싶다는 소망 때문입니다.

우선 먹는 것부터 살펴보십시오. 누가 좋다고 하는 것이 아니라 내 몸이 좋아하는 것을 선택해야 합니다. 조미료를 넣지 않고 먹었을 때 내 몸이 좋아하는 것이 있을 것입니다. 그것이 나의 몸에 맞는 것입니다.

또 우리 몸의 70퍼센트가 물로 되어 있기 때문에 물을 얼마나 마시느냐에 따라서 두 번 머리 아플 것도 한 번만 아픕니다. 특별한 이유 없이 머리가 띵하고 생각이 잘 안 나고 머리가 아픈 것은 대개 물 부족 현상입니다. 그러나 차를 물처럼 생각해서 많이 마시면 안 됩니다. 차를 과도하게 마시면 이뇨작용을 도와 몸에 물이 부족하게 될 수 있을 뿐만 아니라 위장에 부담이 되고 위장의 괄약근이 약해져서 역류현상이 생길 수도 있습니다. 차는 적당히 마시고 물을 많이 마시도록 하십시오. 물은 채소에도 많이 들어 있으니 채소를 충분히 섭취하는 것도 좋습니다.

　　그리고 운동을 통해 몸에 열을 내야 합니다. 요즈음은 냉방시설도 잘 돼 있고 찬 음식도 많아 몸이 찬 사람이 많습니다. 몸이 찬 사람은 물을 많이 마시더라도 그 물이 세포 안까지 들어가기가 어렵습니다. 그러면 물 마신 효과가 떨어지고, 심지어는 물이 세포와 세포 사이에 멈춰 있어 몸을 무겁게 하기까지 한다고 하니, 운동으로 열을 내는 일은 근육량을 늘리는 것은 물론이고 물 소화에도 도움이 된다고 하겠습니다. 동물과 식물의 차이도 운동에 있습니다. 운동은 생각을 만들어 내는 힘의 원천이라는 것입니다. 시공간 축을 세우고 상상하는 것만으로는 충분하지 않다는 것이지요.

　　유연하고 건강한 신체를 만들기 위해서 해야 할 일 가운데 하나는 '자기 들여다보기' 명상을 하는 것입니다. 명상은 밖으로 나갔던 시선을 내부로 돌려 자기 몸과 마음을 있는 그대로 보는 것입니다. 우리가 자연을 볼 때, '저 푸른 것이 빨갛게 됐으면 좋겠네, 파랗게 됐으면 좋겠네' 하고 보지 않고 있는 그대로 보듯, 자기 몸과 마음도 그냥 그대로 보는 연습입니다. '내가 어떤 상태로 존재하기를 바라는 뜻'으로 보는 게 아닙니다. 그렇게 하다 보면 되고 싶은 미래의 자기를 내려놓게 되고 있는 그대로의 자기를 온전히 껴안게 됩니다. 이 마음이 신체를 유연하게 만드는 기반이 됩니다.

바쁠 때 몸과 마음을 리셋하는 방법이 있을까요

— 공동체에서 살다 보니 할 일이 참 많은 것 같아요. 컨디션이 좋지 않다고 그걸 내팽개치고 쉴 수도 없고… 그럴 땐 어떻게 조율하면 될까요?

잠시 물구나무서기를 해보십시오. 시간 여유가 없을 때 할 수 있는 좋은 휴식법입니다. 5분에서 10분 정도라도 물구나무서기를 하면, 짧은 시간 안에 신체를 리셋해서 효과적으로 움직일 수 있게 됩니다. 다만, 잘못하면 다칠 수 있으니까 조심하시고, 좋다고 너무 오래 하지도 마십시오.

물구나무서기가 힘든 사람들은 누워서 온몸에 힘을 뺀 다음, 그 상태를 유지하면서 호흡을 관찰해 보십시오. 10분에서 20분 정도 배가 올라가고, 내려가는 움직임을 보고 있다 보면 푹 쉴 수가 있습니다.

(질문자: 108배를 해도 비슷한 효과가 있을까요?)
네. 그렇습니다. 108배 할 때 가장 중요한 것은 호흡을 동작과 맞추는 것입니다. 절을 하는 횟수보다 중요한 것은 호흡입니다. 몸을 완전히 숙였을 때, 곧 머리가 땅에 닿았을 때는 안에 있는 공기가 밖으로 다 빠져나와야 되고, 머리를 들고 설 때까지 숨을 완벽히 들이마시는 것입니다. 그게 힘들면 그 호흡을 두 번 나누어서 하면 됩니다.

명상을 할 땐 몸이 변한 것 같았습니다

　- 명상을 하고 몸이 변한 것 같았어요. 사람들과 수다를 떨거나 책을 볼 때, 산책할 때, 영화 볼 때 등등 알 수 없는 희열로 온몸이 진동하며 주변이 밝아지는 것 같았어요. 마치 환하고 고요하며 기쁜 생활을 하는 느낌이었습니다.

그러던 중 감이당을 알게 되어 공부를 하게 되었는데, 여태까지와는 다르게 바쁘고 힘든 나날을 보내고 있어요. 물론 감이당 공부는 저의 의식을 확장시키고 견고히 다져 주는 데 도움이 됩니다. 그리고 제 속에 잠재돼 있던 글을 쓰고 싶다는 마음에 열정을 불어 넣었고요. 그런데 감이당에서 공부를 하고 나서 예전같이 밝고 고요하며 기쁨 속에 살고 있는 그런 것들은 사라졌어요. 욕망 때문인지 피곤 때문인지 아니면 단순히 생활의 변화 때문인지. 그래서 요즘은 제대로 살고 있는지 의문이 듭니다.

명상은 일정한 시간에 매일매일 하는 것이 좋지만, 그럴 형편이 안되면 자기 시간에 맞게 조절해도 됩니다.

　명상은 자기 자신을 보는 것입니다. 외부의 칭찬이나 비난에 상관없는 자기와 만나는 시간들이 있는데 그런 일이 이루어지면 기쁘고 즐거운 감정이 뒤따라옵니다. 정신적인 기쁨과 육체적인 즐거움이 동시에 발생되는 상태입니다. 외부로 향했던 시선이 내부로 향해졌을 때 나타나는 현상이지요. 그러다가 명상이 깊어지면 오직 평온한 상태가 오는데 기쁨과 즐거움으로 인한 감정의 흥분상태가 고요해진 것입니다. 그래서 열반을 감정의 흥분상태가 온전히 가라앉은 상태, 곧 적멸이 즐거움으로 드러나는 상태라고 이야기합니다. 그것은 내부를 향한 시선도 시간이 지나면 일상이 되기 때문입니다. 그래서 기쁘고 즐거운 감각들이 사라져 가는 과정들이 집중이 깊은 단계에서 일어나는 것입니다. 깊은 단계란 감각적 즐거움이나 심리적 기쁨이 전혀 없는 상태로 평온하게 자기 신체와 마음을 지켜보는 일입니다.

명상으로, 외부에 비춰진 나로 나를 평가하지 않고 자기 자신을 평화롭게 볼 수 있는 힘이 생기면 신체에도 변화가 옵니다. 신체에는 외부에서 들어온 정보들을 해석하고 수용하는 채널들이 있는데, 명상이 깊어지면 언어이미지에 맞추어 분석판단을 하고 있는 채널들이 쉬기 시작한다는 것입니다.

고차원적인 해석을 하고 있는 부위 중 하나인 전두엽의 채널들이 쉬기 시작하면 하나의 대상에 대한 집중강도가 세지거나 시공간의 분별이 사라지고 앎만 있는 등의 특별한 체험이 발생하기도 합니다. 신체가 이런 상태가 되면 뇌에서는 행복호르몬이라고 불리는 세로토닌을 많이 방출하게 되므로, 몸과 마음이 기쁠 수밖에 없게 되지요.

지각대상을 향하는 시선이 오로지 자기만을 향하게 되었기 때문에 같은 양의 호르몬이라도 훨씬 강력한 즐거움을 경험할 수 있게 됩니다. 내부적으로 신경전달물질인 호르몬 변화가 심리적 변화뿐 아니라 뇌의 상태도 변하게 만들고, 더 익어지면 사건을 이해하는 패턴의 변화가 신체적으로 일어나게 되는 것이지요. 마음집중이 세계 이해지도인 신경망을 새롭게 구축하면서 행동양상도 달라지게 된다는 것입니다.

세계 이해지도를 새롭게 하는 것은 신체적인 경험만으로는 부족합니다. 현재 많이 연구되고 있는 과학적인 이해를 기반으로 고전 등을 통한 인문학적 학습을 하면서 생태계를 위한 실천도 해야 한다는 것입니다. 감이당을 오가면서 하는 공부는 몸과 마음을 이해하는 인문학적인 학습을 하는 것입니다. 그러기 위해서는 여기 오기 전의 상황과 다른 실천이 필요한데, 아직 몸이 익지 않아 어렵기도 하고 피곤하기도 할 것입니다. 그래도 그런 자신을 그 자체로 감싸안으면 됩니다. 수다 떨듯 지켜보고 공부가 된 미래의 자기와 현재의 자기를 비교하지 말아야 한다는 것이지요. 현재의 자기가 자기의 전체임을 자각하면서 공부하는 자기를 공부가 된 자기로 보는 눈을 길러 가면 됩니다.

백팔배를 제대로 하는 방법이 궁금합니다

− 100일 동안 한 주제를 가지고 백팔배를 하려고 하는데, 그렇게 하는 게 맞나요?

맞습니다. 더 오래 할 거면 100일씩 끊어서 하면 됩니다. 100일이 끝나고 나면 회향을 하고, 다시 시작하면 됩니다.

(질문자: 전 백팔배를 녹음테이프를 들으면서 하거든요. 앞부분엔 참회문이 나오고, 뒷부분엔 감사문이 나와요. 그런데 백팔배하면서 소원을 빌면 안 된다고 들었거든요.)

우선 참회를 한다는 것은 좋기도 하지만 자칫하면 참회해야 할 일이 많은 사람이라는 이미지를 심을 수도 있으니 조심해야 합니다. 이를테면, "부모님한테 효도하지 않는 것을 참회합니다"라는 말을 하면서 동시에 부끄러운 자식이라는 이미지를 키울 수 있다는 것이지요. 부모님들이 보기에는 특별한 경우가 아니라면 자식들은 다 훌륭한 자식들입니다. 때문에 참회를 생각한 연후에는 해야 할 일을 하는 쪽으로 방향을 잡는 것이 좋습니다. 자칫하면 참회

한다고 하면서 죄책감을 내면화하는 일이 벌어지고 말기 때문입니다. 그리고 소원을 빈다는 것은 원하는 것이 나에게 없다는 것이므로 그만큼 부족한 자기라는 이미지를 심는 것과도 같으니 이 또한 조심해야 합니다. 그래서 반야경에서는 소원 없는 마음이 된 상태를 해탈된 마음 상태의 하나라고 이야기하고 있습니다.

(다른 질문자: 주제 없이 절을 해도 되나요?)

그렇게 해도 됩니다. 그때는 몸짓을 자각하면서 하십시오. 이미지를 떠올려도 되고, 그대로 자신의 올라오고 내려가는 행위를 보고 있어도 됩니다.

(다른 질문자: 백팔배를 100일씩 세 번 했는데, 한 번은 백 번을 다 채웠고, 두 번은 열흘 남겨 놓고 못했어요. 그럴 땐 어떻게 하나요? 처음부터 다시 해야 하나요?)

기본은 다시 시작하는 것입니다. 그런데 목표라고 하는 것이 사람을 굉장히 이상하게 만드는 경우가 있습니다. 90일을 지킨 것은 굉장히 잘한 거거든요. 그럼에도 그것을 잘했다고 생각하기가 쉽지 않습니다. 목표를 세웠으면 "그 일을 끝까지 해야 된다"라는 생각이 워낙 크게 자리잡고 있기 때문이지요. 꼭 목표를 이룬 것만이 진리가 아닙니다. 이 경우는 90일 한 것이 진리입니다. 자신이 살아가는 과정의 삶들이 진리지, 달성된 것만이 진리가 아니라는 뜻입니다.

요즈음은 그 목표가 부자되는 것 하나에 쏠려 있는 것 같습니다. 홍세화 씨는 귀국해서 봤던 "부자되세요~"란 광고에 충격을 받았다고 하더군요. 부자가 있다는 말은 가난한 사람이 있어야 부자가 성립합니다. 북반구의 부유한 나라가 부를 누릴수록 남반구의 가난한 나라는 더욱 가난해지죠. 부자가 된다고 하는 것은 궁극적으로 몇몇을 제외한 모든 사람이 가난해져야 한다는 말이나 마찬가지입니다.

이처럼, 진리처럼 느껴지도록 설정된 삶의 목표들이 자신뿐 아니라 타인들을 힘들게 하는 사례가 많이 있습니다. 그런 것을 떨쳐내는 마음가짐이 중요합니다. 목표를 방향키로 삼을 수는 있지만 목표 자체를 삶의 궁극적 의미로 삼으면 안 됩니다. 백팔배도 마찬가지입니다. 90일을 했다면 한바탕 웃고 기회가 된다면 다시 하면 됩니다. 90일까지밖에 못한 것이 아닙니다. '안 한 나'를 '한 나'와 비교해서 '너는 왜 하는 일마다 그러냐?'며 괴롭히지 마십시오. '아 네가 힘들었구나. 하고 싶었는데 힘들어서 안 했구나. 잘했다. 다음에 또 하자.' 그러면 됩니다. 일주일만 해도 되고, 한 시간만 해도 됩니다.

5부

지금의 자기를
존중하십시오

— 삶 관련 고민들

행복해지고 싶어요

− 행복해지고 싶습니다.

지금의 자기를 좋아하지 않고서는 행복해지기가 어렵습니다. 행복에 대한 정의가 무엇이냐에 따라 다르긴 하겠지만, 보통 행복이란 지속적으로, 상당 시간 동안 기분 좋은 상태를 유지하는 것을 말하지요. 보통 술을 한잔 먹으면 기분이 좋아집니다. 술의 경우는 술기운이 있는 동안 쾌락호르몬이라고 알려진 도파민이 분비되고 뇌의 억제 시스템이 풀리면서 나타나는 심리상태라고 합니다. 반면 친구들과 맛있는 음식을 먹으면서 재미있는 이야기를 하면 위장에서 행복호르몬이라고 알려진 세로토닌을 많이 생산하고 그중 일부가 뇌로 들어가 행복감을 느끼게 한다고 합니다.

    이렇듯 행복이란 기분 좋은 마음상태이기는 하지만, 이 상태를 만드는 것은 호르몬 등과 밀접한 관계가 있다는 것입니다. 그러므로 그런 상태를 지속시키기 위해서는 뇌에서 행복한 감정을 불러오는 호르몬이 계속해서 방출되어야 하는데, 신체의 시스템이 그렇게 되어 있지 않다고 합니다. 왜냐하면 호르몬이 일정 시간을 넘어 지속되게 되면 이것과 반응하는 신경세포는 과부하가 걸리게 되고, 그 상태가 자주 있게 되면 그 부분의 신경세포가 죽고 말기 때문이라는 것입니다. 곧 행복이란 '그와 같은 생각과 행동을 하세요'라는 방향키와 같은 것이므로, 그것을 알게 된 이후로는 그렇게 행동하면 되는 것이지 항상 행복감이 동반되어야 할 이유가 없다는 것입니다. 부작용 없는 행복감을 느끼고 싶으면 마음 맞는 친구들과 맛있는 것 먹으면서 수다 떠는 시간을 가지면 된다고 합니다. 그렇게 하는 것이 가장 쉽게 행복감을 맛볼 수 있다고 하니, 그런 시간을 자주 갖는 것이 좋겠지요.

그렇기는 해도 생명체는 기본적으로 담담한 상태를 선택한 듯합니다. 하루 24시간을 담담하게 보내는 게 생명체로서 가장 잘 적응하고 있는 상태라는 것이지요. 그러므로 계속 즐거운 상태를 지속시키려는 마음, 특별한 상태를 지향하는 마음은 번뇌를 만드는 마음과 같다고 하겠습니다.

정답 없는 인생, 어떻게 살아야 할지 막막합니다

— 예전에는 소위 모범생 같은 삶을 살며 후회 없는 선택을 하기 위해 최선을 다했다고 생각했어요. 그런데 나이가 들고 보니 내가 맞다고 여겼던 것들이 정답이 아님을 알게 됐고, 그러고 나니 앞으로 어떻게 살아야 할지 막막해졌습니다.

'진인사대천명'(盡人事待天命), 최선을 다한 후에 하늘의 뜻을 기다린다는 말이 있지요. 그러나 기다릴 필요가 없습니다. 최선을 다했다면 그것으로 충분합니다. 결과가 삶을 말해 주는 것 같아도 하는 일마다 최선을 다했다면, 최선의 삶을 산 것입니다. 그렇게 살고 있는 자신을 온전히 칭찬해도 전혀 이상하지 않습니다. 그러니 지금 내가 할 수 있는 선에서 나도 좋고 상대도 좋고 미래도 좋은 일을 그냥 하는 것이 중요합니다. 결과는 생각하지 마시고요. 아무리 최선을 다했다고 해도 결과는 내가 기대한 것과 다른 방향으로 나올 수가 있습니다. 결과가 자신의 삶이 아니라, 살아가는 모든 과정이 자신의 삶입니다.

삶에 허무감이 들어요

– 오래전부터 삶에 허무감이 듭니다. 새로운 일을 해도 좋은 것도 잘된 것도 아니라는 생각이 들고요, 일상에서 좋은 일이 있어도 '좋은 일이 있으면 뭐하나?' 싶고, 새로운 체험을 해도 친구들은 신기해하고 즐거워하는데 저는 그런 경험이 얼마나 가겠나 싶고요. 과거에 친구들과 명상공동체 생활을 100일 정도 해본 적이 있는데 그때 뭔가 보이긴 했어요. 그런데 그걸 보면서도 '저걸 봐서 뭐하겠나?' 싶은 생각이 들었어요. 이런 생각이 반복해서 드니까 뭘 하고 싶은 생각이 없어요.

학인뿐만 아니라 많은 분들이 어렸을 때 '너는 참 잘한다!'라는 말을 듣지 못하고 자랐다고 여기는 경우가 많을 것입니다. 왜냐하면 감정이 형성되는 첫번째 관문인 편도체의 신경세포 발현 양상이 부정적인 것과 결합하는 경우가 80퍼센트 이상이기 때문입니다. 외부에서 수용되는 것을 부정적으로 해석하고 그에 따라 행동하는 것이 생존에 유리했었기 때문이라고 합니다. 그렇기 때문에 부모님들께서 칭찬과 꾸지람을 50:50으로 했다고 하더라도 자신에게 남아 있는 감정의 여운은 꾸지람만 듣고 자랐다고 여기는 양이 훨씬 클 수밖에 없다는 것입니다. 그러므로 허무감이 든 경우는 자신의 감정축에 쌓인 허무감이 현재의 해석에 깊이 개입된 것인 줄 이해하고, 그 감정이 현재의 자기를 있는 그대로 비춰 준 것이 아니라고 자신을 바라보는 훈련을 해야 합니다. 아울러 스스로 자신에 대해 대견해하면서 칭찬받을 때의 감정을 회상하고 칭찬받는 자신의 모습을 만들어 가야 합니다.

감정 등의 지각은 자신의 역사와 생명의 역사가 응축되어 나오는 것이기 때문에 감정축의 배선을 바꾸는 것이 쉽지 않다는 것도 이해하시고, 매일매일 조금씩 새로운 감정회로를 만들어 가는 것이 중요합니다. 곧 지금의 감정선을 지닌 자신을 잘못됐다고 여기지 마시고, 그럴 수밖에 없는 배경을 이해하면서, 새로운 내부이미지를 만들어 가야 한다는 것입니다.

삶에 고민이 없는 게 고민이에요

— 저는 고민이 없는 게 고민입니다. 평소 문제가 생기면 '시간이 지나면 해결이 되겠지' 하고 좋은 쪽으로만 생각하거든요. 글에도 그런 태도가 나타나는 것인지, 선생님들이 제 글에 대해 "집요한 구석이 없고, 삶을 진지하게 대하지 않는다"고 말씀하시더라고요. 제가 삶에 대해 적극적이지 않은 걸까요? 문제를 회피하고 있는 걸까요?

운동선수들이 연습하는 모습을 보면 같은 동작을 계속 반복해서 연습하는 장면들이 나옵니다. 그렇게 하는 이유는 근육이 그 동작을 기억하게 하여 상황에 따라 생각보다 먼저 그 동작을 할 수 있게 하기 위해서라고 합니다. 동작을 하기 전에 생각이 많아지게 되면 연습된 근육들의 기억이 흐트러져 바라던 결과가 나오지 않기도 한다고 하니, 뇌에 축적된 연습기억과 근육의 활동성은 익숙한 흐름을 따르도록 되어 있다고 하겠습니다. 이것이 습관이겠지요.

우리의 생각도 마찬가지로 익숙한 길이 나 있습니다. 우리 뇌 가운데 소뇌 등 연습기억을 담당하는 부위들이 익숙한 길로 가도록 하기 때문입니다. 그렇지 않다면 하는 일마다 매번 연습하는 것과 같아지겠지요. 따라서 새로운 생각, 곧 고민 등을 한다는 것은 새로운 연습기억을 만드는 것과 같으므로 많은 연습(직간접적인 경험들)이 필요합니다.

그것을 효과적으로 연습할 수 있는 방법 가운데 하나는 시집 등을 읽는 겁니다. 문학인들은 기질적으로 새로운 생각을 하기 위해 의식적·무의식적으로 훈련하는 사람인 것 같습니다. 그들은 우리들로 하여금 앞면만이 아니라 뒷면이나 옆면을 계속 보도록 만들지요. 그러니 시집 등을 읽고 베끼다 보면 고민하지 않는 가운데 새로운 생각길을 열어 자신이 갖고 있는 익숙한 방향과는 다른, 보이지 않던 곳을 보는 힘을 기를 수 있을 것입니다.

고민이 끊이질 않아요

　- 전 늘 고민이 있습니다. 다른 사람은 아무 고민 없이 잘 사는 것 같은데 저만 고민이 끊이지 않고 생기는 것 같아요. 고민 없이 살 수는 없는 걸까요.

고민은 삶을 바꾸는 가장 큰 배경입니다. 사람은 언제나 자기 안에 갖추어 있는 세계 이해지도를 배경으로 살고 있어요. 그러다 어느 날 자기를 살게 한 기본 배경이 의심될 때 고민은 시작됩니다. 고민은 나쁜 게 아닙니다. 고민을 통해 세상을 보는 새로운 통로를 만드는 훈련을 해야 삶에 유연성이 생겨요. 고민 없이 사는 것이 잘 사는 것처럼 보여도 익숙한 대처방식으로 해결되지 않는 사건을 만나게 되면 우왕좌왕하기 쉽습니다. 강상중 교수(이분은 국적을 바꾸지 않고 한국인 최초로 도쿄대 교수가 된 분입니다. 이때까지 일본에 살면서 국적을 바꾸지 않으면 암묵적으로 교수로 받아들이지 않았다고 합니다)가 쓴 『고민하는 힘』이란 책에서는 인간은 고민하는 존재라고 얘기하고 있습니다.

저는 어떻게 살아온 걸까요

— 저는 20대를 혼돈상태로 보낸 것 같습니다. 제가 누군지도 몰랐고 무엇을 원하는지도 몰랐습니다. 그 당시에는 이런 것들이 딱히 고민도 아니었습니다. 그저 외부환경에 맞춰 살아온 것 같습니다. 그후, 결혼하고 10년쯤 지나 힘든 시기도 있었는데 또 어쩌다 보니 지나가고 그러다 2~3년 전부터는 공부를 하게 되었는데, 지금은 제가 힘들었을 때의 내가 어떤 사람이었는지가 궁금합니다.

우리는 부모님으로부터 유전정보를 물려받아 지금의 나가 있게 됐습니다. 그런데 부모님께서 유전정보를 자식에게 물려줄 때 당신들이 물려받은 1번부터 23까지의 부모님 유전자 가운데 같은 번호끼리(예를 들어 아버님계열의 1번과 어머님계열의 1번) 약간의 유전정보를 바꿔서 물려준다고 합니다(전성유전체). 이렇게 물려받은 유전정보가 수정되어 어머님 뱃속에 있을 때부터 생존의 환경에 따라 발현시킬 정보와 발현시키지 않을 정보도 어느 정도 있다고 합니다(후성유전체). 그러면서 발현시키지 않을 정보에 대해서는 메틸기(CH_3)라는 화학물질로 묶어 놓게 되는데, 이것을 결정하는 것은 뱃속 환경과의 관계에 의해서 수정란이 정해 간다고 하더군요. 전성유전체에 비해서 후성유전체의 정보량은 얼마되지 않는다고 하지만, 수정란 스스로가 첫번째로 자신의 삶에 직접적인 영향을 주는 결정을 하는 것입니다. 물론 부모님들께서도 그와 같은 과정을 거쳤지만, 부모님께서 설정해 놓은 메틸기는 수정되는 순간 모두 떨어져 나가게 되므로 메틸화과정에 관해서는 부모님의 개입이 거의 없다고 합니다. 곧 유전정보와 새로운 환경이 만나 앞으로의 삶의 방향을 조금씩 결정해 가는 것이지요.

그렇게 10개월을 성장하다가 태어나게 되는데, 태어난 이후의 세계 이해에도 환경이 미치는 영향이 굉장이 크다고 합니다. 왜냐하면 세계 이해는 뇌의 신경망이 어떻게 연결됐느냐에 따라 결정되는데, 신경망의 연결은 유전자가 3분의 1을 결정하고, 환경이 3분의 1을 결정하며, 무작위에 의해서 3분의 1이 결정되기 때문입니다. 사춘기를 지나면 세계 이해지도가 내부적으로 어느 정도 완성되게 되고, 완성된 내부지도에 의해서 신체와 세계에 대한 내부 이미지가 만들어지며, 그렇게 만들어진 정보의 조각들이 신피질 등에 배분되어 있다가 현재 일어나는 신체 내외부의 감각자료를 해석할 때 다시 모여 현재의 사건을 재구성하게 되므로, 현재의 의식은 이미 만들어진 무의식의 내부통로들에 의해서 많은 영향을 받게 됩니다.

그러므로 만들어진 세계 이해지도는 각자 다를 수밖에 없습니다. 비슷한 이해이지만 온전히 같은 이해라고 이야기할 수 없는데,

함께 살아가는 사람들에 의해서 이 상태를 이해받지 못하게 되면, 자신의 이해가 틀린 것 같게 되고, 이해받지 못한 자신의 삶이 힘들 수밖에 없지요. 실상에서 보면 틀렸다고 이야기할 수 없는데도, 자신의 의견이 현재의 관계망에서 소외되게 될 때 자신의 존재기반이 흔들리는 것과 같으므로(의식은 말할 것도 없고 무의식적인 이해라고 할지라도) 살아내는 일이 힘들 수밖에 없었을 것입니다. 다만 뇌의 세계 이해지도는 노력을 통해 새롭게 그릴 수 있는 여지(뇌의 유연성)가 있으므로, 이 사실을 알아차리면서, 자신을 위로하고 다른 이해도 껴안으면서 현재를 있는 그대로 보는 훈련(가치판단을 너무 강하게 하지 않고 보기)을 한다면 자신의 삶에 대한 이해와 존재 가치를 찾을 수 있을 것입니다.

힘든 일은 피하려고만 해요

— 저는 지금까지 마무리를 잘 못하고 산 경향이 있어요. 그리고 특히 힘든 일은 두려워서 더더욱 피한 것 같은데, 이렇게 살지 않으려면 어떻게 해야 할까요?

우선은 스스로가 스스로한테 칭찬하는 연습을 많이 하시고, 결혼을 했으면, 아내한테 (연애 초기처럼) 조그만 일에도 '리액션'을 많이 해달라고 부탁하십시오. 그렇게 해주면 자기도 모르게 자기 능력보다 더 잘할 수 있게 될 것입니다. 실제로 일은 잘하는데 리액션이 없으면 갑자기 '아! 나는 아닌가 보다!'라며 졸아들어서 능력이 발휘가 안 되는 경우도 있거든요.

그런가 하면 어떤 사람은 타인의 리액션이 필요없는 사람도 있습니다. 그런 사람들은 오히려 남의 리액션을 귀찮아합니다. 혼자 하는 걸 좋아하는 사람들인데, 그런 사람은 늘 자기가 자기 스스로에게 상을 주고 있습니다.

(질문자: 또 한 가지 질문이 있는데요. 제가 먹을 걸 보면 못 참거

든요. 배가 안 고파도 계속 먹고, 직장생활에서 스트레스가 쌓이면 먹을 것만 막 떠오르고 그래요. 마음은 살을 좀 빼고 싶은데, 먹을 거에 대한 욕구를 줄일 수 있는 방법은 없을까요?)

생명체들이 하고 있는 일 가운데 중요한 것은 생존과 번식일 것입니다. 동물들은 생존하기 위해서 외부에서 에너지원을 취해야 하는데 단 게 들어가면 몸이 참 좋아합니다. 단것을 먹으면 뇌의 보상시스템이 움직여서 기분 좋게 하는 호르몬이 나옵니다. 어려서부터 스트레스를 받으면, 그것을 푸는 방법으로서 (상을 받는 효과를 내는) 단것을 먹는 습관을 들여왔을 것입니다. 길들여 온 거지요. 그래서 스트레스를 받으면 신체가 '빨리 먹어!'라는 신호를 보내옵니다.

그러므로 때가 아닌 때에 먹을 게 오면 얼른 일어나서 잠시 자리를 피하는 연습을 하십시오. 그리고 심호흡을 깊게 대여섯 번 해야 합니다. 왜냐하면 스트레스를 크게 느끼는 감정이 발생하게 되면서 화가 나면 (미래를 판단하는 등의 고차원 영역인) 전두엽으로 가는 산소 통로가 현저히 줄어들게 되는데, 심호흡을 몇 번 하고 나면 뇌의 산소량이 충분해지게 되고, 하지 않을 일에 대한 억제시스템이 작용하게 되면서 감정조절이 조금은 쉬워지기 때문입니다. 그러니 스트레스를 받으면 먼저 일어나서 허리를 쫙 편 다음, 천천히 걸으면서 스스로에게 '수고했어'라고 말해 주세요. 견디는 자기에게 자기 스스로 상을 주는 것입니다.

그런 경우가 아닌 상태에서 먹는 음식량을 줄이고자 한다면,

자신에게 필요한 칼로리의 양을 먼저 알아보고, 그릇에 담는 양을 조절한 다음 그 양만큼만을 천천히 먹고 난 후 빨리 자리에서 일어나는 습관을 만들어야 합니다. 물론 균형 잡힌 식단을 전제한 식사라는 것을 잊어서는 안 되겠지요.

하고 싶은 일이 너무 많아 결과물을 못 냅니다

– 살아가면서 하고 싶은 일이 너무 많아서, 이것저것 여러 가지를 하게 되고 대부분은 결과물이 없습니다. 그러다 보니 주위 사람들로부터 한 가지에 집중하라는 충고를 자주 듣게 됩니다. 이렇게 하고 싶은 것이 여러 가지일 때는 어떻게 해야 하나요?

어떤 일을 하여 결과물을 냈다고 해도, 전체적으로는 그 결과물이 자기가 아니라 그것을 하는 과정이 자기입니다. 그러므로 여러 가지를 좋아하면 여러 가지 일을 즐겁게 하면 됩니다. 물론 결과물로 인정받으려는 마음을 내려놓아야겠지요. 설사 세상이 인정해 주었다고 해도 자신이 그 과정을 즐기지 못했다면 그것은 자기에게 진정한 만족감을 주지 못합니다.

현재로서는 결과물을 생산하지 못한다고 해도, 이것저것 하다 보면 어느 순간 이것만 해도 되겠다 싶은 것을 만나게 될 것입니다. 그때부터 그것을 즐겁게 하다 보면 그것이 천직이 되기도 하겠지요. 젊었을 때 여러 가지 일에 관심을 갖고 경험해 보는 것은 자기의 천직을 찾아가는 과정이고 탐색기라고 할 수 있으므로, 여러 일을 시도해 보는 것은 당연하고 자연스러운 것이라고 생각하면 됩니다. 지나고 보면 그 경험들이 인드라망처럼 얽혀 있어 살아가는 데에 많은 도움이 될 것입니다.

지각하는 습관을 고치고 싶어요

– 에세이 발표시간에 지각을 했습니다. 전날 술을 먹기도 했지만 지각이 습관이 된 것 같습니다. 태어날 때도 늦게 나왔다고 들었습니다. 초등학교 때도 1분이면 갈 거리를 지각을 많이 했어요. 중학교 때도 아버지가 자주 차로 태워다 주실 만큼 지각을 많이 했고요. 이걸 고치고 싶은데 고민입니다.

습관적으로 지각을 하는 이유는 무의식적으로 그것이 이익이라는 생각이 박혀 있기 때문입니다. 내부이미지의 문제이지 '지각' 자체의 문제가 아니라는 뜻입니다. 그 행위를 할 때 본인은 아니라고 해도 내적인 편안함이나 즐거움이 있을 것입니다. 그러므로 어렸을 때부터 형성되어 온 내부적인 관점을 바꾸지 않는 한 행위를 바꾸기가 어렵습니다. 결코 이득이 되는 것이 아닌데도 좋은 것으로 받아들이고 있다는 것을 빨리 알아차리고, 알아차린 다음에는 바로 일어서서 출발하는 습관을 길러 가야 합니다.

백수로 계속 살아도 될까요

– 저는 서른여섯 살의 백수입니다. 현재 부모님에게 얹혀살고 있습니다. 나이가 마흔이 다 되어 가니까 독립을 해야겠는데 직장생활이 잘 안 맞습니다. 게다가 공부를 하니까 재미도 있고 해서 취업보다는 아르바이트를 해볼까 합니다. 하지만 부모님이 실망하실 것 같아서 걱정입니다. 부모님은 제가 직장에 들어가서 남들 보기에 괜찮은 일을 했으면 하십니다.

자식의 행동이 100퍼센트 부모 마음에 드는 것은 근본적으로 불가능합니다. 부모님께서 그런 요구를 할 수는 있습니다. 하지만 꼭 그런 자식이 되려고 노력할 필요는 없습니다. 근본적으로 익혀 온 것이 다르기 때문에 부모가 원하는 딸이 되기도 어렵지만, 혹시 그런 딸이 된다고 해도 잘 살았다고 말할 수 있는 것도 아니기 때문입니다. 부모님이 서운해한다면 그건 부모의 생각이 부모님의 학습내용에 머물러 있는 것입니다.

하지만 집에 얹혀사는 것은 잘한 일이라고 하기 어렵습니다. 여러 가지 이유 때문이기는 하겠지만 가능하면 독립하는 것이 좋습니다. 작은 방이라도 얻어서 나오시고 적게 일하고 살 수 있는 방법을 선택하십시오. 그러면서 자기가 좋아하는 일을 하고 살면 됩니다. 백수라고 해서 자랑할 것도 아니지만 그렇다고 번뇌할 것도 아닙니다.

좋은 예술가가 되고 싶습니다

— 좋은 예술가가 되고 싶습니다. 어떻게 해야 할까요?

우리들은 세상을 있는 그대로 보는 것이 아니라 자신이 갖고 있는 경험기억을 통해 해석된 세계를 본다고 합니다. 자신의 기억과 세상이 공명하는 것을 본다는 것이지요. 그러므로 이미 갖고 있는 기억과 공명하지 못한 것은 보이지도 않고 읽을 수도 없겠지요. 그 가운데 생물과의 교감은 더욱 특별하다고 하겠습니다. 다른 생물이 자신의 경험을 가지고 해석한 세계와 다시 공명해야 하기 때문입니다. 드러난 것 이면에 해석된 세계를 읽는 것을 공감이라고 할 수 있겠지요. 실상은 해석된 세계가 드러나므로 드러난 것만 제대로 보아도 공감의 영역이 커진다고 할 수 있는데, 공감의 영역을 더 넓게 하기 위해서는 자신의 해석채널을 잠시 내려놓아야 할 때가 있습니다. 내려놓은 마음과 새롭게 상응하는 것이야말로 진정한 공감이기 때문입니다. 그러므로 공감하는 마음이야말로 자신의 경험을 넓히는 일일 뿐 아니라 외부를 이해하는 일이 되니 따뜻한 마음씀이 예술의 원동력이라고 하겠습니다. 왜냐하면 예술이란 공감의 다양성을 통해서 사물들이 들려주는 이야기를 듣는 것이며, 다른 생명들의 이야기와 만나는 것이기 때문입니다. 깊고 넓은 따뜻한 마음씀이 좋은 예술가의 마음이라는 뜻입니다.

더구나 신체의 성장으로 보면 30대 이후라야 창조적으로 세상을 볼 수 있다고 하며, 50대가 가장 활발하게 창의성이 발현되는 시기라고 하는 데서도 많은 경험과 그 경험을 새롭게 풀어내는 공감이 얼마나 중요한가를 알 수 있다고 하겠습니다. 그러므로 예술의 창조성은 나의 해석이면서도 그 해석이 외부와 공감하는 해석이어야 하겠지요. 그렇게 하기 위해서는 나의 해석채널을 될 수 있는 대로 강하게 하지 않고 외부가 들려주는 이야기(이 또한 새로운 나의 해석이지만)를 만날 수 있어야 합니다. 마음을 내려놓고 보면 일정한 기억 통로의 작용이 풀리면서 새로운 공명채널이 만들어진다는 것입니다. 새로운 이야기가 시작되는 것이지요.

참선할 때 지금까지 경험하지 못했던 새로운 내부이미지가 만들어지거나 있던 이미지가 해체되는 경험을 하는 것과 같습니다. 집중력은 이미 가지고 있던 이야기를 듣는 것이 아니라 내외부와 새롭게 만나는 것이며 새로운 이야기를 만드는 힘이기 때문입니다. 그렇기에 좋은 예술가가 되려면 그 힘을 길러야 할 것입니다. 따뜻한 마음이 늘 작용하고 있는 상태라고 할 수 있겠지요.

반려동물과의 관계, 어떻게 맺어야 할까요

– 저는 혼자 사는데요, 최근 고양이를 집에 들이게 되었습니다. 그런데 수의사들은 이것저것 하라는 것도 많고, 또 밖에 나오면 자꾸 고양이를 생각하는 등 낯선 감정들을 느끼고 있어요. 앞으로 이 아이와 10년 이상을 살아가야 할 텐데 어떻게 해야 잘 살아갈지 걱정됩니다.

반려동물과 함께 사는 경우 교감을 통해 심리적 안정감이 커지면서 건강에도 좋다고 하니 적당한 거리를 두고 함께 지내는 것은 바람직한 일인 것 같습니다. 그런가 하면 애완동물은 의료보험이 안되므로, 키우는 데 돈이 많이 든다고도 합니다. 젊은 사람들에게 경제적 부담이 만만치 않을 수도 있기 때문에 우선은 경제적으로 부담이 안 되는 한에서 반려동물 키우기를 하셔야 할 것 같습니다.

그리고 반려동물을 키우다 보면 자식처럼 애틋해지게 된다고 하는데, 고양이는 사람을 애달파 하지 않습니다. 나 혼자만 그렇게 애정이 철철 넘칠 뿐이지요.(일동 웃음)

(질문자: 맞아요. 정말 고양이는 그런 것 같아요. 좀 도도해요.)

사람의 경우에도 상대가 집착이 심하게 되면 불편한 마음이 커져 가듯 고양이 또한 그럴 개연성이 크다고 할 수 있지요. 고양이와 사람은 진화의 생명나무에서 보면 그렇게 먼 사촌이 아니니까요. 그러므로 다른 사람이 나를 지나치게 생각하는 것이 편하지만은 않은 것을 생각하고 그 정도 선에서 고양이와 함께 사는 것이 좋을 듯합니다.

장애인 활동보조 일을 하며 생각이 많아졌습니다

– 얼마 전부터 장애인 활동보조를 하게 되었어요. 이용자 분의 몸도 씻겨 드리고, 용변을 보실 수 있게 도와 드리고 있는데요. 일을 탈 없이 하고 있을 때는 별 생각이 안 드는데, 이상하게 집에 돌아오는 길에 기분이 착잡해져요. 내가 그동안 우물 안 개구리 같았구나 하는 마음도 들고, 이용자가 처한 상황이 자꾸 내 일처럼 갑갑하게 느껴지고… 몸이 피곤해서 그런지 생각이 지나치게 많아져요.

자신이 상대를 대할 때 너무 과하게 감정이입을 하고 있는지 점검해 보십시오. 보통, 감정이입을 할 때는 상대의 어려움이나 힘듦에 공감하는 것이기는 하지만, 그렇게 하기 위해서는 자신이 갖고 있는 심리적 어려움을 꺼내야 됩니다. 그러면 상대를 공감하기는 쉽지만 다른 한편 자신의 아픔을 계속해서 꺼내는 것과 같아 본인이 아플 수가 있습니다. 그러니 지나치게 감정이입을 하지 않도록 주의해야 됩니다. 특히 상대의 삶에 동정심을 가지고 개입하는 것은 좋지 않습니다.

감정이입이 지나치게 되면 자타의 경계가 사라져 버려 자신도 모르게 자신을 어려운 상황으로, 우울하게 몰고 가는 경우가 생기게 됩니다. 그것은 감정이입을 할 때의 감정이 자기 자신에게 다시 심어지기 때문입니다. 상대의 아픔을 함께 아파하는 것과 그것이 나한테 심어지는 것은 엄연히 다릅니다. 그러면 계속 그 일을 하는 게 힘들어집니다. 정신과 의사나 상담가들도 비슷한 어려움을 겪기도 한답니다. 그래서 그들도 주기적으로 심리치료를 받는다고 해요. 자기 자신의 마음이 어디까지 갔나 점검한다는 것입니다.

장애인과 활동보조인은 각각 처한 상황은 다르지만 어찌 보면 '평범한' 사람들입니다. 활동보조는 그 '평범한' 사람이 필요로 하는 걸 도와주는 역할을 하는 것인 만큼, '그 사람이 어렵고 힘든 사람이다'라고 생각할 수는 있지만, 지나쳐서 스스로 우울한 감정을 드러내는 길이 강화되지 않도록 해야 합니다.

(질문자: 이건 좀 다른 질문인데요, 간혹 활동보조인들을 허드렛일 하는 사람으로 대하는 경우가 있어요. 싼값에 가사일을 돕는 사람으로 취급하는 거죠. 다른 일에 비해 시급도 낮고, 가사일이나 감정노동에 대해서 저평가 되는 가운데 저희들이 겪는 어려움들이 있습니다.)

시급이 낮은 것(사회적 문제)과 내 스스로 존중감을 갖는 것('피해자'), 그리고 부당한 대우를 행하는 사람('가해자')의 문제는 서로 얽혀 있기는 하지만 조금씩 다른 문제입니다. 그러니 해법도 다를 수밖에 없겠지요. 시급이 적은 문제는 시급을 올리는 연대를 해야 하는 일이기 때문에 쉬운 일이 아닙니다. 더구나 급료를 주는 쪽 또한 함께 생각하지 않을 수 없으니 일방적으로 풀 수 있는 문제도 아니고요.

그리고 모욕감은 자신이 상대에게 존중받지 못하고 있다고 느낄 때 생기는 감정일 것입니다. 자신의 존재 자체를 있는 그대로 인정해 주고 존중해 주는 상대를 만났다면 더할 수 없이 좋다고 할 수 있겠지만, 다른 사람을 그와 같이 대우하지 않는 사람도 많은 만큼, 외부가 주는 바람직하지 않은 바람으로부터 자신의 감정선이 흔들리지 않도록 하는 연습이 참으로 중요하다고 하겠습니다.

연습하는 방법은 심호흡을 몇 번 한 다음 이미 일어난 감정을 흘러가도록 지켜보는 것입니다. 물론 그와 같은 감정이 발생한 자신이 문제가 아니라는 것을 먼저 생각해야겠지요. 그러면서 감정선이 흔들리지 않을 때 자신이 존재 그 자체로 존중받은 느낌을 연상하면서 그 기운을 키워 가는 연습을 하는 것입니다.

그리고 부당한 행위를 하는 사람에 대해서는 분명하게 자신의 감정을 이야기해야 하겠지만, 힘이 약하기 때문에 그와 같은 위치에 있는 여러 사람과의 연대를 통해 작은 변화라도 이끌어 내도록 해가면 좋을 듯합니다.

겁이 많고 중요한 순간에 용기가 나지 않아요

— 의역학 공부를 하면서 제가 목(木)기운이 없다는 것을 알게 되었습니다. 그래서 그런지 어려서부터 굉장히 겁이 많고 중요한 순간에 용기를 잘 내지 못합니다. 책임을 지지 않고 피해 버리는 상황이 반복되고요. 그럴 때마다 스스로 비겁해지는 것이 아닌가 하는 생각이 듭니다.

오행학설로 볼 때 5분의 1은 목(木)의 기운이 치우쳐진 채로 살게 되겠지요. 오행의 기운을 목, 화, 토, 금, 수의 기운으로 나눌 수 있기 때문입니다(상화의 기운을 포함하면 6개가 되지만 상화의 기운을 가진 사람은 아주 드물다고 합니다). 지구상의 인구를 대략 70억 명이라고 하면 확률상 5분의 1정도가 비슷한 성격을 갖고 태어났다고까지 생각할 수 있으니, 14억 명이 보살님과 비슷한 삶을 살고 있다는 것입니다. 그러므로 너무 자신을 탓하지 말고 '일반적으로 목의 기운이 없는 사람은 이렇게 생각하는구나'라고 편하게 받아들여도 됩니다.

흔히 다른 사람들은 좋은 삶을 산다고 생각하기 쉽습니다. 하지만 그들도 그들만의 넘어야 할 지점이 있습니다. 예를 들어 토(土)기운이 강한 사람들은 본인이 할 일을 잘 챙겨서 합니다. 옆에서 보면 자기밖에 모른다고 할 정도로 말입니다. 제가 아는 분의 따님은 토기운이 강한데, 단 한 번도 남에게 음식이나 물건을 줘 본 적이 없답니다. 그 대신에 남의 것을 탐하지도 않습니다. 반면 금(金)기운이 강한 사람들은 남에게 잘 베풀지만, 베풀면서 상대방을 지배하려는 마음을 갖기도 합니다. 이렇듯 오행별로 기질에 차이가 있어 지향하는 점이 다를 뿐입니다.

그러니 자신을 너무 나무라지 마시고 지금부터 부족하다고 생각되는 기질을 바꾸려고 노력해 보십시오. 누구나 자신이 잘하는 부분은 당연하다고 여기고 부족하다고 생각되는 부분은 크게 느끼기 때문에 쉽지 않겠지만, 조금씩 노력하면 변화가 있을 것입니다. 작은 것부터 책임지려 해보고 그에 따른 불이익도 감당하려는 훈련을 하다 보면 변화된 자기와 만나게 될 것입니다.

어렸을 때의 안 좋은 기억이 지금까지 따라다닙니다

— 어렸을 때의 안 좋은 기억이 쉽게 사라지지 않습니다. 지금은 딱히 특별한 상황이 없는데도 자꾸만 스스로를 고통에 넣으려고 합니다. 어떻게 하면 이 고통에서 벗어날 수 있을까요?

보살님뿐만 아니라 모든 사람들은 감정을 해석하는 첫번째 관문인 편도체의 신경세포 가운데 80퍼센트 이상이 부정적인 감정 상태와 공명한다고 합니다. 감정의 해석에서 부정적인 내부이미지가 훨씬 강화되어 있다는 것이지요. 아울러 편도체는 기억의 중심축인 해마와 바로 연결돼 있기 때문에 기억을 회상할 때도 부정적인 내부이미지를 회상할 확률이 훨씬 높다고 합니다. 그렇기 때문에 보살님께서 과거를 회상할 때마다 고통스러운 기억이 떠오를 확률도 높습니다. 여기까지는 바람직한 일은 아니지만 잘 작동하고 있는 상태이기 때문에 쉽게 바뀌기 어렵습니다. 그러므로 그런 기억과 심리상태를 경험하게 되거든 그런 상태의 자신에게 "참으로 고생이 많았다"고 자신을 알아주고 껴안아 주는 연습을 병행하면서, 상태의 강도에 따라 약물의 도움을 받는 것도 좋습니다.

생명체들이 부정적으로 사건을 해석했던 이유는 그렇게 했을 때가 살아날 확률이 높았기 때문이라고 합니다. 진화과정에서 형성된 사건의 해석방법 가운데 하나로서 지금도 여전히 작용하고 있기 때문에 이와 같은 사실을 이해한다고 해서 그 상태가 바로 바뀌지 않습니다. 감정을 해석하는 통로가 훨씬 먼저 생성됐기 때문입니다. 그렇기는 해도 자신의 반응양상을 잘 이해하고, 이해된 이미지를 강화시켜 간다고 하면, 내부의 해석체계에도 영향을 주어 신경망의 배선 양상과 강도가 바뀌게 되면서 근본적인 치유가 이루어질 수 있습니다. 평소 평화롭고 행복했던 기억이미지를 회상하거나 생각하는 훈련이 도움이 되는 까닭도 여기에 있습니다. 우리의 이해와 감정상태는 현실과 결부되어 있기는 해도 실상은 뇌가 만든 내부이미지에 의한 영향이 가장 크기 때문입니다. 늘 자신의 상태를 보듬어 안으면서 새로운 이미지를 강화시켜 간다면 신경망이 변하게 되고, 과거의 회상이미지와 심리상태까지도 다른 상태의 이미지를 만들어 내게 된다는 것입니다.

이분법적인 생각에서 벗어나고 싶어요

— 저는 어떤 것을 볼 때 저랑 다른 것을 잘 수용을 못합니다. 에세이를 쓰면서 알게 됐는데 내 맘에 들지 않으면 안 만나려고 합니다. 그리고 나랑 다르다고 생각되면 '틀리다'고 받아들입니다. 이렇게 이분법적으로 나누는 생각에서 벗어나려면 어떻게 해야 하나요.

그건 벗어나기가 굉장히 어렵습니다. 그러니 지금은 벗어나려고 하면서 스트레스를 받지 마십시오. 그렇게 생각하는 데는 뇌의 신경세포 연결망이 그와 같은 생각이 쉽게 일어나도록 조절되어 있기 때문입니다. 뇌의 연결망은 어머님 뱃속에 있을 때부터 시작되었으며 환경 등의 영향을 통해서 무의식과정으로 이루어지며 이를 통해 자신의 세계 이해지도가 만들어집니다. 그런 다음 내외부의 감각정보 등을 수용하여 해석하면서 생각 등의 활동을 하게 되지요. 세계를 보고 이해하며 생각 등을 하는 것은 객관적 세계를 보는 것이 아니라 자기가 만든 내부이미지를 통해 해석한 것을 보고 있다는 것입니다. 빨간색을 보아도 객관적으로 빨간색을 보는 게 아니고 내가 빨간색으로 해석해서 본다는 것이지요. 그러므로 "나는 세계를 이렇게 해석해서 보고 있구나"라고 생각하시고, 거기에 대해서는 시비를 걸 필요가 없습니다. 자신뿐만 아니라 상대에 대해서도 문제 삼을 이유도 없습니다. 그냥 "나는 이렇게 세상을 해석하는 기제를 가지고 있구나"라고 생각하는 훈련을 하는 것입니다. 그전에는 틀렸다거나 문제가 있다거나 그렇게 봤는데 "그것이 아니다!"라고 자기의 생각통로를 이해하고, 이 길을 강화시키는 생각의 정보를 입력시키는 것입니다.

그러면 지금까지 연결되지 않은 신경라인이 놓여지기 시작하면서 변화가 시작됩니다. 언어를 해석하는 내부정보의 도로를 울려 가지고 내부의 소리를 발생시키는 것이지요. 소리를 발생시킴과 동시에 무의식적으로 그 소리를 자기가 듣게 하는 것입니다. 이 소리를 듣게 되면 지금까지와는 다른 인지통로가 만들어지게 된다는 것입니다. 다만 이미 강화되어 있는 통로가 있기 때문에 소리를 한두 번 듣는다고 해서 새로운 통로가 완성되는 것이 아니므로, 시간을 갖고 천천히 생각의 흐름을 바꿔 가는 연습이 필요합니다.

우리 내부의 특정 인지통로를 강화시키는 일을 가장 잘하고 있는 것은 광고입니다. 광고는 "당신이 지금 가지고 있는 것은 이미 한물갔습니다"라는 생각을 지속적으로 하게 해서 우리들로 하여금 은연중에 그런 식으로 세상을 해석하도록 하는 힘이 강하기 때문입니다.

자기 스스로 자유로운 의사를 가지고 그렇게 생각하는 것 같지만 정보를 생산하는 사람들이 우리로 하여금 그렇게 생각할 수밖에 없도록 한 것이 너무나 많다는 것입니다. 따라서 자신의 욕망이 자신 스스로의 욕망인지 아니면 외부의 가치체계에 의해서 움직이고 있는 욕망인지 빨리 알아차려야 하며, 번뇌를 만드는 욕망인지 번뇌를 떨쳐 버리는 욕망인지도 잘 헤아려, 내외부의 해석체계에 대해서 불필요하게 흔들리지 않도록 마음흐름을 지켜보는 연습을 해야 합니다.

마음 지켜보기는 일어나고 사라지는 심리 현상에 대해서 그냥 흘러가도록 하는 것입니다. 특정한 색깔을 가진 마음이 일어나기를 바라지도 않고 일어나지 않기를 바라지도 않고 그냥 지켜보는 것이지요.

아울러 마음작용이 일어나게 되는 과정에 대해서 깊이 있는 학습을 하게 되면, 자신의 마음흐름을 이해하고 받아들이는 힘이 생기게 되므로, 마음에 대한 학습과 마음 지켜보기를 함께하는 것이 좋습니다.

충동구매를 하게 됩니다

― 평상시에는 공부한 대로 물질이나 상품에 대한 욕구를 내려놓게 되는데요. 여행이나 대형마트, 혹은 백화점에 갈 때 나도 모르게 충동구매를 하게 됩니다. 어떤 연습과 훈련을 해야 할까요?

마트에 갈 때는 살 것들을 메모해서 가지고 가십시오. 그냥 가게 되면 100퍼센트 자기가 생각했던 것보다 더 사게 됩니다. 목록을 반드시 써서 가야 합니다. 그리고 '오늘 구입할 목록에 써 있지 않은 상품은 절대 사지 말자'라는 자기와의 약속을 지키는 훈련을 해야 합니다. 그리고 필요한 걸 산다고 해도, 이것이 왜 필요하지? 정말 필요한 건가? 라고 묻고 물어 꼭 필요한지 알아보는 훈련을 하는 것도 중요합니다.

특히 1+1 상품 있지요? (일동 웃음) 이거 대부분 손해입니다. 또 할인행사도 마찬가집니다. 99퍼센트 구매자들이 손해인 거래입니다. 판매자들은 절대 손해를 보는 장사를 하지 않는 법이니까요. 모든 할인은 당장 필요하지 않은 것들을 미리 사게 하는 마력이 있습니다. 아무리 싸게 파는 것 같이 보여도, 소비자 전체의 입장에서 보면 궁극적으로 소비자들이 비싸게 사는 구조입니다.

그래서 목록을 작성해 당장 필요한 것만 사고, 할인행사에 현혹하지 않는 등, 광고를 이겨 내는 훈련을 하지 않으면, 지금 공부하는 것들이 다 도로아미타불이 되고 맙니다.

내 소원을 위해 기도하는 게 나쁜 건가요

– 목표나 소원을 두고 그것을 위해 기도하는 게 나쁜 일인가요?

나쁜 일은 아니지만 기도를 하는 것과 기도가 이루어지는 것은 아무 상관이 없습니다. 보통 기도하는 것을 좋다고 생각하는데, 기도의 내용이 지금의 나한테는 없는 것을 전제하게 된다면, 자칫 자신을 부족한 사람으로 만들기 쉽습니다. 아울러 부족한 부분을 위한 기도를 이어 가게 되므로 이미 이루어진 자신의 삶을 그 자체로 온전히 기뻐하지 않을 확률이 크지요. 기도하면 할수록 기도한 내용이 아니라 부족한 자기를 만들게 되니 기도가 이루어질 리도 없고, 이루어졌다 하더라도 다시 부족한 부분을 찾아 기도하는 습성을 만들었으니 이루어진 것조차 이루어지지 않은 것과 같지요. 따라서 목표가 기도의 내용이 되어선 안 되고 지금 하고 있는 그 일이 자신의 온전한 삶임을 자각하고 그것을 즐겁게 하는 상태를 유지하려는 마음씀이 진정한 기도라고 할 수 있습니다. 목표나 소원이 성취된 나를 존중하는 것이 아니라 그 일을 하고 있는 나를 온전히 존중하는 일이 가장 훌륭한 기도라는 뜻입니다.

보통사람도 성인이 될 수 있을까요

– 우리처럼 평범한 사람도 성인이 될 수 있을까요?

성인이 되려고 하지 마십시오. 우리 신체는 한 사람으로 보면 특별한 사람이지만 진화의 과정으로 보면 다른 사람 또는 다른 생물체와 마찬가지로 초기 세포가 수십억 년의 역사를 지나면서 자연선택과 공생을 바탕으로 이루어진 것입니다. 그러므로 몸을 잘 데리고 사는 것은 아무것도 아닌 것 같지만 가장 잘 사는 것입니다. 우리 세포가 역사를 살아오면서 선택한 것은 유전정보로 남아 있습니다. 부모님께서 금생을 살면서 획득한 형질은 아주 특별한 경우가 아니라면 자식에게 전해지지 않습니다. 유전정보의 변이는 쉽지 않다는 것이지요.

니체가 말하는 초인은 인간을 넘어서는 것을 뜻하지만, 이는 인간이 자기의 삶을 제대로 사는 것이 아니라 학습된 이미지나 광고 등에 의해서 살기 때문에 이를 넘어서 오롯이 자기로 살아야만 된다는 뜻입니다. 오롯이 자기로 사는 것이 초인이라는 것이지요. 그러므로 성인이 되려 하지 마시고 살아가는 걸음걸음마다 자기를 담아 내야 합니다. 니체에 의하면 하늘의 이미지를 가진 성자는 잘 못된 것이고, 제대로 된 성자는 땅을 걷고 있으면서 오롯이 자기를 사는 평범한 사람들입니다. 생명의 역사는 '가장 흔한 것이 가장 잘 사는 것'입니다. 하늘 같은 위대한 사람을 추종할 필요가 없습니다. 성인은 어떤 시대에는 맞았는지 몰라도 시대가 바뀌면 다르다는 것을 잘 살펴야 합니다.

성인이란 훌륭한 분이라는 전제가 깔려 있어 자칫하면 속게 됩니다. 자기나 시대가 만든 이미지에 자기가 속은 것입니다. 그래서 임제 스님은 제일 듣기 싫은 말이 '부처'라고 했습니다. 부처란 이름을 붙이면 그 테두리에 들어가 밖으로 나오지 못하는데, 그 테두리를 스스로 만들면서 자기의 삶을 온전히 살지 못하게 된다고 본 것입니다. 그렇게 살지 말라고 말하는 것이 부처님의 가르침입니다. 많은 경우 부처를 따르면서 부처님의 가르침과 어긋난 행동을 하고 있는 것이지요. 많은 신앙인들이 그렇게 합니다. 성의를 말하면서 성의를 저버리는 행동을 하는 것이죠. 도덕적으로 문제가 없어도 신체나 생각이 지닌 사고의 자유도에 있어서는 부처의 교리와 어긋나는 행동을 하고 있다는 것입니다.

중요한 것은 잘 먹고, 잘 걷고, 호기심을 갖고 재미있게 사건·사물을 보는 것이며, 고요하게 자기를 지켜보는 공부를 하는 것입니다. 직간접적인 공부를 통해 사유의 패턴이 바뀌는 것을 경험하면서 특정한 양상에 집착하지 않는 마음을 쓰는 것입니다. 자기의 패턴을 이해하고 그 패턴이 삶의 역사를 통해 만들어진 것을 이해하며, 다른 사람은 다른 패턴을 갖고 있다는 것을 이해하면서 자기만의 이해척도를 고집하지 않는 것이 공부이며 지혜로운 마음씀입니다.

성인은 특별한 사람이 아니라 지혜로운 사람입니다. 배우고 익혀 얽매이지 않고 자신과 이웃 생명체들과 공생의 관계망을 이루는 능력이 지혜입니다. 그리고 그런 것을 알아가는 게 공부하는 삶입니다.

윤회란 무엇인가요

– 전에 특강할 때 스님이 윤회에 대해 이야기해 주셨어요. 윤회가 무엇인지 궁금해요.

뇌과학에 의하면 세포끼리 이야기를 주고받는 것을 정신이라고 합니다. 물론 사람과 사람끼리 주고받는 이야기만큼 분명하게 드러나지는 않지만, 세포들끼리 분명하게 정보를 주고받고 있으며, 이 때문에 안다는 사실이 발생하게 된다는 것입니다. 세포를 이루고 있는 것만 놓고 본다면 물질에 지나지 않는 것처럼 보이지만 하나의 세포가 이웃세포와 관계를 맺으면서 정보를 주고받는 것으로 보면 물질인 것 같은 세포가 온전히 정신활동을 한다는 것이지요. 따라서 물질과 정신의 구분 또한 불분명하며, 물질이라고 할 때도 그것에 대해서 온전한 이미지를 그리기 어렵고, 정신 또한 마찬가지라고 해야겠지요. 정신이면서 물질이며 물질이면서 정신인 상태를 언어이미지로는 분명하게 포착하기 어렵기 때문입니다.

옛날에는 물질(수정란)과 정신(신성)을 별개로 여겼기 때문에 정신은 물질 밖에서 물질 속으로 들어가는 어떤 것일 수밖에 없다고 생각했습니다. 이는 인간이 갖는 언어이미지를 통한 세계 이해의 한계라고 할 수 있겠지요. 그래서 어떤 학자는 언어가 의식을 규정한다고까지 이야기한 것 같습니다. 불교에서는 이와 같은 이해가 이름이나 모양에 따른 분별에 지나지 않는다고 이야기할 뿐만 아니라, 이름과 모양만을 좇는 언어 분별이 생명의 실상을 가리고 있다고 보았습니다. 그럼에도 불구하고 이름과 모양에 따른 언어 구분과 구분된 현상 이면에 실체가 있다는 생각이 끊임없이 일어나면서 자아에 대한 고정된 실체를 상정하고 그것이 자기의 본질이라고 여기는 인지습관이 이어지고 있지요. 이런 상태를 윤회라고 합니다.

곧 윤회의 주체가 있어서 윤회라는 말이 성립되는 것이 아니라, 그와 같은 사유습관이 이어지는 것이 윤회라는 것입니다. 실체로서의 자아가 상속되는 것이 아니라, 자아에 대한 잘못된 이해가 상속되는 것이 윤회라는 것이지요. 이렇기에 불교에서는 그와 같은 실체로서의 자아가 없다는 무아(無我)를 이야기하게 됩니다. 변치 않는 실체로서의 자아는 부정했지만 인연의 관계망에서 변화하는 자아, 공생으로 상속되는 자아, 수평·수직적으로 생명의 정보를 주고받는 연기적 자아의 상속까지를 없다고 하는 것은 아닙니다. 연기적 자아는 변화하는 것, 공생된 것, 정보를 주고받는 것의 주체가 아닙니다. 인연의 장 전체가 그렇게 작용하고 있기 때문입니다. 그러므로 사람과 같은 다세포 생명체들은 세포들끼리 정보를 주고받으면서 받아들인 정보에 대한 일반상을 만드는 것이 중요한 일이었을 것입니다. 언어이미지와 같은 개념의 동일성이 담보되어야만 정보교류가 이루어질 수 있기 때문입니다.

생명체가 지구상에 나타난 이후 생명체가 하는 중요한 일 가운데 하나는 자신과 관계맺는 이웃의 정보를 어떻게 파악하느냐는 것일 수밖에 없었다는 것입니다. 생존에 유리한 것인지 불리한 것인지를 파악하는 일이야말로 자신의 삶을 이어 가는 척도였기 때문이지요. 곧 생명활동은 내외부의 생존환경에서 일어나는 정보를 분류할 수 있는 능력이 있느냐 없느냐에 달렸다고 해도 과언이 아니었을 것이라는 뜻입니다.

또한 물질이면서 정신이고 정신이면서 물질이기에 물질들이 갖는 고유한 화학성질과 모양을 알아차릴 수 있었다는 것이며, 물질들의 변이가 갖는 다양성에 따라 정신활동이라고 할 수 있는 분류목록도 많이 만들어졌다고 하겠지요. 그러므로 고유한 무늬가 있는 것으로 보면 자아가 있는 듯하나, 새로운 관계망에 따라 자아의 구성체가 달라지면서 새로운 자아가 지속적으로 만들어지기 때문에 새로운 자아가 창발되는 사건들의 연속이 생명의 진화라고 할 수 있겠지요. 생명의 진화는 내외부의 관계에 따라 생명정보가 바뀌면서 상속돼 왔으나 세포막 안을 동일체로서의 자아라고 여기는 일반상 또한 상속되었기에, 내용상으로는 바뀌었지만 언어의 개념상으로는 바뀌지 않는 것처럼 이어졌다는 것입니다.

하나의 사건·사물도 관계망 전체가 움직이면서 변이하는 것이므로 '나만의 나'는 언어분별 이외에는 없다는 것이지요. 그러므

로 무아에 대해서 지금 작용하고 있는 나가 없다고 받아들이는 것
도 잘못된 이해이지만, 변치 않는 자아가 시간여행을 한다고 생각
하는 것 또한 잘못된 이해라고 하겠습니다.

뇌과학에서는 자아의식을 만들어 내고 있는 부분이 따로 있
는 것 같다고 하면서, 그 부분을 섬엽으로 지정하고 있습니다. 왜냐
하면 뇌의 섬엽 부분에 자기장을 걸어 그 부분의 활동을 정지시키
면 자아의식이 사라질 뿐만 아니라, 자기 사진을 보고도 그것이 자
기 사진인 줄 모르기 때문이라고 합니다. 다른 이미지를 알아차리
는 데는 큰 문제가 없지만 자아의식이 동반되지 않는 인지가 발생
한다는 것입니다. 자아의식을 만든 물질이지만 관계망과의 이야기
통로가 막히면 자기 이야기를 드러낼 수 없다는 것이지요.

그러므로 세포들끼리의 인지 공동네트워크가 정신활동이라
는 것이며, 이런 공동체 네트워크가 통합적으로 인지되어서 나타
나는 것 가운데 하나가 '자아의식'이라는 것입니다. 인지통합의 자
아가 있기 때문에 자아가 있는 것처럼 생각되나, 실상은 자아가 있
는 것이 아니라 60조 개의 세포가 서로 인지적으로 통합해서 생명
활동을 자아처럼 한다는 것입니다. 대부분은 무의식으로 처리되고
의식으로 발생하는 것은 그렇게 많지 않지만, 인지능력이 통합되
지 않으면 우리가 존재할 수 없어서 항상 통일된 상태로 느끼도록
한다는 것이지요. 60조 개 안에서는 끊임없이 변이가 일어나도 전
체를 하나의 공동체로 인지하도록 하는 것이 '자아'라는 것입니다.
변이되지 않는 자아는 없지만, 그것을 시공간적으로 하나의 공동

체로 여기는 인지적 습관이 연속된다는 것입니다.

따라서 지금의 나를 동일하게 끌고 가려고 하는 것은 인지의 오류입니다. 똑같은 나로 계속해서 존재할 수 없는데도 그런 나로 존재하고 싶어 하는 것은 환상에 지나지 않는다는 것입니다. 불교에서는 이런 심리상태를 '집착'이라고 합니다. 집착이라는 인지상황은 있지만 현실적으로 일어날 수 없는 상황이니까 자기인지와 현실이 어긋나게 됩니다. 어긋나므로 고(苦)가 발생하고 고통스러운 삶이 있게 된다는 것입니다. 사건과 사물에 대한 잘못된 인지를 고집하여 집착하는 사유가 연속되는 삶이 윤회이기 때문입니다. 세상의 모든 것들은 기본적으로 인연의 끈에 따라 자아의 공동체를 만들면서 변이하기 때문에 공동체로서의 연기적 자아가 없는 건 아니지만, 연기적 자아는 변이하는 자아이기에 자아라고도 할 수 없다는 것입니다. 그러므로 변치 않는 주체로서의 자아상을 만들어 집착하는 것은 삶의 흐름과 어긋난 사유를 이어 가는 것에 지나지 않는다고 하겠습니다.

인도의 브라만교에서 수정란 안에 들어갔다고 여기는 신성의 종류에 따라서 사람을 구별한 것이 좋은 예라고 할 수 있습니다. 곧 신성 가운데 생각하는 부분이 들어가면 높은 사람이 되고, 손발 부분이 들어가면 낮은 사람이 되며, 불가촉천민과 여성들은 신(神)적인 요소가 아예 들어가지 않았다고 본 사유습관입니다. 여성과 불가촉천민들도 사람은 사람이었지만 신성한 의미의 인간은 아니라는 것이지요. 더 나아가 신성을 가졌다고 하더라도 처음 태어났느냐, 거듭 태어났느냐 등의 차이를 설정하면서 인간의 카스트는 더욱 복잡하게 되고 말았습니다. 따라서 카스트를 규정하는 것은 변치 않는 신성으로서의 본질적 자아(아트만)가 있다는 것을 전제한 것입니다. 변하는 것은 본질적 자아가 없다고 여긴 것이지요.

불교에서는 그와 같은 영혼이 없기 때문에 사람들 간의 본질적인 차이를 부정했으며, 정신성과 상대하는 물질성이라는 것도 따로 없다고 보았습니다. 물질성처럼 작용하기도 하고 영혼성처럼 작용하기도 한다는 것입니다. 작용으로 드러난 것만 보면 물질인 듯하고 정신인 듯하지만 작용 이전을 보면 무엇이라고 표현할 수도 없습니다. 물질로 보일 때는 정신이 숨은 듯하고 정신으로 보일 때는 물질을 떠난 듯하지만 실상에서 보면 정신과 물질의 구분이 성립하지 않는다는 것입니다. 이 상태를 정신도 아니고 물질도 아니라고 이야기할 수는 있지만 분명한 이미지를 그릴 수는 없지요. 그래서 많은 물리학자들은 물질을 정보라고 하는 것 같습니다. 물질로 드러난 정보 또는 정신으로 드러난 정보라고 볼 수 있다는 것입니다. 그렇기 때문에 드러나기 이전은 드러난 정보처럼 완결된 형태라고 볼 수 없고 완결된 정보를 이루기 위한 기본으로서의 기본정보인 자·모음 상태라고 이야기할 수 있으며 기본정보의 모임에 따라 드러난 정보로서의 일반상이 있게 되며, 흩어지면 일반상이 사라진다는 것입니다. 우주라는 곳에 기본정보인 자·모음이 있는 것이 아니라 우주 그 자체가 정보의 자·모음이기 때문입니다. 우주인 정보의 자·모음이 인연 따라 특정한 상태로 드러나고 사라지는 것이 우주의 행위라는 것입니다.

　불교에서도 자아를 비슷한 개념으로 보고 있습니다. 내가 어떻게 행위하고 인식하느냐가 자신이라는 것입니다. 행위나 인식은 내외부의 관계망(연기적 조건)에 따라 이루어지므로, 시공간에 독존하는 자아가 있을 수 없다는 것이지요. 관계망의 중심들(모든 사건·사물들)은 독존이면서 관계망에 의해 독존의 지위를 갖게 된다는 것입니다. 각각의 변이하는 자아를 중심으로 관계의 배선들이 이루어졌다는 것이지요. 그러므로 사건·사물들은 세포막과 같은 막으로 보호되고 있지만 그 막은 구멍이 숭숭 뚫려 있고, 그 구멍으로 외부의 영향이 들어오면 나를 변이시키는 것입니다. 자아의 막이 뚫려 있어 외부의 영향이 들어오면서 새로운 자아상을 내부이미지로 만들어 간다는 것입니다. 나아가 창발적으로 이어지는 자아상의 다름들을 다시 하나로 얽어 상속되는 자아의 일반상을 만들지요. 내부의 인지체계가 그렇게 하는 것입니다. 만일 이 일이 일어나지 않게 되면 시시각각으로 변하는 정보의 색깔을 포착할 수 없어 인지에 혼란이 올 수밖에 없기 때문입니다. 자아에 대한 동일상도 그와 같이 만들어진 것입니다. 일반상으로서의 자아이미지를 만들어야 통일된 사유를 이어갈 수 있다는 것이지요. 그러므로 이 일반상이 내부의 인지 패턴에 따라 만들어졌다는 것을 모르고 그것을 실체로 알아차리는 상태를 윤회하는 상태라고 할 수 있고, 그것이 만들어진 것인 줄 알고 그와 같은 인지패턴에 집착하지 않는 상태가 윤회를 벗어난 상태라고 할 수 있습니다.

다만 이와 같은 상태를 바로 알아차릴 수 있는 뇌 신경망의 도로가 새롭게 만들어져야 다시는 만들어진 이미지에 속지 않게 되기 때문에 가열찬 학습과 수행이 필요하다고 하겠습니다.

부록

— 정화스님 특강

업장소멸, 집착 없이 사는 법

집착은 어디서 오는가

부처는 '인생은 고苦'라고 말했다. 그런데 이 말을 듣고 그냥 '인생이 고로구나'라고 받아들여서는 우리는 결코 고통에서 벗어날 수가 없다. 그러므로 '인생이 정말 고일까? 고란 무엇일까?'라는 질문을 던져 봐야 하지 않겠느냐는 말씀으로 강의는 시작됐다.

새로운 것들이 들어오면 그것에 맞게 내 몸을 변형시키면서 그것들과 조화를 이루는 과정이 인생이다. 사람, 사물, 사건, 관계 등 낯선 타자들을 만나고 그것들에 맞춰서 '나'라고 하는 것도 계속 변해 가는 것을 스님께서는 '불안정성과의 화해'라는 말씀으로 설명해 주셨다. 불안정성과의 화해란 외부의 조건에 맞춰서 내가 변화되는 것을 의미한다. 음식을 소화시키는 것을 생각해 보자. 음식이 몸속에 들어와서 원래 상태를 고집하고 있다면 몸은 생명을 유지할 수가 없다. 음식이 분해되고, 변형되어서 몸에 흡수될 수 있는 상태로 바뀌어야만 균형을 유지할 수 있다.

감정도 마찬가지다. 외부의 변화에 따라 일시적으로 흥분상태가 되더라도 곧 담담한 상태로 돌아와야만 생명은 안정적으로 살 수 있다. 왜냐하면 몸은 담담한 상태를 청정하고 살기 좋은 상태로 받아들이기 때문이다. 반면 흥분상태는 불안정한 상태다. 따라서 흥분상태가 일정 시간 이상 지속되면 죽게 된다. 그렇기 때문에 공간축과 감정축을 통해 의식활동을 하는 동물들도 항상 현재성 속에서 흥분상태를 경험하지만 무의식적으로 불안정한 흥분상태를 유지하고 싶어 하지 않는다.

그에 비해 인간은 공간축과 감정축 그리고 시간축을 통해 의식활동을 하고 있기에 언어논리를 통해 과거, 현재, 미래라는 시간을 만들고 공간을 개념화하는 능력이 있다. 그래서 좋다고 해석되는 흥분상태에 시간성을 개입시키면서 계속해서 그런 상태가 지속되기를 바라는 마음을 갖게 된다. 생리적으로 흥분상태가 오더라도 몸은 곧 평온한 상태로 가려고 하지만 시간축이 개입된 마음은 짜릿했던 상태를 유지하고 싶어 하는 것이다. 이렇게 일상의 상태가 아닌 흥분상태를 계속 원하는 것을 '집착'이라고 한다.

『아함경』에서는 이런 상태를 '자신을 속이는 짓'으로 보고 있다. 계속 흥분하는 상태를 욕망하면서 색(色) 등을 탐하는 상태를 마구니로 규정한 것이다. 마구니라는 말이 원색적이어서 나와 무관하다고 여기기 쉽지만 마구니는 도처에서 출몰한다. 예컨대 예순 살인 나이에 마흔 살로 보이기를 바라는 마음도 집착한다는 점에서 마구니적인 마음이라는 것이다. 늙는 것이 싫으니까 늙은 모습의 자기를 부정하는 마음이다. 병도 마찬가지이다. 살면서 병이

들지 않으면 좋겠다고 생각하지만 기본적으로 병증은 살기 위해 몸이 선택한 최선의 활동이다. 몸의 조화가 깨졌으니 잘 살펴 균형을 이루라는 신호이기 때문이다. 많은 경우 우리는 이룰 수 없는 것을 원하면서 희망을 갖지만, 이는 허상에 집착하고 있는 것이다. 이미 지나가 버린 좋았던 경험을 붙잡고 있는 것과 같다. 그것은 몸의 항상성, 즉 평온한 상태를 유지하려는 변이의 속성과 어긋난 바람이다.

생각과 일상의 간극은 너무나 커서 나열하기도 힘이 들 정도다. 세상에 내가 생각하는 아내상과 남편상에 꼭 맞는 아내와 남편이 있을까? 정말 그런 사람이 있다면 그것이야말로 이상한 일이 아닐까? 유전정보로 보면 서로 맞지 않는 것이 일반적이다. 생명체는 유전자 풀을 다양하게 해야 다음 세상을 살아갈 때 유리하므로 진화과정에서 가능한 한 자기와 다른 유전자 풀을 후손에게 물려주려 했기 때문이다. 그래서 적당히 같고, 적당히 다른 사람들끼리 끌리게 되는 것이다. 하지만 결혼해서 살다 보니 다른 부분만 점점 크게 느껴진다. 이것은 서로가 상대방을 있는 그대로 인정하는 것이 아니라 자신이 그린 이미지와 맞추어서 상대를 보기 때문에 벌어지는 일이다. 생명체는 서로가 근본적으로 맞는 것과 맞지 않는 것이 적당한 상태로 구성되어 있는데도 불구하고, 이 상태를 인정하지 않고 내가 원하는 상태로 상대를 보려 한다면 모든 것이 불만투성이일 수밖에 없다는 것이다. 되는 일을 고마워 하지 않고 되지 않는 일을 바라고 있으니, 어찌 인생이 괴롭지 않겠는가.

집착 없이 사는 법

괴로울 때 우리는 "내가 전생에 무슨 죄업을 많이 지어서 이렇게 괴로운가"라는 말을 자주 내뱉는다. 여기서 업이란 죄가 아니라 생명활동의 양상으로 보아야 한다고 정화스님은 말씀하신다. 아기는 태어날 때 부모에게서 DNA정보를 물려받는다. 이렇게 물려받은 DNA를 전성유전이라고 한다. 수정된 이후 이 전성유전 정보가 발현되는 과정에서 일정 부분은 태내 환경 등과의 관계에서 발현시킬 것인지 말 것인지를 정한다. 이를 메틸화라고 하는데, 이 부분을 후성유전체라고 한다. 극히 예외적인 경우를 제외하고는 메틸화과정은 수정란이 정해 간다. 이 부분만을 놓고 보면 부모님께서 "너는 네가 살 환경을 만나 네 세상을 살라"면서 정보를 오픈시켜 놓는 것과 같다.

스님은 '오픈된 정보'만 보아도 죄를 물려받는 것이 아니라고 하셨다. 누구도 전생의 죄업을 가지고 태어난 사람은 없다는 것이다. 그런데 사람들은 시간축을 통해 과거를 회상하면서 후회와 원망을 스스로 구성할 뿐만 아니라, 미래를 생각하면서 불안을 쌓아 간다. 부모세대 또한 이와 같은 경험을 했기 때문에 자식들에게 후회와 불안 없는 삶의 터전을 만들어 주기 위해 여러 가지 교육을 한다. 정보를 전하기 위해 언어를 사용하는데 현생 인류처럼 다양한 언어를 사용하게 된 것은 약 17만 년 전에 FoxP2라는 유전자의 변이가 있었기 때문이라고 한다. 그것에 비해 감정을 담당하는 영역의 유전은 수억 년 전으로 거슬러 올라간다. 즉, 정보를 전달하는

데는 다양한 언어를 통한 논리적인 내용보다는 걱정 등의 감정이 훨씬 더 먼저 있었다는 것이다. 그래서 부모님께서 온힘을 다해 자식을 키우지만, 자식은 부모의 걱정스러운 말을 들을 때마다 자기 인생을 걱정스럽게 보는 감정을 더 깊고 크게 전달받게 된다. 정보뿐만 아니라 후회와 불안을 함께 물려주는 상황이 되고 만 것이다.

이렇게 되는 것은 걱정스러운 표정과 말을 따라하는 거울 뉴런의 신경망이 활성화되기 때문이다. 인생을 걱정하는 습관이 강화된 것이다. 이 마음을 내려놓기 위해서는 지금의 자기를 있는 그대로 인정하고 긍정하는 훈련을 해야 한다. 그러다가 훈련의 결과가 임계점을 넘게 되면 걱정하는 통로는 약해지고 편안한 통로는 강해지면서 과거(후회)와 미래(불안)를 왔다 갔다 하는 습관도 사라져 간다.

결국 우리가 겪고 있는 고통은 스스로 지어 낸 망상을 내려놓지 못하고 집착한 결과에 지나지 않는다. 이제 궁금하지 않은가. 집착 없이 사는 삶, 업장이 소멸된 삶 말이다. 그래서 준비했다. 스님이 알려주신 집착 없이 사는 법을 공개하니 모두 주목하시라.

첫째, 사랑받으려고 하지 말고 먼저 사랑하라. 물론 억지로 사랑할 필요는 없다. 하지만 내가 사랑을 받고 싶다면 그만큼 먼저 사랑을 하라. 더 중요한 것은 그냥 사랑하는 것이다. 누구를 사랑하는 것 같지만 사랑하는 그 마음은 온전히 자신의 현재를 사랑으로 흐르도록 하니 바람 없이 담담하게 사랑하시라.

둘째, 자신이 좋아하는 일을 하라. 외부의 가치 기준에 맞춰 하기 싫은 일을 억지로 하지 말고. 그러기 위해서는 다른 사람과 비교하는 것을 멈추어야 한다.

앞에서 언급했듯이 우리의 몸은 기본적으로 담담한 상태를 유지하고자 한다. 외부 조건은 끊임없이 바뀌므로 그 조건에 따라 부유하게 되면 고요하고 평화로운 삶을 살기 어렵게 된다. 하여 어떤 상황에서든 안정된 마음상태를 유지하려는 노력이 필요하다. 이것이 불안정성과의 화해인 것이다. 정화 스님은 담담한 상태를 자극적인 맛이 아닌 아무 맛도 없는 물맛으로 비유해 주셨다. 행복이란 흥분되고 자극적인 상태가 아니라는 말이다. 행복은 물처럼 담담하고 평범함에 있다는 것. 그것은 외부의 조건이 충족시켜 주는 것이 아니라 내 마음의 지복감에서 비롯됨을 알려주셨다. 자기가 해석하는 세계가 자기가 만나는 세계이기 때문이다. 삶이 고통스럽고 남 탓하는 마음이 올라오면 상기하자! 내가 망상과 집착에 사로잡혀 있는 것이 아닌지를! 그럼 오늘부터 집착 없이 사는 법을 함께 실천해 보기로 하자!

강의정리_감이당

만족한 삶을 사는 법

착한 벗 만들기

『논어』에 "벗이 멀리서 찾아오니 기쁘지 아니한가"라는 말이 나온다. 불교 경전 중 『아함경』에도 이와 비슷한 말이 있다. "나와 수행을 같이 하는 사람들 중에 착한 벗이 있다. 착한 벗이 같이 있다는 것만으로도 나의 수행은 반쯤 이루어진 것 같다"라고 하니, 부처님께서 말씀하셨다. "수행이 반쯤 이루어진 게 아니고 수행이 다 이루어진 것이다"라고. 수행이란 내가 어떤 사람과 만나고 생활하는가의 문제라는 것을 알게 해주는 대화이다.

그렇다면 '착하다'를 어떻게 정의할 수 있을까? 우리들 대부분은 착한 사람이라고 하면 타인을 위해서 자기를 희생하는 사람이라고 생각한다. 그것은 치우친 생각이다. 인간은 자기 혼자 희생하여 상대에게 무언가를 해주려고 하면 시간이 지나면서 심신이 피로하게 되어 계속하여 착한 일을 지속할 수가 없다. 상대가 설사 자식이나 남편이라고 할지라도 내가 힘들면 그 일을 지속할 수가 없다. 특수한 경우가 아니라면 말이다.

착하다는 것은 첫째, 자기한테 좋아야 하고 둘째, 타인한테도 좋아야 한다. 그리고 오늘도 좋지만 내일도 좋아야 한다. 자기한테는 좋지만 타인한테는 싫은 경우가 있는데, 그때는 하지 말아야 한다. 여기서 문제는, 우리는 착하다의 첫째 조건인 자기한테 좋은 것이 무엇인지를 정확하게 모른다는 것이다. 자기한테 무엇이 좋은가를 알려고 하면 먼저 내 몸과 마음의 상태를 잘 살펴서 어떤 상태가 내 몸과 마음을 가장 편안하고 아늑하게 하는가를 알아야 한다. 그리고 편안하고 아늑한 범주를 깨뜨리지 않는 관계를 만들어야 한다. 그러려면 상대에게 내 몸과 마음이 원하는 것을 정확히 전달해야 한다. 그렇지 않고 타인과의 관계맺음에 있어서 자신의 편안함과 아늑함을 희생하려고만 한다면 그 관계는 불편하게 되고, 그것이 지속된다면 고통만을 낳을 것이다.

둘째 조건인 타인한테도 좋으려면 상대에게 원하는 것이 적을수록 좋다. 우리는 기질상으로도 또 서로가 살아오는 과정에서도 세상하고의 관계맺음의 강도가 각기 다르다. 그러므로 가장 공통적인 어떤 것들 외에는 될 수 있는 대로 원하지 않아야 한다. 이때 가장 중요한 것은 내가 상대를 있는 그대로 좋아하는 훈련을 하는 것이다. 상대를 있는 그대로 좋아하는 것은 그냥 되는 것이 아니다. 훈련을 계속해야 이루어지지, 훈련하지 않고서는 이루어지지 않는다. 그렇게 좋아하는 훈련을 계속 하다 보면 신체 내부에서 도파민, 세로토닌이라는 신경전달물질이 나와서 마음이 기쁘게 되고 마음이 기쁘게 되면 몸도 또한 좋아지게 된다.

그러니까 바라는 마음이 적으면 상대를 좋아하기 쉽고, 상대를 좋아하는 그 마음에 의해서 자신 또한 즐겁게 되기 쉽지만, 상대를 내 뜻대로 하려 하면 나도 괴롭고 상대 또한 괴롭게 되기 쉽다. 내 마음먹기에 따라 천당과 지옥을 넘나들 수 있다는 것이다. 그래서 함께 길을 가는 사람들을 있는 그대로를 좋아하는 것은 실상에서 보면 기뻐하는 마음과 좋아하는 마음을 기르는 것이 된다. 인생에 이것보다 더한 완성이 있을 수 있겠는가? 그래서 부처님께서 착한 벗을 만났으면 너의 수행이 완성되었다고 말한 것이다. 이런 일은 오늘도 좋지만 내일도 좋기 때문이다.

만족한 삶을 원한다면 훈련하라!

자신이 상대에게 원하는 것을 최소화시켜 놓고 있는 그대로를 좋아하려면 사랑스럽게 말하기가 중요하다. 불교에서는 사랑스런 말하기가 실천해야 할 과제 중 하나인데 그것이 자비(慈悲)의 마음을 증장시키는 일이기 때문이다. '자'(慈)라는 말은 상대방에게 즐거움을 준다는 뜻인데 상대방을 있는 그대로 사랑하는 노력이라고 할 수 있고, '비'(悲)는 상대방의 아픔을 없애 준다는 뜻인데 상대의 아픔에 공감하고 함께 아파하면서 그 아픔을 없애려는 노력이라고 할 수 있다. 폭언은 말할 것도 없지만 겉으로 보기에 점잖은 말일지라도 말 속에 가시가 들어 있을 때도 문제다. 그와 같은 말을 하고 있는 사람도 아픈 상태이기 때문이다. 그러므로 그와 같은 말을 들었다면 기분 나빠하지 말고(쉽지는 않겠지만), '저 사람은 지금 남의 말을 하면서 스스로 벌을 받고 있구나'라고 빨리 알아차려야 한다(기분 나쁘게 하는 말을 할 때는 스스로를 벌하는 신경전달물질이 나온다). 그리고 횟수가 잦아질수록 벌받는 통로가 강화되어서 벌받는 삶을 살 텐데 하면서 '참으로 아프겠구나'라는 비(悲)의 마음을 진심으로 일으켜야 한다.

그리고 자(慈)의 마음, 곧 누군가를 있는 그대로 사랑하려면 자신을 있는 그대로 사랑해야 한다. 자신을 사랑스럽게 보고 자신에게 사랑스러운 말을 해주는 것이다. 자기 자신한테 칭찬과 사랑스러운 말을 계속하다 보면 그렇게 말할 수 있는 내부통로가 강화되어 다른 사람한테도 그런 말을 할 수 있는 확률이 높아진다. 그러다 보면 자기도 좋아지고 상대도 좋아지게 된다. 좋은 말이 신체의 공명채널을 바꿨기 때문이다. 나아가 사랑스러운 감성을 키우는 공명통로를 확장해 놓았기 때문에 오늘도 좋은 일이 많아질 수 있고 내일은 좋은 일이 더 많아질 수 있다. 왜냐하면 마음작용은 순간순간 만들어지는 내부이미지를 통해서 드러나게 되는데, 자비심을 만들어 내는 내부통로가 강화됐다는 것은 순간순간 만들어지는 내부이미지에 자비심이 스며들 확률이 높아졌다는 것이기 때문이다.

세상을 바로 보는 견해

세상은 순간순간 변하고 있기 때문에 지금 그 자체에 자족하는 삶을 살아내는 것이 온전히 자신의 삶을 사는 것이 된다. 특정한 양상에 머물러 있기를 바라는 것은 집착이며 번뇌를 만드는 지름길이다. 길이 도(道)가 되는 이유이며, 물[水]이 흐르는 것[去]이 법(法)이 되는 까닭이다. 흐름을 이어 가는 길이 그 자체로 도이며 법이라는 것이며, 그와 같은 흐름을 온전히 사는 것이 깨달은 사람의 발걸음이라는 것이다. 그러므로 물처럼 유연하게 흐를 때, 그때 부처가 탄생하게 된다. 부처님이 태어나신 땅을 지족천(知足天), 곧 만족함을 아는 곳이라고 하는 데서도 이를 짐작할 수 있다. 흐르는 걸음마다 만족을 담아 내는 삶이 부처로서의 삶이라는 것이다.

"자신을 사랑스럽게 볼 뿐만 아니라 타인을 사랑스럽게 보는 훈련을 하고, 자신이 좋아하는 일을 하면서, 일어나지 않은 미래를 걱정하지 말고, 지금 현재를 충분히 좋아하는 삶을 살면 그것이 바로 부처의 삶을 사는 것이다"라는 말씀으로 정화 스님은 강의를 마무리하셨다.

정화 스님의 『아함경』 강의를 듣고, 내가 좋아하는 일이 진정 무엇인지를 알려면 나의 몸과 마음에 대해 늘 깨어 있어 나 자신을 수시로 점거하면 되고, 내가 좋아하는 일을 행으로 옮기려면 남의 눈에 비친 내 모습에 연연하지 말고 당당히 내가 좋아하는 일을 하며, 상대와 공감하기 위해서는 상대를 나의 기준에 맞추려 하지 않고 있는 그대로를 좋아하는 훈련을 하면 된다는 것을 알았다. 지금까지 익혀 온 습을 버리는 것이 쉽지는 않겠지만, 안 되면 안 되는 그 지점부터 또 다시 시작하여 그것이 내 몸에 새로운 습이 되는 날

까지 반복 또 반복 훈련하련다. 왜냐면, 나는 지금 앎이 삶이 되기
위해 공부하는 중이니까!

강의정리_감이당

외로움에 대하여

홀로 있음이 온전한 상태가 되도록

'내 삶이 무엇인가?'라는 질문이 생겼을 때 '홀로 있음'과 '외로움' 그리고 '고독' 등과 같은 삶의 양상에 대해서는 부정적인 생각을 할 확률이 높다. 그러나 지금은 예전과 달리 그와 같은 삶의 양상이 넘쳐나고 있다. 따라서 익숙한 생각에 대해서도 달리 보지 않으면 안 되게 되었다. 지금은 삶과 삶의 양상에 대해서 '무엇' 또는 '어떻게'라는 질문을 하는 것이 굉장히 중요한 시대가 되었다는 것이다.

불교에서 말하는 수행(修行)이란 행(行)을 닦는다는 뜻이다. 행이란 생각하는 일과 말하는 일과 행동하는 일을 뜻하기 때문에 행을 닦는다는 것은 지금까지 익혀 왔던 익숙한 생각하기, 말하기, 행동하기를 내려놓고 현재의 모든 인연과 조화로운 생각의 길[道], 말의 길, 행동의 길을 걷고자 하는 것[修]이다.

지금까지 살아온 것은 과거이며, 비생물체를 포함해서 모든 생명체가 존재하는 것은 현재의 한순간이다. 과거를 경험했지만 과거를 사는 것이 아니고, 미래를 추상하지만 미래를 사는 것도 아닌 지금 여기를 사는 것이다.

사람은 다른 생물체들과 달리 시간을 연속적으로 추상하는 신피질이 발달하였다. 우리 뇌는 호흡 등 생존에 기본이 되는 일과 공간을 분별하면서 자신의 위치를 무의식적으로 가늠하는 뇌간 등의 속뇌(파충류의 뇌)와 감정·기억 등을 담당하는 편도체·해마 등의 중간뇌(포유류의 뇌), 그리고 시간축을 해석하면서 고차원적인 언어생활·판단·예측 등을 하는 신피질 영역인 겉뇌(사람의 뇌)의 삼중구조로 되어 있다. 이중 진화과정에서 가장 늦게 나타난 신피질의 기능 가운데 하나인 시간을 추상하는 능력에 따라 과거의 기억을 토대로 지금 발생하는 정보를 해석하고 있으므로 과거가 현재로 들어오는 것과 같고, 다시 이를 토대로 미래를 예측하므로 과거와 현재가 미래로 들어가는 것과 같다. 시간의 어느 순간일지라도 과거·현재·미래가 함께하고 있는 것과 같다는 것이다.

언어 추상과 시간축에 대한 해석은 좋든 나쁘든 인류의 삶에 중요한 영향을 미쳐 다른 생명체보다 우뚝 서게 하였다. 이런 능력은 현재를 사는 데 도움이 되긴 하지만 자칫 잘못하면 과거가 현재에 강력한 영향을 주어 현재를 못 살게 하거나 미래 추상으로 인해 현재를 있는 그대로 못 살게 만든다. 깨어 있을 때의 인지활동뿐만 아니라 잠에서조차 시뮬레이션하고 있는 인지활동 그 자체는 현재이지만, 이 현재는 현재를 해석하기 위해 과거의 기억이 개입된 현재이며, 과거가 개입된 현재가 미래를 예측하므로 과거가 현재와 미래에 영향을 주기 때문이다.

따라서 우리 삶은 현재를 살지만 시간축을 이어 살고 있으며, 공간을 분할하며 살지만 이웃생명체와 환경과 공생으로 살고 있다. 그런 가운데 개체의 삶을 살아내는 것이다. 그러므로 함께의 시공간과 홀로의 시공간이 모순처럼 얽혀 있다고 하겠다. 하여 함께 또는 홀로의 어느 한쪽을 지나치게 강조하는 것은 생명이 살아온 역사에 어긋나는 사유 태도이다. 다만 지금처럼 개체로서 자기 삶을 살아낸 현상이 강하지 않았기에 함께라는 쪽이 지나치게 강조된 면이 없지 않다. 그렇다 보니 어떤 면에서는 홀로 자신의 삶을 보면서 사는 경험을 하지 못했다고도 할 수 있다. 아울러 홀로 산다는 것을 부정적으로 여기기 쉽기 때문에 지금 여기를 온전히 살아낸다는 것은 상대적으로 약하다는 말과 같게 느낀다. 지금부터 홀로 있음이 온전히 자기 삶이 되도록 생각의 통로를 바꾸지 않으면 미래에 홀로 있게 될 때 잘 살고 있음에도 불구하고 부정적으로 해석할 확률이 높아질 것이다. 과거에 경험한 문화·생물학적 삶의 형태와 현재 삶의 상태가 다르므로 자신의 생각통로를 새롭게 만들어 내는 것이 중요하다. 그러기 위해서는 자신에게 무엇을 욕망할 것인가를 잘 물어야 한다.

몸은 40억 년의 기억을 가진다

물음의 출발점은 몸과 마음을 잘 이해하는 것이다. 곧 몸과 마음으로 수행을 해야 한다. 최근에 밝혀진 사실에 의하면 몸과 마음을 분리할 수 없다고 한다. 이 말은 몸의 건강이 사유의 건강성을 담보해야 되고, 사유의 건강성이 몸의 건강을 담보해야 된다는 것이다. 예전에는 몸은 물질의 영역에 속하고, 마음은 다른 특수한 영역에 속하는 것처럼 생각했지만, 연구 결과 그렇지 않다는 것이다. 하나의 사건이 몸과 마음인 것이지 분리된 두 개가 결합되거나 물질이나 마음으로 나눌 수 없다는 것이다. 그러므로 몸을 잘 돌보는 것은 마음을 잘 돌보는 것이고, 마음을 잘 돌보는 것은 몸을 잘 돌보는 것이다.

몸을 잘 돌보는 것은 외부에서 에너지를 섭취하는 것이다. 따라서 무엇을 먹을 것인가가 중요하다. 광고로 인해 맛있는 무언가가 있는 것처럼 얘기되지만 실제로는 몸이 원하지 않는 것이 많다. 과거가 현재로 드러난 것이 몸이기 때문이다. 곧 40억 년 전 지구의 조건으로 자기를 복제하고 무엇인가를 할 수 있는 능력이 생긴 생명체가 지금까지 지속적으로 자신을 상속하고 있으므로 몸의 나이가 40억 살이나 되기 때문이다. 그런 차원에서 세포는 한 번도 죽은 적이 없다. 정보의 상속이 끊임없이 이어졌다는 것이다. 그렇기에 몸은 무엇을 할 것인가를 무의식적으로 반응하는 영역이 크다. 몸에서 형성된 정보가 100이라면 이 정보가 의식으로 발현되는 것은 1도 되지 않는다. 몸이 형성한 정보 중 아주 작은 일부만이 의식으로 드러난다는 것이다.

암은 이웃세포와 소통이 끊어진 것

의식되지 않는 상황에서 몸은 안과 밖의 상황에 따라, 자기 몸을 잘 살아내게 하는 일들을 끊임없이 하고 있다. 그 가운데 가장 중요한 것이 바로 '무엇을 먹을까?'이다. 술을 마시거나 담배를 피우는 것은 40억 살 세포 차원에서 보면 지극히 비정상적인 행위다. 담배에는 시민단체에서 얘기하는 바로는 발암물질이 들어 있다고 하는데 1980년대에는 40가지 종류가 들어 있다가 근래는 60가지 종류로 늘어났다고 한다. 발암물질이란 정상세포의 단백질을 비정상적인 단백질로 변형시켜 암세포가 되도록 한다는 뜻이다. 아니면 하루 평균 3천여 개가 생기는 암세포를 면역세포가 없애는 것을 방해하는 물질이다.

이렇게 생긴 암은 이웃세포와 이야기를 나누는 통로가 끊어진다. 그래서 자기가 무엇을 할지 모른다. 즉, 어떤 스위치를 켜고 끌지를 알 수 없어 계속 증식만 하는 것이다. 이 스위치를 켜고 끄는 것은 내 위치를 알고 내 이웃이 누군지 알 때만 가능하다. 이웃을 알 수 없을 때는 자기가 할 일조차 알 수 없어 세포는 계속해서 자기복제만 한다는 것이다. 발암물질이 60종류로 늘어났다는 것은 이웃과 이야기하는 통로가 더 많이 끊어질 수 있다는 것을 뜻한다. 세포들은 특정한 화학 분자를 방출하면서 서로서로 이야기를 하는데, 이는 사람들이 말을 할 때 공기분자를 떨리게 해서 이야기를 나누는 것과 같다. 그런데 이 시스템에 문제가 생겨 무슨 이야기를 하는지 모르면 문제가 발생하는 것이다.

어렸을 때는 술이나 담배를 어른들만 하니까 저걸 하고 있으면 어른이 된 것 같은 느낌이 들어 술·담배를 하지만, 40억 살 세포에게는 안 좋은 일이다. 술을 많이 먹고 난 다음 날 내장을 촬영하면 실핏줄이 전부 터진 것을 볼 수 있다고 한다. 또한 술을 소화시키기 위해서는 내부적으로는 생명질서와 어긋나는 일을 많이 하게 되며, 외부적으로는 사회질서와 어긋나는 일도 많이 하게 된다. 개체와 공동체가 싫어하는 일을 하는 것과 같다. 그리하여 만사가 귀찮아진다. 잘 살길 욕망하면서 기본적인 생명질서와 어긋나는 일을 하게 되니, 욕망이 번뇌를 만들고 만다. 수십억 년을 살아온 세포끼리 연결통로마저 끊는 역할을 한다. 그러므로 무엇보다 신체가 요구하는 것을 이해할 줄 알아야 한다. 홀로 있을 때도 연습을 잘해야 하며, 몸에서 원하는 것을 잘 알아 그렇게 사는 훈련을 해야 한다.

부정적 생각도 뇌가 만들어 낸 환상

우리 몸을 오행으로 보면, 목(木)은 간·담, 화(火)는 심장·소장, 토(土)는 비장·위장, 금(金)은 폐·대장, 수(水)는 신장·방광으로 나누어져 있다. 간·담은 신맛, 비·위는 단맛, 심·소장은 쓴맛, 폐·대장은 매운맛, 신장·방광은 짠맛 나는 음식을 좋아한다. 이처럼 우리 내부에 있는 여러 가지 기관들은 각각 다른 음식들을 좋아한다. 어느 날 신맛이 당기면 몸에 목기운의 균형이 떨어져 신맛을 더 많이 먹으라고 얘기하는 것이다.

몸의 조화가 잘 이루어지면 편해서 홀로 있어도 별로 외롭게 느껴지지 않는다. 균형 잡힌 식사와 운동 그리고 바른 생각과 기뻐하는 마음이 동반되어야 여든 살, 아흔 살까지 건강하게 살 수 있다. 그 사이에 균형이 깨지면 힘들게 살아야 하고, 부질없는 욕망이 커져 삶의 현재적 가치를 떨어뜨려서 홀로 있음을 부정적으로 보게 한다.

뇌의 인지시스템에서 보면 공간지각능력과 감정지각능력은 과거를 회상하면서 미래를 예측하는 시간지각능력보다 훨씬 일찍 생겼다. 그 가운데 현재 수용된 감각 내용과 기억의 패턴들이 모여 수용된 감각을 지각될 수 있는 이미지로 재구성한 연후에야 수용된 정보는 의식으로 발현되고 그렇지 않은 것은 폐기되기도 하는데, 기억을 담당하는 해마와 감정의 관문인 편도체가 서로 이웃해 있어 감정과 연계된 기억은 쉽게 발현하게 된다. 그런데 감정의 관문인 편도체의 신경세포(약 1천만 개)는 80퍼센트 이상이 부정적인 감정과 상응하므로 감정적 해석이 들어가는 경우는 부정적으로 해석할 확률이 높다. 진화과정에서 부정적으로 외부와 소통해야 살아날 확률이 높았기 때문에 부정적으로 먼저 반응을 하는 것이다. 홀로 있음도 감정상태로 맞이할 때, 타고난 역사성으로 보면 80퍼센트가 부정적으로 작용하게 되어, 혼자 있으면 무언가 잘못되어 있는 것처럼 느껴질 확률이 높다는 것이다. 이럴 때일수록 잘 먹으면서 감정과 생각 등을 어떻게 할 것인가를 준비해야 한다. 그러면서 부정적으로 읽혀진 현재의 상황이 실제적이라기보다는 뇌가 만들어 낸 환상이라고 알아차려야 한다.

마음집중은 생각을 바꾸는 훈련

마음을 알아차린다는 것은 현재의 심리상태의 흐름을 그냥 흐르도록 놓아 두면서 어떻게 흐르는가를 옆에서 지켜보는 것이다. 마음 상태의 싫고 좋음을 가리지 않고 그냥 지켜보는 것이다. 그리하여 지켜보는 힘이 강해지면 싫고 좋음에 뒤따르는 흥분상태가 가라앉으면서 고요한 흐름이 나타난다. 이때 스스로에게 상을 주는 행복 호르몬인 세로토닌과 도파민이 많이 방출되면서 몸과 마음이 기쁘고 즐겁게 된다. 집중된 마음은 삶을 기쁨으로 이루어 낼 뿐만 아니라 긍정에너지를 방출하는 작용을 강화시키는 것이다. 이 호르몬은 맛난 음식을 먹을 때와 좋은 상대와 이야기할 때도 나오지만 집중된 상태보다는 강도가 약하다.

따라서 지금하는 일에 대한 집중은 삶을 긍정적으로 보도록 하는 신체를 만드는 것과 같으며, 잘 먹고 잘 마시고 잘 생각한다는 것은 궁극적으로 자기 삶의 욕망을 전혀 다른 식으로 바꿔 내는 훈련을 하는 것과 같다. 그러므로 마음훈련을 열심히 해야 신경세포의 연결망에 변화가 오고, 그 결과 긍정의 길과 새로 만든 집중의 길이 강화되면서 잘 먹고 잘 마시고 잘 생각하는 일이 쉽게 된다. 내외부에서 생성된 정보를 지각이미지로 변환시켜야 의식으로 알 수 있게 되는데, 이 지각이미지에 개입되는 감정의 패턴이 고요한 양상을 띠게 되면서 부정적인 심리적 흥분상태가 현저하게 약해지게 되는 것이다. 곧, 감정 등으로 해석되는 것도 지금 수용된 내외부의 정보를 과거의 경험과 비교해서 뇌가 만들어 낸 내부이미지이며, 그것이 의식된다는 것이다.

예를 들면 시각을 해석하는 역할을 하고 있는 시각중추 가운데 색깔을 해석하는 V₄ 영역이 손상되면, 곧 색깔을 해석하는 과거의 경험이 없어지면 최종 이미지에서 모든 색깔이 사라지고 흑백으로만 보이는 것과 같다. 색깔뿐만 아니라 감정 또한 해석된 내부이미지라는 것이다. 시각이미지를 만드는 데 참여하고 있는 뇌의 부분들이 30군데 이상이라고 알려졌을 만큼 부분들의 해석 패턴들이 모여야 최종 이미지가 만들어지고 그때에야 의식이라는 사건이 발생한다는 것이다. 40억 살 먹은 몸이 그렇게 하는 것이다. 그렇기 때문에 새로운 이미지도 만들 수 있고, 감수된 정보의 해석에도 개입할 수 있는 것이다. 개입되어 현재를 새롭게 보게 되면 과거와 미래를 바꾸는 것과 같다. 곧 마음집중은 숨어 있던 과거의 무한한 세월층에 대해 강력하게 태클을 걸어 욕망의 방향성을 바꾸는 것과 같다는 것이다. 이것이 다시 자기의 과거가 된다.

의식되는 내부이미지로만 보면 지금 만들어지고 있는데, 만들어진 것은 현재뿐만 아니라 신체의 길들을 새로 놓거나 보수하거나 옛길을 없애면서 자신의 과거가 바뀐 것처럼 우리 앞에 등장한다. 하여 편안하지 않았던 홀로 있음에 대한 감정도 변해 홀로 있음 그 자체가 자기 존재성 자체를 온전히 드러낸 것이라고 볼 수 있게 된다. 홀로 있음도 더 이상 외로움이라는 사건으로 해석되지 않는다. 따라서 잘 먹고, 잘 마시고, 생각을 잘 한다는 것은 외로움이나 다른 감정의 문제가 아니고 자신의 전 삶을 다른 식으로 리셋하는 것이다.

마음훈련을 하면 빨간색이 파란색이 될 수 있다

역사상 의지적으로 내부이미지를 바꾸거나 새롭게 구성해 낸 사람이 굉장히 많았다. 의지적인 노력을 안 해도 우리와 전혀 다른 식으로 내부이미지가 만들어지는 사람들이 있는데, 그 대부분은 측두엽 간질이라는 병증이 있는 사람들이다. 지금은 연구실에서 경두개 자기자극법(TMS)으로 뇌의 특정부위에 자기장을 걸어 주면 평소와 다른 내부이미지가 만들어지기도 하고 손발이 저절로 움직이기도 하는 실험을 하고 있다. 그들은 별로 노력을 하지 않는데 사건을 우리와 다른 식으로 보거나 특이한 신비 체험을 한다. 이를 통해 신비한 세계가 따로 있는 것이 아니라 뇌가 만든 영상이 일반상과 다를 뿐임을 알게 된다. 바꿔 말하면 가장 일반적인 세계 해석지도가 진화가 선택한 길이라는 것이다. 신비한 체험 등은 일반적인 이미지이건 특수한 이미지이건 뇌에 의해 만들어졌다는 것을 결정적으로 알게 하는 경험 이상이라고 할 수 없다.

우리는 일반적인 이미지를 만드는 스위치를 켜 놓고 그밖에 다른 것에 대해 스위치를 내려놓았기 때문에 측두엽 간질 등으로 인해 다른 스위치가 켜진 사람들과 같은 경험을 하기 어렵지만, 이는 사는 데 훨씬 유리한 쪽으로 진화가 진행됐기 때문이다. 그러나 마음집중 등의 수행을 하게 되면 내부적으로 다른 이미지를 구성하며, 그 과정에서 굉장히 기쁜 감정도 맛보게 된다. 세상을 볼 때 지금까지 우리는 외부에 있는 빨간색을 본다고 생각했다. 그런데 마음집중 수행을 계속하다 보면 내부의 조건이 바뀌어 새로운 생각의 통로들이 기존과 다른 식으로 연결되는 사건이 발생하기도 하는데, 그렇게 되면 금방 빨간색으로 봤던 색들이 다른 색으로 보이기도 한다. 내부의 해석채널이 바뀌면서 외부의 이미지도 바뀌게 된 경험을 한 것이다. 외부를 보는 것이 아니라 해석된 자기이미지를 외부로 투사하고 그것을 외부로 알게 되는 경험이다. 내부의 해석 인(因)이 바뀌면서 외부의 연(緣)조차 바뀌어 보이는 것이다.

스위치의 변화는 외부에서 일어나는 게 아니고 내부에서 일어나는 것이다. 내부 스위치의 변화가 일어나면 인연 관계에서의 외부 연조차 다른 식으로 다가와 빨간색으로 보였던 것이 파란색으로 보일 수 있다. 내부 인의 변화는 외부의 연을 바꾸고, 바뀐 외부 연은 또다시 내게 피드백으로 내부 인을 바꾸게 한다. 내외부의 인과 연의 변화를 통해 같다고 여겼던 사건·사물들이 다른 색깔의 사건·사물들로 비쳐지기도 한다는 것이다. 홀로 있음이라는 사건도 지금까지는 홀로 있음의 언어적 이미지를 외부로 투사하여 홀로 있음을 해석했는데, 마음집중을 하면 어느날 내부의 이미지 생성

통로가 새롭게 되면서, 홀로 있음 또한 기존 이미지로서의 외부가 아니라 다른 외부가 되는 것을 경험할 수 있다는 것이다. 늘 같다고 여겨졌던 것이 다른 외부로 다가왔다는 것은 자기 내부에 크나큰 변화가 왔다는 것이다.

홀로 있음도, 같이 있음도 평온해야

마음집중으로 경험하게 되는 내부 인과 외부 연의 변화를 통해 다른 식으로 자기 삶의 전개가 현실적으로 가능하다는 걸 경험하게 된다. 이것을 불교에서는 인연법(因緣法)이라고 부른다. 인과 연이 만나 무엇이 생기기 때문에 내부가 변하면 외부도 다른 식으로 다가온다는 것이다. 부정적 이미지의 외로움도 다른 식으로 외부화되는 것이다. 인의 변화는 온전히 자기 내부 깊숙한 곳에서 일어나고, 바른 집중으로 내부에서 변화가 발생할 때는 그 상태의 자기야말로 온전히 존중받을 유일한 사건이 되므로 존재의 기쁨을 맛보게 되지만, 집중의 강도가 강해지면 기쁨으로 들뜬 심리상태가 가라앉으면서 점점 평온한 상태가 된다. 홀로 있음도 평온하고, 같이 있음도 평온하다.

몸의 역사, 곧 생명정보의 상속으로 보면 세포는 한 번도 죽어본 적이 없다. 다만 여러 가지 변화를 겪었을 뿐이다. 많은 정보들은 세포의 핵과 미토콘드리아와 세포질 속에 들어 있는데 이들 정보는 진화의 과정을 거치면서 많은 변화가 있었다. 수만 년 전에는 유용하게 쓰였지만 지금은 유용하지 않아 안 쓰이는 것도 많다는 것이다. 그렇다 보니 사람의 세포 속에 있는 정보의 98.5퍼센트가 현재 쓰이지 않는다. 흔적은 있는데 지금 쓰이지 않는 것은 자연선택과 공생에 의해 일어난 유전정보의 변이 때문이다.

후손에게 정보를 상속할 때 일어나는 변이나 환경과의 관계에서 일어나는 변이가 있는데, 쉽게 일어나는 것은 아니다. 쉽게 일어나지는 않지만 변이했다는 것은 내외부를 가르는 경계지점에 구멍이 숭숭 뚫려 있기 때문이라고 할 수 있다. 달라지는 삶의 장에 맞게 내부의 변이와 구멍을 통해 이루어지는 변이가 필요했기 때문이다. 구멍을 통해 외부와 교류하는 것이다. 생명체들의 조상이었던 초기의 박테리아들뿐만 아니라 지금의 박테리아도 세포 안에 있는 자기 유전자 일부를 밖으로 내보내기도 하고 구멍을 통해 다른 박테리아 유전자를 받아들여 자기화하기도 한다. 유전정보가 바뀌어 가면서 삶의 역사도 바뀌어 간다. 그럼에도 불구하고 모든 세포들은 항상 세포막을 중심으로 안쪽 영역을 자기라고 생각한다. 하지만 세포막 안으로 자기를 가두는 것은 아니다. 끊임없이 내부의 변이와 외부와의 교류를 통해 세포막 안의 생존상태를 적절하게 유지한다. 세포막 안으로만 보면 온전히 홀로 있기 위해 자기를 복제하면서 생명의 상속을 하고 있지만, 그렇기 위해서 외부와 교류하는 것이다. 그래야만 복제된 후손이 살아가는 데 유리하기 때문이다. 차이를 만들면서 자기복제를 하는 것이다. 색깔이 변하고 정보가 바뀌었지만 그 또한 자기이다. '전 우주에서 오직 홀로 있는 나'이다. 따라서 홀로 있음은 묘하다. 절대 홀로 있을 수 없는 상태에서 홀로 있을 것 같은 자기를 만든 것이다. 공생과 자아라고 하는 두 가지가 모순적으로 결합되어 있기 때문이다.

따라서 공생만을 내세우면서 나 없음이라고 말하는 것도 문제가 있고, 나야말로 유일무이하다며 다른 것을 배제하는 것도 문제다. 그러므로 '홀로 있음'과 '함께'라고 하는 필연적 모순성에서 자기 생각의 길을 잘 정립시켜야 한다. 자칫하면 한쪽으로 치우친 견해를 세우면서 자기의 생각을 합리화시킬 수는 있지만, 궁극에는 생존에 유리하지 않게 되기 때문이다. 자신의 삶을 이롭게 하면서도 동시에 함께 삶을 이루고 있는 공생체를 이롭게 해야 한다는 것이다.

나에 대한 학습이 필요한 시대

지금은 인공지능 또는 사물인터넷 등으로 인해 초연결사회로 진입하고 있다. 지금까지와는 전혀 다른 나의 이해와 세계 이해가 필연적으로 필요하게 됐다는 것이다. 곧 개인과 공동체에 대한 새로운 내부이미지 정립이 필요하며, 그에 따라 관계망에서 이루어지는 행동양상에 대해서도 새로운 보기가 필요하다는 것이다. 그러므로 이를 뒷받침하는 과학적 사실에 대한 학습이 어느 때보다 절실하다고 하겠으며, 새롭게 이해된 개인과 세계 이해의 바탕 위에 공동체의 연결망을 어떻게 만들어 낼 것인가에 대한 인문학적 소양과 실천방법을 정립해야 할 것이다.

사실 이런 일은 우리 신체가 일찍부터 해왔던 일이다. 다만 신체 내외부의 변화가 급격하지 않았기에 서서히 변했고, 그렇기에 쉽게 눈치 채지 못했을 뿐이다. 뇌를 연구하고 있는 분들의 이야기에 따르면 사람은 서른 살 이상이 됐을 때부터 가장 창조적인 인지 활동을 시작한다고 한다. 이유는 30년 동안 경험한 다양한 사건들을 분류하고 정리하면서 통합적인 사고를 하기 때문이라는 것이다. 사건들을 관통하는 일반상을 만들어 내면서 개인의 내부에 자신만의 세계 이해지도를 완성시켜 가는 과정이 창조적이라는 것이다. 따라서 초연결사회가 된다는 것은 그 이전에 만들어 냈던 세계 이해지도를 다시 편집해야 한다는 말과 같다. 새로운 신체 만들기가 절실해졌다는 것이다.

개인이 만들어 놓은 독특한 연결망과 세계 이해지도를 보면 '홀로 있음'만이 자기인 듯하나, 예나 지금이나 연결망을 통해 삶이 이루어지고 있다고 보면 홀로 있음 그대로가 우주적 사건일 수밖에 없다. 따라서 새로운 연결망이 필요한 시대가 됐다는 것은 어린아이가 호기심을 가지고 세계와의 연결망을 만들어 가듯, 어른들 또한 호기심을 가지고 초연결사회의 일원으로서 학습을 해야 된다는 것을 이야기하고 있다. 어른의 창조력이 힘을 발휘할 수 있는 신체를 만들어 홀로이면서도 조화로운 삶이 될 수 있기를….

강의정리_감이당

무상과 무아 그리고 해탈

무상성, 덧없음의 미학

붓다의 사상이 인도의 여타 사상과 다른 것은 연기법(緣起法)이라는 독특한 시선 때문이다. 당시 주류였던 브라만교는 신이 가지고 있는 속성, 곧 말하고 생각하는 속성 또는 일하는 속성 등이 사람 속에 들어간다고 보고 어떤 속성이 들어갔느냐에 따라 사람의 신분이 결정된다고 했으며(카스트), 여성이나 카스트 밖의 사람(불가촉천민)은 아예 신성이 없다고 봤다. 이에 반해 비주류였지만 물질의 우연성이 다양성을 낳는다고 보았던 유물론파도 있었다.

불교는 위의 두 파에 속하지 않았다. 힌두교에서는 인도에서 파생된 모든 종교·사상을 힌두교라는 범주에 넣는다. 그래서 힌두교의 뿌라나 문헌이 형성되는 6세기경에는 부처를 비슈누의 아홉 번째 화신이라고 말하고 있다. 이는 어디까지나 힌두교의 사람들이 자의적으로 하는 이야기에 지나지 않는다. 불교는 힌두교와는 차이가 있다. 불교는 그와 같은 신성을 인정하지 않으며 모든 것이 연기법에 의해 사람마다 차이가 있다고 보았다.

연기법은 인연생기법(因緣生起法)의 줄임말이다. 내부적인 원인인 인(因)과 외부적인 원인인 연(緣)이 만나 끝없이 변해 가면서 끝없이 생성된다는 뜻이다. 인생무상! 그동안 허무함의 대명사였던 이 말이 거꾸로 싱싱한 생명력으로 바뀐다. 무상하니까 동질성의 형태가 흔들리고, 생명은 항상성을 유지하기 위해 끝없이 자신을 변화시킨다. 항상성을 담보하기 위해 무상성이 있다니! 삶의 아이러니다.

양자물리학의 이야기에 의하면 양자물질은 입자로도 나타나고 파동으로도 나타난다. 나타나기 전의 상태에 대해서는 정확하게 무엇이라고 말할 수 없다. 입자와 파동의 이중성을 갖고 있다고 이야기할 뿐이다. 언어 개념에 따르면 도저히 함께할 수 없을 것 같은 것이 공존한다. 사실상 언어 개념으로는 이미지를 그릴 수 없어 공존이라고 하고 있지만 공존하는 것도 아니다. 입자도 아니고 파동도 아닌 것인데, 실험을 하면 입자 또는 파동으로 나타나므로 공존이라고 부를 뿐이다. 빛의 알갱이(입자) 하나하나씩을 이중슬릿에 투사시켜 보면 스크린에 물결파와 같은 간섭무늬가 나타난다. 전자기력을 매개하는 빛의 알갱이가 파동같이 간섭무늬를 이룬 것이다. 하나의 알갱이가 동시에 슬릿의 양쪽을 통과했다고밖에 볼 수 없다. 그런데 알갱이가 어느 쪽을 통과하는가를 관찰하면 사건이 바뀌어 버린다. 스크린에 입자들이 만든 두 줄의 막대무늬가 생긴다. 파동이 입자로 바뀌다니 이것은 무엇을 말하는가? 내가 관찰하면 입자로 보이고, 내가 관찰하지 않으면 파동으로 보인다. 관찰자의 개입이 파동을 입자로 바꾼 것이다. 관찰이 물질이 드러나는 양상을 바꾼다는 양자물리학의 발견은 객관적인 세계를 있는 그대로 보는 것이 아니라 나의 생각, 나의 행동이 개입하여 세계 해석이 이루어진다는 것을 뜻한다. 내가 관찰하고 해석하는 것이 세계의 모습이 된다는 것이다.

생물은 살아 있는 물질이며, 물질이 살아나 살아 있는 작용을 하는 것이다. 40억 년 정도 된 생명의 역사에서 다세포 생명체는 약 10억 년 전에 나타났고, 약 6억 년 전의 지층에서 다세포 동물화석이 출현하는 것을 보면, 10~6억 년 사이에 동물·식물·균류가 생겨났다는 것을 알 수 있다.

생명이 처음 나타난 40억 년 전의 지구에는 대기 중에는 산소가 하나도 없었고, 이산화탄소(CO_2), 메탄(CH_4), 암모니아(NH_3), 수소(H_2) 등이 가득했다고 한다. 당시의 지구환경은 천둥, 번개가 심하게 몰아쳤고 자외선 폭풍도 가득했다. 이와 같은 환경 속에서 만들어진 바다의 원시수프 속에서 생명이 탄생했을 것으로 본다. 원시수프 속에는 뉴클레오타이드 등 생물의 기본이 될 화학물질이 풍부했으며, 이들이 결합하여 어느 순간 RNA, DNA, 단백질 등의 분자가 만들어졌고 이들 분자가 지질막(이것 또한 쉽게 만들어진다고 한다)으로 둘러싸여 원시세포가 됐다는 것이다.

생명체로서의 세포가 됐다는 것은 생존과 복제가 시작됐다는 뜻이다. 생존을 위해서는 아미노산(단백질을 이루는 기본요소) 등의 먹이가 필요한데 원시바다에는 이것들이 풍부했었을 것으로 본다. 그러나 지속적인 복제를 통해 세포 수가 너무 많이 증가하자 주변에 먹이가 부족해졌다. 그러자 스스로 주변에 있는 재료를 이용하여 필요한 영양분을 만들 수 있는 세포의 변이가 발생했다. 그에 따라 세포 생명체의 내부와 외부 환경도 변했으며, 변한 환경에서 에너지를 얻으면서 생존과 복제를 계속했지만, 그것이 힘들어지자 다시 에너지를 얻는 대사방법을 바꿔 가면서 생명체의 진화가 계속되었다.

그러다가 약 35억 년 전, 생존환경에 요리의 재료인 유기물이 극히 적어졌기 때문에 유기물을 만들기 위하여 이산화탄소(CO_2)를 이용하여 탄수화물(CH_2O)을 만드는 방법을 찾아냈다. 이 일을 효율적으로 하기 위해서는 태양에너지가 필요한데 시아노박테리아(cyanobacteria, 藍細菌)가 이 일을 잘하게 됐다. 최초의 광합성을 하게 된 것이며 먹이를 구하는 일도 조금은 수월해진 것이다. 그러나 광합성의 부산물로 산소가 만들어지게 되면서, 산소가 없던 환경에서 살던 생물들에게는 치명적인 독소가 나타난 것과 같았다. 그런 와중에 산소를 이용하여 에너지를 만들어 내는 원핵세포가 생겨나게 됐다. 그 생명체가 미토콘드리아의 조상이다. 사람의 세포마다 들어 있는 미토콘드리아의 조상이 이때 생겨난 것이다. 그러다가 산소를 싫어하는 진핵세포와 산소를 좋아하는 원핵세포가 만나 공생체가 생겨나게 된다. 진핵세포가 지구상에 나타난 것은 약 15억 년 전이므로 공생 또한 비슷한 시기에 이루어졌다고 본다. 그러다가 10억 년 전에 다세포 생명체가 생겨나고 시간이 지나면서 동물·식물·균류로 분류되는 생명체가 지구상에 출현했으며, 약

5억 4천만 년 전인 캄브리아기가 되면서 다양한 생물군들이 폭발적으로 탄생하게 된다.

진핵세포와 원핵세포의 공생, 다세포 생명체가 실현하고 있는 세포들끼리의 공생 그리고 생명체와 환경과의 공생이 개체가 살아가는 방법이면서 생태계 전체가 살아가는 방법이 된 것이다. 그러다가 사람에 이르면 60조~100조 개의 세포공동체가 환경과의 유기적인 관계를 이루면서 진화를 계속하고 있다고 하겠다.

생태계에서 이루어지고 있는 공동체의 예를 보자면 식물이 태양에너지를 받아 뿌리까지 보내면 땅속 미생물은 식물 뿌리에 붙어 그 에너지를 전달받아 살면서, 동시에 토양을 살찌워서 식물이 살 수 있는 환경을 건강하게 만드는 것을 들 수 있다. 이와 같이 이루어진 건강한 생태계는 생명체 전체의 생태계를 건강하게 만든다. 식물이 건강하게 살아야 미생물과 동물도 잘 살 수 있는 건강한 생태계를 이룬다는 것이다. 이렇게 보면 태양에너지를 중심으로 식물과 동물 그리고 미생물이 하나인 듯한 생명계를 이룬다. 그래서 제임스 러브록은 지구 전체를 한 생명으로 보는 가이아이론을 이야기하고 있다(가이아는 그리스신화에 나오는 대지의 여신이다).

사람 세포끼리의 공생뿐만 아니라 우리 몸은 사람의 세포 수보다 10배 많은 미생물이 살고 있는 생명공동체다. 그런데 우리 몸속에 있는 미생물의 숫자가 현저하게 줄어들게 되면 무기력 등 건강하지 않은 상태가 발생한다고 한다. 그렇다고 해서 모든 미생물이 우리 몸에 유익한 것도 아니다. 20퍼센트 정도는 해로운 균이라고 한다. 그러나 이 비율이 오히려 인체의 건강상태에 도움을 준다고 하니 생명공동체의 유기적 관계에 대해서도 다시 생각해 볼 여지가 있다고 하겠다.

후손에게 유전자를 물려줄 때도 부모님의 유전자를 그대로 물려주는 것이 아니라고 한다. 곧 정자에 들어 있는 유전정보는 아버님으로부터 물려받은 유전정보 1번과 어머님으로부터 물려받은 유전정보 1번에 들어 있는 정보가 약간씩 자리를 바꾸어 생식세포의 1번 유전자를 만드는 식으로 23번까지의 모든 유전자가 만들어진다고 하며, 난자 또한 마찬가지라고 한다. 그러므로 모든 정자와 난자의 유전정보는 다 다르다. 생식세포를 만드는 일도 공생이라는 것이며, 정자와 난자가 만난 수정란 또한 공생이라는 것이다.

유전자가 만들어지고 전해지는 일만이 공생이 아니라 수정된 이후 유전정보가 발현되는 것 또한 환경과의 공생관계가 중요하다고 한다. 물려받은 유전정보 가운데는 많지는 않지만 어머님의 양수 환경 등과 만나 발현되거나 발현되지 않는 정보도 있기 때문이다. 이 정보를 후성유전체라고 하는데 수정란에 의해서 발현시켜서는 안 된다고 판단되는 경우에는 메틸기(CH_3)라는 화학물질을 특정 염기, 곧 염기 G 앞에 있는 염기 C에 붙여 그 정보가 발현되지 않게 하며, 펴면 2미터나 되는 유전자 이중나선이 네 종류의 히스톤단백질에 감겨 있는데(실패에 실이 감기듯) 특정 유전정보가 실패의 안쪽, 곧 히스톤단백질의 안쪽에 촘촘히 감겨 있으면서 그 위에 다른 히스톤들이 촘촘히 쌓여 있다면 메틸화보다는 강하지 않지만 그 영역의 유전정보도 발현되기 어렵게 되고, 더 나아가 1천여 가지나 되는 miRNA가 mRNA의 특정지에 들러붙어 mRNA의 행동을 조절하여 전사 등이 발생하지 않게 하는 일이 진행되기 때문이라는 것이다. 이 가운데 메틸화가 가장 확실하게 특정 유전정보가 발현되지 않게 하는 반영구적인 조치라고 한다면, 히스톤 변형은 일시적인 메모로서 몇 번 정도는 복사도 가능하므로 포스트잇 메모처럼 짧은 시간 동안만 작용하는 조치라고 할 수 있고, mRNA의 행동을 방해하여 발현되어서는 안 되는 정보를 발현되지 않게 하는 miRNA는 경찰과 같다고 하겠다. 이 모두가 수정된 이후 생존환경 등과의 관계를 통해서 발생되고 있기 때문에 유전자 발현에 생존환경이 어느 정도까지는 개입하고 있다고 할 수 있으니, 생명현상은 생태계 전체의 연합으로 일어나고 있는 공생현상이라고 여겨야 된다는 것이다.

연기법으로 만들어 가는 나

부처님에 의해서 알려지게 된 연기법은 당시의 인도사회로 보면 (어쩌면 지금도 마찬가지겠지만) 사건, 사물을 보는 새로운 눈이다. 어떤 사건, 사물이든지 본질에 의해서 그렇게 있게 된다고 보는 견해는 뒤집혀진 견해라는 것이다. 그래서『반야심경』에서는 그와 같은 견해를 전도몽상(顚倒夢想)이라 한다.

사건·사물은 본질에 의해서 규정되는 것이 아니라 함께 만들어 가기 때문이다. 그렇기에 '본질적 자아가 있는 것이 아니라'[無我] 연기적 자아(interbeing)로 살아가는 것이며, '시공간을 이어서 동일한 상태로 존재하는 것이 아니라'[無常] 함께 되어 가는 것(interbecoming)이 삶이라는 것이다. 그렇기에 생명들은 머물러 있는 시공간의 어떤 것(명사적 삶)으로 표현될 수 없고 함께 어울려 활발발하게 사는 것(동사적 삶)이다.

함께 어울려 조화로운 상태를 만들어 가는 것이므로 생명의 활동은 언제나 불안정성과의 화해라고 이야기하기도 한다. 조화를 이루기 위한 활동으로서 생명의 항상성은 함께 삶을 살아가는 공생체들과 공감하며 의미를 만들어 가는 일이다. 그러기 위해서는 온전히 그 순간에 집중할 때가 가장 조화로운 상태가 되지만, 위험을 회피하기 위해선 온전히 내부의 흐름만을 봐서는 안 되었기 때문에 불안요소가 없을 때조차 온전히 외부를 의식하지 않을 수 없어 집중하기가 어렵다. 어쩌다 온전히 집중상태가 된다는 것은 모든 위험이 사라진 상태와 같다고 할 수 있어 자신과 완전히 화해가 된 상태, 곧 지복의 상태가 됐다고 하겠다. 이때가 되면 실제로도 행복호르몬인 세로토닌이 많이 분출돼 기쁨이 충만하게 된다. 물론 시간이 지나면 바뀐다. 새로운 평형을 이루어야 하기 때문이다.

행복상태란 기쁨으로 심신이 흥분된 상태이기 때문에 너무 오랫동안 그 상태로 머물러서는 안 된다. 흥분되지 않은 담담한 상태에서 함께 공감하는 것이 가장 안정된 상태이므로 흥분상태를 욕망할 게 아니라 담담한 상태를 욕망해야 한다. 욕망은 미래를 예측하고 지향한다. 다만 흥분상태(바람직하거나 바람직하지 않거나)에 따라 지향의 방향이 다르다. 생명의 동적인 활동의 지향은 과거의 기억을 토대로 만들어지는데, 담담하지 않은 것은 어느 사건이나 심신이 흥분되어 있는 상태이므로 오래갈 수 없다. 그럼에도 불구하고 행복하기만을 욕망한다면, 욕망이 자신을 힘들게 할 것이다. '욕심 부리지 말라'고 하는 이유도 여기에 있다.

사건·사물을 이해하는 기본에 욕망이 전제된 것을 욕계(欲界)라고 한다. 욕망하는 내부이미지가 투사된 것을 외부라고 착각하고 그것을 갖게 되면 욕망이 충족되리라고 믿고 행동하는 세계이다. 그러나 욕망의 대상이 외부에 있는 것이 아니라 내부이미지에 의해 만들어진 것이므로 욕망 하면 할수록 헛것을 좇는 욕망, 외부로 향하는 욕망만 강화될 뿐이다. 있는 그대로의 자기 삶을 담담하게 보기 어렵게 된 것이다. 그러므로 욕망하는 대상을 좇을 것이 아니라 욕망하는 마음을 지켜보기를 욕망하면서 자기의 심신을 있는 그대로 보는 수행을 한다면 가진 것이 없어도 욕망이 충족되는 경험을 하게 된다. 마음 밖의 것을 취했을 때는 취해진 것들의 헛된 가치에 의해서 마음이 흔들리게 되지만 마음 그 자체를 지켜보는 것으로 가치를 삼는다면 흔들리는 마음조차 온전한 가치를 갖는 마음이 되므로 쓸데없이 흔들리지 않게 된다는 것이다.

있는 것들을 그대로 보는 것은 마음이 만든 이미지를 외부에서 찾는 것이 아니므로 헛된 욕망을 강화시키지 않게 되어 맑고 고요한 세계를 실현한 것과 같다. 이 세계를 색계(色界)라고 한다. 그러면서 내부이미지를 만들어 내는 뇌 신경세포의 연결망이 바뀌게 된다. 욕망의 방향성이 온전히 바뀌게 된 것이다. 이때가 되면 만들어진 내부이미지가 어떻게 조작되었는지를 알게 되면서 본질적인 사건·사물은 어느 것도 없다는 것을 실제로 경험한다. 사건·사물의 본질이 허공과 같은 줄 아는 것이며 허공 또한 실체가 아닌 줄 안다. 이 모든 것들이 마음이 조작한 이미지인 줄 알며 조건에 따라 내부이미지를 조작할 수도 있게 된다. 따라서 안팎으로 어느 것도 취할 것이 없다는 것을 깊이깊이 자각하게 되면서 무의식적으로 만드는 이미지 통로조차 넘어선다. 곧 외부를 추구하면서 만족을 취하려 했던 무의식적인 내부통로조차 바뀌에 되면서 마음 또한 본질이 아닌 것을 알게 되는 것이다. 이와 같은 삶이 이루어지는 세계를 무색계(無色界)라고 한다.

실상에서 보면 욕계·색계·무색계가 있는 것이 아니라 스스로 만든 내부이미지에 의해서 만들어진 세계이기 때문에 밖을 향한 마음을 내부로 돌이켜 마음 그 자체를 보게 되면 앞의 세 가지 세계를 넘어서게 된다. 마음을 본다는 것은 마음이 만든 세 가지 세계를 넘어설 뿐만 아니라 마음조차 마음이라는 실체를 갖지 않는다는 것을 체험하게 되는 것을 말한다. 그렇게 되어야 인연따라 지혜로 삶을 살면서 물질에도 걸리지 않고 마음에도 걸리지 않아 걸음마다 온전히 자신의 삶을 살게 된다(해탈세계).

강의정리_감이당